ハリネズミ・モンテクルロ食人記・森の中の林

鄭執
Zheng Zhi
関根謙＝訳

アストラハウス

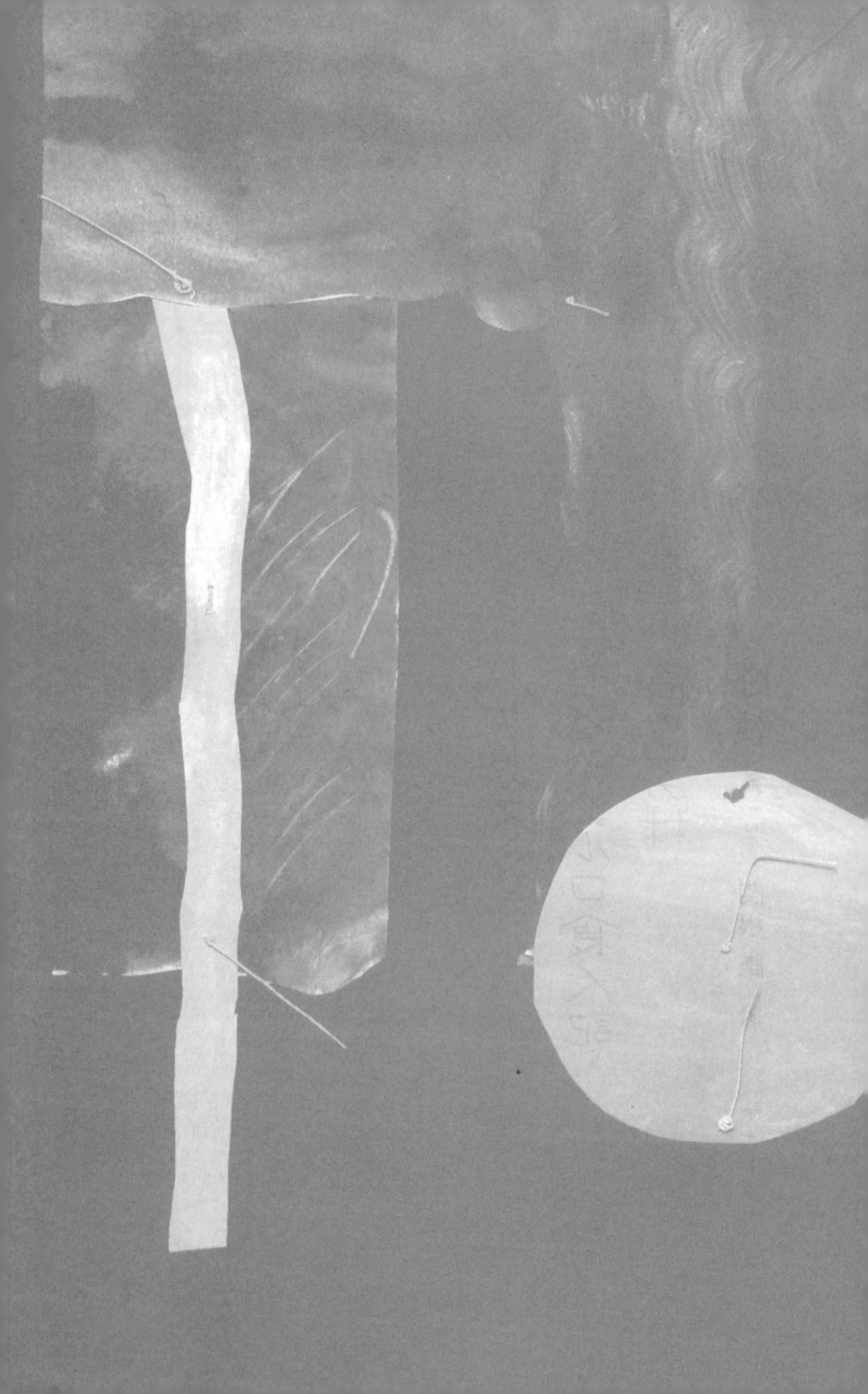

ハリネズミ・モンテカルロ食人記・森の中の林

装画　朝光ワカコ
ブックデザイン　アルビレオ

CONTENTS

ハリネズミ 6
モンテカルロ食人記 70
森の中の林
一 コウライウグイス 124
二 森林 165
三 春の夢 184
四 娘 230
五 瀋陽 246
日本の読者のみなさんへ 279
解説 鄭執――東北の大地に愛された若き創作者 284

ハリネズミ

一

王戦団《ワン・ジャントゥアン》との最後の出会いとなるその一回前、彼は一匹のハリネズミを指揮して、道路を渡らせようとしていた。あれは二〇〇〇年の夏だったか、いや、二〇〇一年だったかもしれない。場所についてははっきりと断言できる、二経街《アルジンジエ》と三経街《サンジンジエ》が十一緯路《シーイーウェイルウ》に繋がって、人の字のようになっている交差点の真ん中だ。ハリネズミは身体じゅう灰色の短い毛に覆われていて、か弱そうな四本の脚で舗装されたばかりのアスファルトの路肩あたりにへばり付いていた。王戦団はそいつの前にすっくと雄々しく立ち、蹴ったり追い立てたりなど決してせず、大股を開いてアスファルト道路の通行を堰き止め、右手で交通安全補導員の黄色い小旗を振りまわしながら、左手では前に進めという手振りを空中に描き、ブリキの呼び子を咥えて反対方向に向かって必死に吹き鳴らしていた。ハリネズミの身の丈では彼の手振りなど見えるはずもなかったが、呼び子の鋭い音の意味することは直ちに理解したらしく、その細く尖った頭を勢いよく巡らして、交差点から通りの東側に向かって一気に走りだし、道路の縁石を飛び越えると、路端の灌木の茂みに消え去った。王戦団と通行止めを食らっていた車列は、猛烈な日差しの下に置き去りにされた。

僕がタクシーから降りたときには、呼び子の音は鳴りわたるクラクションにかき消されていたが、王戦団はまだほっぺたを膨らませていた。二人の老婦人が相次いで駆け寄り、ほとんど同時に王戦団の首根っこを引っ摑んだ。呼び子と手旗を取り上げたのは女性補導員だったが、本人を引っ張って行ったのは、僕のいちばん上の伯母さんだ。もう警察に通報されていたから、上の伯母さんは警官が駆けつける前に、急いで夫を自宅に連れ帰ろうとしたのだ。

王戦団は僕のいちばん上の伯母さんの夫、つまり伯父さんだ。

そのシーンを目撃した年、僕は中学校に入ったばかりか、すでに中二になっていたかもしれない。妻のジャッドと婚約した晩、僕は彼女の家族にこの事件を披露し、ジャッドが中国語からフランス語への同時通訳で話を伝えたのだが、彼女の向かい側に座っていたフランス人の継母エヴァの訝《いぶか》しげな表情は、いつもジャッドの父親にワンテンポ遅れていた。ジャッドの父は中国人で、僕と同郷の瀋陽《しんよう》の出だった。二十歳そこその年に故郷で前妻と離婚し、二歳のジャッドを連れてフランスに勤労学生として留学し、ほどなくエヴァと再婚した。ジャッドはその後、実の母親と二度と会うことはなく、父親は彼女自身のアイデンティティを忘れないようにと、中国語を無理やり学ばせた。その夜の会食は、ニースの海辺のフランス料理レストランだった。微風が心地よかった。僕がジャッドと知り合った経緯《いきさつ》はと言うと、バックパッカーをやっていたころ、偶然潜り込んだバーでのことで、それもニースだった。あのとき彼女は二人の女友だちと一緒で、みんなすでに正体なく酔っ払っていて、彼女がどうやら中国人のようだとわかって、僕がおずおずと話しかけたのだが、思いもよらないことに彼女は東北訛りの中国語で応じた。さらに驚いたことに、彼女は僕と同じ町の生まれで、なんと生まれた産婦人科の病院まで同じだったのだ。僕は、これは運命だね、僕は小さいころから運命を信じてるんだ、と言った。ジャッドはあたしと一緒に帰りましょ、あたし一人暮らしなの、と言った。三カ月後、僕らは電撃結婚をした。

婚約したあの晩、僕は酩酊してしまい、ジャッドに手を引かれてホテルに戻った。僕がベッドに倒れ込もうとしたそのとき、彼女はいきなりこう言った、あたし、あなたの話が信じられない、と。なんでだい、と訊くとジャッドは、街なかでハリネズミが出るなんて信じられないんだもの、と言う。僕は、それは君が二歳で瀋陽を離れたからさ、故郷のあらゆることが君にはもの珍しくて滑稽に思えるんだろうな、そう言えば僕らは婚約したけど、まだ君を僕の両親にも会わせていないね、ビザの期限が切れる前に一緒に瀋陽に帰ろうよ、と言った。ジャッドは続けてこうも言った、あたしたち毎年夏のお休みには家族でフランス南部の田舎で過ごすのよ、でもフランスの田舎でもハリネズミなんか見たこともないわ、中国北方の都会になんだってそんなものがいるのよ、しかも街なかの大通りでしょ、と。僕はムキになって、いるんだぞ、いるってだけじゃない、僕はそいつを食ったことだってあるんだから、と言った。ジャッドは発狂しそうな様子で、あなたいったい何言ってるの？ ハリネズミを食べたって？ あなたって飲むとすぐ、言うことが吃《ども》っちゃうんだもの、はっきり聞き取れなかったわ。あなたが言ってるのは、あの、身体じゅう針だらけの、ちっちゃな動物のこと？ 僕は答えた、そうだよ、僕は食べたことがあるんだ、王戦団、僕の伯父さんと一緒にね。ハリネズミの肉は鶏肉みたいだったよ。

二

僕はいわゆる陰が陽に優った家族に生まれついた「森羅万象を陰と陽に分ける中国の古代思想で、女性は陰、男性は陽。ここでは女性が優位の家の意」。僕の父さんはただ一人の息子で上に姉さんが三人いた。その父の姉たち、つまり伯母さんたちの婿の中では王戦団がいちばん年上で、一九四七年の生まれだ。僕のほうは子どもの世代のいちばん下で、だから王戦団とはまるまる四十歳も離れていた。記憶では、僕が王戦団のことをいちばん上の伯父さんだとわかり、伯父さんと言えば王戦団なのだと初めて認識したのは、僕が五歳、幼稚園を間もなく卒園する年のことだ。その日幼稚園が終わって帰る時間になっても、両親はそれぞれの工場の残業で巨大なデコカーの部品製作の追い込み作業に忙しかった。タイヤ工場とシャフト工場だ。デコカーは遼寧省《りょうねい》の全人民を代表して北京《ペキン》天安門の国慶節で閲兵式に参加するのだ。そんな時期なのに、婆ちゃんは隣近所の婆さんたちと煙管《キセル》を燻《くゆ》らしながらの牌九《パイジュウ》［麻雀用の骨牌を使う数字合わせのカルタ賭博］に夢中で、僕を迎えに行くために時間を割くなど絶対に嫌だと言い張った。そういうわけで、ちょうど婆ちゃんに太刀魚を届けに来ていた王戦団が、幼稚園に僕を迎えに行かされることになったのだった。

僕は真正面から「おじさーん！」と元気よく挨拶し、伯父さんも頷いた。王戦団はびっくりするほど背が高かったから、猫みたいに腰をかがめて僕の手を引き、力強く響く声で、おじさんなんて呼ぶなよ、ちゃんと名前で呼んでくれ、戦団《ジャントゥアン》で十分、俺らの政治委員だってそう呼んでたんだぞ、と言った。僕は、目上の人をじかに名前で呼ぶのは失礼だって母さんが言ってた、と応えた。王戦団は、礼儀とかなんとかは世間の連中の言うことで、俺は御免蒙《こうむ》る、と言った。そしてもう一言、この俺は、王戦団って言ったら王戦団なんだ、俺はおまえの上の伯母さんを女房にしたんだ、俺が俺であることは誰にも断る必要もないし、俺は他の誰の伯父さんでもありゃしねえんだから、と付け加えた。僕は、仕事に行かないの？　父さんも母さんも仕事に行ってるし、婆ちゃんだって、母さんが言うには麻雀が仕事みたいなものだってさ、と訊いた。王戦団はちょっと笑って、僕の手を引いていないほうの手でタバコに火をつけると、吸いながらこう答えた、俺は兵士なんだ、今は帰省休暇中だよ、と。へえ、どんな兵士なの、と僕が訊くと、潜水艦さ、海軍のな、と答え、おまえはなんだか言葉がシャキッとしねえな、と言った。

道すがら王戦団はずっと切れ間もなく、僕に潜水艦に乗っていたときに遭遇した奇妙な深海生物について喋っていた。何を聞いたかはほとんど忘れたが、大きな魚が何種類もでてきて、ただ一つ覚えているのは魚という言葉が付いているのに魚でないやつのことだ。なんとかかんとか大章魚《オオダコ》と言って、どのぐらいデカいかというと、潜水艦よりもずっとデカかったそうだ。王戦団はこう言った、あのときは水深三千八百メートル以上もあって、そのオオダコは八本の触手を広げて潜水艦にピッタリと吸いついたもんだから、艦はまるでアイスキャンデーみたいに真っ直ぐ立っちまって、艦内のあらゆるものがひっくり返り、兵たちは次々と前方の船室に転がっていったんだ、どうだ、おっそろしい話だろう、と。そんなの信じられない、と僕。王戦団が、『海底二万哩《マイル》』っていう小説があってな、そこに書かれた場面とまったくおんなじなんだ、俺もそれを読んだときは信じられんかった、帰ったらその本を探してみる、後で持ってきてやるぞ、フランス人が書いたんだ、ヴェルヌっていったかな、と言った。僕は、そのときどうして艦砲でやっつけなかったの、と訊いた。王戦団はタバコを一箱全部吸ってしまっていて、潜水艦の装備は核兵器なんだぞ、本当に撃ったら太平洋の魚はみんな死んじまう、人間だっておしまいさ、と答えた。僕はまた、信じられない、と言った。

その晩、僕らが婆ちゃんの平屋の家に帰ってきたころには、もう暗くなっていた。煙管のいがらっぽい臭いが部屋中に漂っていて、おなかがいっぱいだった僕は吐きそうになった。もうじき八時になるという時分だったが、幼稚園が退《ひ》けたのは四時半だ。母さんももう仕事から帰ってきていて、僕が王戦団と戸をくぐったとたんに駆け寄って、僕を彼から奪い取った。母さんは、お義兄《にい》さんもう三時間以上になるのよ、あたしの息子を連れて北京にでも行ってきたんじゃないでしょうね、と言った。王戦団はまだ笑みを浮かべながら、ちょっとな、青年大街《チンニエンダージエ》から八緯路《バーウェイルウ》をぐるぐる五回ほど回って、二人でラーメンをどんぶり一杯ずつ食ったんだよ、と答えた。母さんは、頭がおかしいんじゃないの、子どもがいなくなったらどうするの、と詰め寄った［誘拐事件が多発するため通園通学時の送迎は必須］。そんなことありえん、しっかり手を握っていたからな、と王戦団が答えた。婆ちゃんはお金を数えるのに夢中だったが、その顔色を見るとどうやらかなり勝ったらしく、王戦団に向かって、さっさと自分の家に帰って晩ご飯を食べな、あたしゃ世話しないからね、と声をかけた。王戦団は後ろ手を組みながら客間のホールをゆっくり一回りし、戸から出ていくときに、お義母《かあ》さん、俺はもうラーメンを食ったって言ったでしょ、太刀魚を冷蔵庫に入れるのを忘れないで、と言った。彼が出ていくとすぐに、僕の母さんが婆ちゃんに声を上げた。母さん、あたしの息子の迎えに頭が変なやつを行かせてどうするつもり、あたし心配で死にそうだったんだから、と。婆ちゃんは、頭はもう治ったんだ、ちゃんとしてるさ、お医者がそう言ったんだからな、と言った。

しばらくして僕はようやく事情が飲みこめた、母さんが王戦団の頭が変だって言うのは、まさに文字通り、精神病だからだ。王戦団は精神病患者だ。彼が兵士だったのは嘘じゃない、海軍で、三十歳になる前、部隊にいるときに発病したのだ。軍の機関では彼を復員させるほかなかったから、第一飛行機製造工場に溶接工として入れることにしたのだが、その工場でまたもや発症してしまった。工場長は彼を簡単に馘《くび》にもできず、かといって職場の同僚が薄気味悪く思うのも憚《はばか》られたので、長期の病気療養休暇という扱いにした。病休はそのまま十五年も続いたが、給料はきちんと支給され、工場長が死んでも待遇は変わらなかった。その十五年が経ったとき、上の伯母さんはちゃんとした診断をつけてもらおうと王戦団をお医者のところに連れて行った。お医者さんが言うには、治せるような治せないような、なんともつかぬ状態なんだが、情緒面では絶対に家族が細かく気を配る必要があって、軽くなったり重くなったりするにしろ、これは根治できる病気じゃない、ということだった。

旧正月の二日は家族がみんな揃って食卓を囲む日と決まっていた。大晦日には三人の伯母たちがそれぞれ嫁ぎ先に行ってしまい、婆ちゃんと一緒に年越しができるのは僕の父さんと母さんぐらいだったのだ。僕の記憶では、みんなの揃う正月二日の食卓は、王戦団を刺激しないようになるべく口数を少なくし、子どもたちでさえおしゃべりを控えていた。僕の父さんがレストランを予約するのだが、いつもカラオケのできる個室にしていた。それは王戦団がカラオケ好きで、必ずマイクをがっちり握って放さず、人に取られるのを嫌がってトイレに行くときさえ自分のポケットに突っ込んでおくほどだったからだ。歌い始めると王戦団はご機嫌で、周囲のみんなに対しても穏やかそのものだった。彼は生まれつき喉がよく、バリトンのいい声を出す。いちばん得意だったのは楊洪基《ヤン・ホンチー》と蔣大為《ジャン・ダーウェイ》〔いずれも一九四〇年代生まれの歌手〕だ。歌以外では、酒と詩も好きで、特にすごかったのは将棋〔象棋（シャンチー）、中国の将棋〕だ。彼の詩は僕も読んだことがあるけれど、よくわからなかった。どの詩にも海がでてきた。酒は底なしで、二人の伯母さんの亭主に僕の父さんまで加勢して止めさせない限り、テーブルから離れようとしなかった。毎年相当酒が入った頃合いを見て、僕の父さんがお開きを匂わすおんなじ決まり文句を言う、あと少し主食でも頼むか、餃子とかどうだい、と。家族一同、年寄りから子どもまで揃って、いらないと首を横に振るのだが、王戦団だけは父さんの言葉に乗って、餃子一皿頼んでもいいね、海鮮のやつ、と答える。それから酒のコップの下のほうを持ってテーブルをコツンと叩く、これは自分一人で乾杯をしたつもりで、他の人はどうぞご自由にという意味でもあった。父さんがいかにも店員を呼んでいるふりをしているその隙に、上の伯母さんが王戦団のコップを押さえつけて、あんたっていう人は本当に場の空気が読めないね、もう酒はお止しなさいよ、と言うのだ。その瞬間、王戦団の表情が一変する。上の伯母さんのほうに顔をねじるとじろっと睨みつけ、眼《まなこ》の底から濁った光を放つんだ。そして押し殺したようなどすの利いた声で、まだ足んねえよ、あと一口な、と呟く。この場面になるといつも、家族一同、年寄りから子どもまで、静まりかえってテーブルに控え、彼が最後の一口の酒を飲み干すのを見守ることになるわけだ。

こんなふうであっても、大晦日の晩に婆ちゃんが僕の父さん母さんといちばん話すのは、王戦団のことだった。婆ちゃんが、秀玲《シュウリン》はどうしてあいつと離婚できないんだい、法律でだめなのかいって訊くと、母さんはこう答える、法は法だけど、情は情よ、なんだかんだ言っても子どもが二人いるのよ、簡単に別れられるものじゃないんだわ、と。王戦団が部隊で初めて発病したときの経緯を、僕は毎年大晦日に一通り必ず聞かされた。彼は十九歳で入隊したから、下放《シアファン》［文化大革命開始後、若者が農山村に労働と思想改造のために移住させられた政策］は免れたけど、政治運動からは逃げられなかった。文化大革命の真っ最中の二年間、彼の部隊は船長派と政治委員派の二グループに分裂したのだが、王戦団は誰の恨みも買いたくなかったから、どちらの派にも加わらなかった。両方の派の連中も、王戦団の臆病で生真面目なうえに愛想がなさすぎる性格をよくわかっていて、彼が大会で発言しなければならないようなときでも、ぐずぐずといつまでも態度表明しないでいることが黙認されていた。それは彼が業務にとりわけ精通し、学もあったから、両派とも彼のことを引きこみたいと思っていたからなのだが、彼が心の底で何を考えているのかは誰にもさっぱり読み取れなかった。こういうことがやがて禍《わざわい》を生むことになるのだ。とある深夜、艦内の六人部屋で、王戦団のとてつもなく大きなバリトンの寝言が朗々と辺りに響いた。初めに船長の裏表のあるずるい態度を激しく罵《ののし》ったあと、政治委員の陰険さと下品さをこき下ろした。彼の言葉は明瞭で理路整然としており、最後には船長と政治委員それぞれの母親に対する罵詈雑言で締め括ったのだ。同部屋の他の五人は彼を取り囲んで、夜が明けるまで続いた彼の罵声を目を丸くして聞いていた。取り囲んだ人の輪には、当の船長と政治委員の二人も入っていた。翌日、艦は通常訓練を停止し、両派は闘争をやめて、連合して王戦団一人に対する批判大会を開くことになった。船長はこう語りかけた。戦団よ、戦団、おまえがまさか裏表のある反革命分子だとは思ってもいなかったぞ、しかも我が軍の中に深く潜り込んだ裏切り者だったとはな、おまえの親父さんは革命の老先達《ろうせんだつ》じゃないか、百団大戦［一九四〇年、共産党指揮下の八路軍が日本軍に対して大部隊で攻勢をかけた作戦。「団」は連隊のこと］で勲功を挙げたんだよな、おまえはそんなことで親父さんに申し訳が立つのか。そんなことで、「戦団」の名前に恥ずかしくないのか、と。政治委員のほうはやはり政治委員らしく、簡潔にして要を得た言葉だった。おまえは大海のように広大無辺な人民の審判を受けなければならない、と。

王戦団は物品倉庫として使われていたひどく狭い部屋に監禁された。そこは丸窓が一つあるだけで、外を眺めても太平洋が甕《かめ》に溜めた水ほどにしか見えなかった。ベッドはなかったから、鉄板にじかに座りこむしかなく、三日三晩眠ることさえできなかった。こっそりタバコを差し入れてくれた戦友がいたので彼は三日三晩吸い続け、釈放されたときには血走った目玉の血管までタバコのヤニに染まっていた。再び批判大会の演台に立たされたとき、王戦団はマイクに向かっていつまでも押し黙っていた。その手には自己批判の発言原稿などなく、ただブツブツと、不当だ、不当なことだ、と呟くばかりだった。しばらく経ってようやく話し始めた、俺はこれまで寝言なんか言ったことはない、まして汚い罵り言葉なんか口にするわけがないんだ、と。演台の下に座っていた政治委員がパッと立ち上がって彼のほうに指を突きつけ、自分の寝言がわかっているやつなんかいるものか、と叫んだ。王戦団はマイクに向かって喉の調子を整え、発言を続けた。俺は結婚している、女房がいるんだ、もしも俺が寝言を言うようだったら、秀玲が絶対俺に言うはずだろう、そんなことあり得ん、もういい、ここで俺がみんなに一曲聞かせてやろうじゃないか、と。

三

僕の上の伯母さんが旅順《りょじゅん》港に王戦団を迎えに行ったとき、伯母さんは妊娠六カ月のおなかを抱えていた。王戦団は入隊して四年目に仲人の紹介で伯母さんと結婚し、それからは半年に一回、家に帰ってきていた。彼が伯母さんと再会したときに発した最初の言葉は、秀玲よ、俺は寝言を言うかい、だった。伯母さんは何も言わず、王戦団の腕をがっちり握って首根っこを押さえつけ、二人並んで政治委員に向かって深々とお辞儀をした。政治委員は、党組織を恨んじゃいけませんよ、と言った。伯母さんは、わかっております、この人は料簡《りょうけん》が狭いんです、と答えた。政治委員は、家に戻っても自己批判を厳しくやらせないといけない、やっぱり正しい信念が必要なんですよ、と諭《さと》した。伯母さんが、承知いたしました、と言うと、政治委員は、無事なご出産を、と言った。伯母さんは、ご指導ありがとうございます、と言った。

二人の最初の息子、僕の従兄《にい》さんである王海洋《ワン・ハイヤン》が三歳のとき、王戦団はもう少しで第一飛行機製造工場の班長になるところだった。頭の病気のことが工場長によってうまく隠されていたからだ。あの文革の最後の段階で、政治委員は船長に引きずり倒されてしまったのだが、失意の底に落ちた彼はまず王戦団のことを思い出した。病気の彼を瀋陽に帰して二年余りにもなるのに、まだ仕事の落ち着き先を手配してやっていないことが気に掛かり、第一飛行機製造工場の工場長になっている古い戦友を訪ねて、彼の面倒をよく見てくれるようにわざわざ頼みこんだのだ。政治委員はその工場長に、結局のところあいつは根っから悪い男ではない、過《あやま》ちを犯しただけなんだ、と言った。

王戦団が工場の班長にあと僅かなところでなり損なったその日、彼は戦闘機の翼の溶接をやっていたのだが、仕事に取り掛かるときうっかり作業用の防護マスクをつけ忘れ、火花が眼に飛び込んで、梯子から転げ落ちて気を失った。目が覚めたときにはまたもやおかしくなっていて、口元でブツブツ、あってはならない、不当なことだ、と呟いていた。そして人と顔を合わせると、まるで目玉が紐で繋ぎ止められたかのように相手を見据えたまま動かなかった。僕の伯母さんが工場に彼を迎えに行ったとき、またおなかが大きくなっていた。おなかの中にいたのは僕の従姉《ねえ》さんだ。

僕が生まれる前の十五年間、王戦団の病状悪化はしばしば繰り返された。ほとんどの時間、彼は家の近所をぶらぶらうろつき、伯母さんが出勤する前に毎日渡す小遣いを使って、いつもビールを二、三本買い、ときにはつまみの豆菓子を一袋付けたりして、飲んでいた。昼には家に帰って、残りご飯を温めて食べるのだが、晩ご飯は伯母さんの退勤を待って食べることになっていた。王海洋は幼稚園に行く年齢になる前、昼間は僕の婆ちゃんに預けられていた。王戦団の両親は早くに亡くなっていたので、他に頼れる人がいなかったからだ。僕の婆ちゃんのお手本がしっかり身についたせいか王海洋は幼くして牌九がわかり、大きくなってからは麻雀も得意になって、九割がたは勝った。やがて海洋は早いうちから幼稚園にやられたが、妹の王海鴎《ワン・ハイオウ》が生まれると、同じように婆ちゃんに預けられ、時折真ん中の伯母さんといちばん下の伯母さんが交代で世話をするようになった。婆ちゃんは子どもの面倒をひどく嫌ったから、いつも王戦団と彼の病気を口汚く罵っていた。夏には、王戦団の繰り出す行動パターンが増える。どこかの木陰を探して読書に耽《ふけ》ることもあるが、具合がいいときには、ついでに隣近所の連中と将棋を指したりするのだ。王戦団はこの方面で相当な腕前だったと言っていい。つまり、本を読みながら将棋も指すわけだ。そういう場面を僕は一度見たことがある。婆ちゃんの暮らす新しい高層団地、これは以前住んでいた平屋を取り壊して建てられたものだが、その階下でのことだ。彼は両手で『資治通鑑《しじつがん》』［北宋、司馬光の編による歴史書］を恭《うやうや》しく持っていたのだが、あまりに暑いのでサンダルを脱ぎ捨て、裸足の右足を将棋盤の上に置き、足の親指で駒を動かした。そして二分ごとに全体の局面に目を走らせては読書を続け、本を読み終わるころには七局も続けざまに勝ちを収めていた。対局相手の年寄りは癇癪《かんしゃく》を起こして、おまえの足のひどい臭いのせいだ、と大声で罵って将棋盤をひっくり返した。王戦団は腹も立てず、サンダルを履き直すと独り言を呟いた。こりゃあってはならないだろう、不当なことだ、と。

僕は上の伯母さんに、どうして早い時期に王戦団をお医者さんに診察してもらわなかったの、と訊いたことがある。伯母さんはこう答えた、診てもらったら本当に病気になっちゃうでしょ、診てもらわないうちは、病気と決まったことにはならないからね、これが道理というものよ、と。道理というのは僕にもわかる。でも本当は、伯母さんが病気を認めたくなかったというのは口先だけで、伯母さんも王戦団の病気を「観て」もらったことがないわけではなかった。それは鉄嶺《ティエリン》に住む女性で、伯母さんと同じぐらいの年恰好の、趙《ジャオ》先生と呼ばれる人だった。ずっと後のことだが、趙先生が僕のことを観てくれたことがあり、そのときになって、彼女がキツネやイタチの霊が乗り移る巫術師《ふじゅつ》として有名で、自宅には祭事の廟《びょう》を開いており、霊力の備わった、陰府《いんぷ》［黄泉の国］と現世を自由に行き来できる人なのだと、僕は聞いた。

趙先生が王戦団を観るようになったきっかけは、僕の従姉《ねえ》さんが産まれて満一カ月目の日の出来事だ。それはまだ旧正月が終わっていない時期で、上の伯母さんは婆ちゃんの平屋の家で簡単な祝いの卓を囲むことにし、身内ばかりだからといって、三人の伯母さんたちが適当に料理を作り、僕の父さんはまだ十六歳だったから助手みたいに立ち働いていた。王戦団はその日とりわけ嬉しそうで、赤ん坊を懐に抱いて午後いっぱい揺らし続けた。夕飯どきになって真ん中の伯母さんといちばん下の伯母さんがそれぞれ自分の家に帰ってしまうと、王戦団は餃子が食べたくなった。婆ちゃんは、あたしゃやらないからねと言い、上の伯母さんが、餃子の餡は何がいいのと訊いた。ネギと豚肉、と王戦団が言うと、伯母さんは豚肉はあるんだけど、ネギはないね、うちの母さんはネギを入れないから、と言った。僕の父さんが、俺が隣のお宅に行ってネギを何本かもらってくるよ、と言うと、王戦団がすぐに立ち上がって、俺が行く、俺が行く、と言った。

伯母さんが立って餃子の皮にする小麦粉を捏《こ》ねていたとき、脹脛《ふくらはぎ》がずっと攣《つ》って変だった。王海洋が、母さん、屋根の上で物音がするよ、野良猫かな、と言った。伯母さんは小麦を捏ねる棒を置いて、ちょっと見てくる、ネギを何本かもらってくるだけなのに小半時もかかるなんて、今植えたってもうネギに育ってるよ、と言った。そして戸を開けてみると、表に婆ちゃんの麻雀仲間の年寄りが立っていて大声で叫んでいた。早く出てきなさいよ、お宅の王戦団が屋根に上って瓦を弄《いじ》ってるよ、と。家族全員が飛び出して、顔を上げて見ると、家の屋根が冬の寒空の下で月光に照らされ真緑に輝いていた。それは屋根瓦の上にきちんと並べられた長ネギの束で、幾重にも厚く重ねられていたのだ。王戦団は屋根瓦の畝《うね》の真ん中、てっぺん辺りに立っていて、両手を大きく広げ、それぞれに腰回りほどもあるネギ束を引っ提げていた。ネギの先っぽは緑から次第に黄色くなっていて、尖った先端がそれぞれだらりと真下を向き、あたかもたっぷりとした翼そのものに見えた。片足を屋根のてっぺんにかけた王戦団の立ち姿は、飛びたちそうな勢いがあり、両の目はキラキラと輝きを発していた。彼は屋根庇の下に向かって叫んだ、母さん、ネギはこれで足りるかい、と。婆ちゃんが、すぐ降りておいで、と叫び返す。王戦団はまた大声をあげた。秀玲、女の子のいい名前を考えたぞ、海鴎、王海鴎だ。伯母さんは、そりゃいいわね、海鴎なら海鴎でいいから、ともかくすぐに降りてちょうだい、と叫んだ。王戦団はまさに泰山の如くすっくと立っていた。玄関を飾っていた旧正月の厄除けの大ネギを綺麗さっぱり盗られてしまった近隣十数軒の住民たちは、みんな婆ちゃんの平屋の前に集まっていたが、中には、伯母さんに加勢して、海洋のお父さん、海鴎のお父さん、早く降りてきてくださいよ、瓦は崩れやすいんだから、落っこちないようにね、と声をかける人もいた。僕の父さんは別なところですでに梯子をかけており、上って彼を押さえ込もうとしていた。王戦団は突然こう言った、みんな瞬きなんかするんじゃないぞ、俺がこれから飛んでみせるからな、と。目に映ったのは、ただ踏み出した足に力を漲らせ、続くもう一方の足をぴたりと引き寄せた彼の姿で、その足の下から瓦の破片やら積もった塵埃やら踏みしだかれた緑のネギの屑やらが一気に舞い上がった。次の瞬間、彼は屋根庇の際まで移動して、胸と腹にグッと力を込めると、体丸ごと屋根から飛び出した。そして地上三メートルの高さの空中で、ネギの翼を猛烈な勢いで羽ばたかせ、泥混じりの青臭い風を巻き起こし、地上にいたすべての人の目を眩《くら》ました。観衆が再び目を開けたとき、王戦団は彼らの面前に一直線に落下するどころか、一条の弧を描いて彼らの背後に降下していった。僕の父さんは屋根にかけた梯子の上で、空中に何度も視線を走らせ、口元でブツブツ、こりゃあってはならないことだ、と呟きながら、あり得ない弧状の軌跡を追った。

そのときの再発はあまりにも急なことだったが、特に誰かから刺激されたというより、王戦団は二メートルにもなる山東特産章丘《しょうきゅう》大ネギに刺激されたのだ。僕の婆ちゃんは再度伯母さんに、王戦団を精神病院に入れるよう強く申し入れた。上の伯母さんはもはや断りようもなかった。いちばん下の伯母さんがこう言った、姉さん、あたしがいい人を紹介してあげる、文革中の下放先で知り合ったんだけど、きっと力になれる人よ、と。上の伯母さんが、その人、おいくらなの、と訊くと、下の伯母さんは、その人の前で絶対にお金のことを言っちゃだめなの、禁句だよ、と言った。上の伯母さんは、わかった、とりあえず二百元は準備するけど、足りないようだったら母さんに借りるから、それより、その人のお勤め先はどこなの、と訊いた。下の伯母さんは、勤め先なんてないわ、周りの人のいろいろなことを観てあげてんのよ、と答えた。

下の伯母さんが鉄嶺まで趙先生を迎えに行き、お連れしてきたその日、趙先生は直接僕の婆ちゃんの家に向かった。婆ちゃんは海鵰を抱いていた。僕の父さんは家の独り息子だったから、責任上その場にいなければならなかった。そのほかにいたのは、僕の三人の伯母さんたち、それに王戦団本人だったが、彼はその日お迎えするのが誰なのかわかっていなかった。趙先生は家の中に入ると、挨拶も何もなしにまっすぐ王戦団の真ん前に進み、自分で腰掛けを引き寄せて座り込んで、いつまでもじっと彼を見つめ、言葉ひとつ発しなかった。下の伯母さんが後ろのほうでこっそり上の伯母さんに声をかけた、ね、すごいでしょ、訊かなくても誰を観るのかわかってるんだから、と。一方、王戦団もまったく取り乱すことなく、逆に、顔をぐっと近づけると、先に口を開いて、あんたの両の目は大きさが違ってるね、と言った。趙先生は、この人は病気じゃない、と言った。上の伯母さんは、そりゃよかったわ、と言った。趙先生は、でも、取り憑かれてる、とも言った。婆ちゃんが、誰が取り憑かれてるって、と訊くと、趙先生は、この人に何かが取り憑いている、と答えた。下の伯母さんが、なんなんですか、それ、と訊くと、趙先生は、恋情の恨みを呑んだ霊だよ、と言った。真ん中の伯母さんが、それは誰なんですか、と訊いたが、趙先生はもうそれ以上答えず、王戦団をじっと見つめ続けて、あんたは人を殺したことがあるね、と言った。僕の父さんは黙って聞いていられなくなり、口を挟んだ、殺しただなんて何をめちゃくちゃ言うんですか、義兄《にい》さんは軍隊にいたんだ、強盗匪賊の連中とは違うんだよ、と。趙先生は、関係ない人は黙ってな、あたしゃ、この人に訊いているんだ、人を殺したことはあるのかい、と言った。王戦団は、豚は殺したことがあるよ、鶏もね、海に出てたころは毎日魚も殺したさ、と答えた。趙先生は、まじめに答えよ、と言った。王戦団が、あんたの左目は右目よりもデカい、と言うと、趙先生はこう言った、おまえは黙ってな、おまえの体に取り憑いてるモノを引っぱり出して、そいつに答えさせるんだから、と。王戦団は突然口をつぐんでしまい、一言も喋らなくなった。僕の父さんが我慢できなくなって、結局病気はどうなってるんですか、と訊いたとたん、趙先生は両手を握りしめ、拳でこめかみのあたりをきつく押さえつけながら、だめだ、だめだ、磁場が正しくない、頭が割れそうだ、と言った。下の伯母さんが、こういうふうだと趙先生の霊力が発揮できないのよ、と言うと、上の伯母さんが、それじゃ、どうすりゃ退治してもらえるんですか、と訊いた。趙先生は、取り憑いているモノは、今日はこの人と一緒じゃない、あんたの家にいる、と言った。上の伯母さんが、それじゃ、うちに行きますか、と言うと、趙先生は頭痛に耐えながら、僕の父さんを指差して、男は来てはいけない、おまえはついてくるな、と言った。このとき、王戦団が急に口を開いて、海洋もうちにいるよ、海洋だって男だぞ、と言った。趙先生は立ち上がって、子どもは数に入れない、と答えた。

上の伯母さんの家は僕の婆ちゃんのところから近く、道を三本隔てただけだった。王戦団が先に立って歩き、四人の女がぞろぞろと後に続いた。上の伯母さんの家に着くと、海洋は積み木遊びをしていたが、真ん中の伯母さんが手を引いて連れて行き、奥の部屋に閉じ込めた。趙先生が入ってすぐ客間のソファーにペタリと座り込むと、王戦団が自ら進んでそのそばに腰を下ろし、ようこそ我が家に、と言った。趙先生は壁の東北側の隅をじっと見つめると、あそこにいる、と言った。下の伯母さんが、え、どこに、誰なんですか、と訊いた。趙先生は、あんたにゃもちろん見えやしないさ、このうちの中ではあたしとこの人しか見えないんだよ、と答えた。趙先生は続けて横にいる王戦団に向かい、女だ、二十歳そこそこだね、とても綺麗な人だ、どう、間違いないかい、と声をかけた。王戦団はまた何も話さなくなった。趙先生は僕の上の伯母さんにこう言った、あんたの亭主によくよく訊いてみることだね、かつてご亭主の手に人の命がかかっていたんだ、今ではその人がご亭主に取り憑いて出ていかなくなってしまったわけさ、あんたら二人で奥の部屋に行ってきちんと話し合うんだよ、はっきりとわかったら出てきて教えてちょうだい、あたしはここにいる、まずは取り憑いた恨みの主と話をつけないといけないんだ、と。

上の伯母さんは王戦団を促して奥の部屋に入り鍵を閉めた。真ん中の伯母さんと下の伯母さんは残ってその場に立ったまま、趙先生が壁の隅に向かって声を高めたり押し殺したりして語りかけるのを、息をするのも憚られる感じで見守っていた。おまえは出ていくのか、いかないのか、あたしが誰だか知っているね、おまえが選べる道は二つある、出ていかないんならあたしがおまえを調伏《ちょうぶく》する、出ていくっていうなら条件をお言い、あたしがこのうちと掛け合ってできるだけおまえが満足するようにさせるから。真ん中の伯母さんと下の伯母さんはそれぞれ全身冷や汗といった状態だった。どのぐらい経ってからか、奥の部屋の戸が開いて、上の伯母さんがすっと出てきた。趙先生が、話がついたのかい、と訊くと、上の伯母さんは、話はわかりました、と答えた。趙先生は、人の命に関わることだろ、と言った。うちの人がやったわけじゃないんですけど、間接的には、そうなります。趙先生は、あたしの見立てどおりだろ、と言った。上の伯母さんは、その通りでした、と言い、下の伯母さんは真ん中の伯母さんに、やっぱりすごいでしょ、と囁《ささや》いた。趙先生は、話してごらん、一体どういうことだったの、と訊いた。上の伯母さんは趙先生のそばに寄って腰を下ろし、お茶を一口飲んだ。あの人はあたしと結婚する前に別なお相手がいたんです、知識階層［文化大革命当時、出自によって、労働者、農民、軍人、幹部などの階層に分けられていた。大学卒などの人は知識階層とされ、小資産階級と見做（みな）されて思想改造の対象になった］の家庭の娘で、その娘と婚約した後、あの人は軍隊に入りました。一九六七年［文化大革命二年目］に娘のお父さんが批判闘争で責め殺され、お母さんはその現場の塀を乗り越えて線路沿いに逃げたんですけど、夜の闇で列車がよく見えなかったんですね、轢かれて体が真っ二つになったそうです。趙先生は、恨みの主は一人じゃなかったんだ、あんなに頭が痛かったのも当たり前だわ、と言った。上の伯母さんは話を続けた。残された娘は農村の親戚のところに身を寄せ、その後はうちの戦団とは連絡がつかなくなったわけです、何年かしてから、どういう伝手《つて》があったか知りませんが、戦団を探し当てて直接軍港に会いに行ったんです、でもそのころにはもうあたしたち結婚していました、その娘は農村に帰って、豚の解体屋に嫁いだそうです、ところがその男は毎日娘を殴りつけるんで、半年もしないうちに、その娘は井戸に飛び込んで自殺してしまったということです。上の伯母さんはまたお茶を一口飲み、真ん中の伯母さんと下の伯母さんも汗びっしょりで喉が渇いていたから、湯呑みを回し飲みした。趙先生が、それはいつのことだい、と訊くと、上の伯母さんは、あの人が発病する半年前でした、と答えた。趙先生が、これで事情ははっきりした、あんたのご亭主、嘘をつかないだろうね、と訊くから、伯母さんは、うちの人は嘘なんかつきませんよ、と答えた。趙先生は、一家三人揃っての恨み、こりゃ大変だわ、でもいちばん肝心なのはその娘ね、と言った。伯母さんは、退治してもらえるんでしょうか、と訊いた。趙先生は、その娘の姓名、生まれた年月日とか、わかるかい、と言った。伯母さんは、うちの人、しっかり覚えてるはずだから、聞き出せます、と言った。趙先生が、写真は持ってるかね、と訊くと、伯母さんはこっくりと頷き、立ち上がって奥の部屋に行ったが、戸は開けっぱなしだった。王戦団はベッドの脇に腰かけ、王海洋に『海底二万哩』を読んでやっていた。伯母さんはその本を彼の手から奪い取り、勢いよくパラパラと振るった。

ページの間から三センチ角の白黒写真が一枚ハラリと落ちてきて、伯母さんが拾い上げ、スタスタと部屋を出ると趙先生に手渡した。趙先生は、そう、この娘だ、と言った。下の伯母さんが、これで大丈夫でしょうか、と訊いた。趙先生は、恨みの主にはそれなりの訳もある、本当の恨み主がわかりさえすりゃ、きっとやれるさ、と答えた。上の伯母さんはほっと大きくため息をつき、奥の部屋を振り返った。王戦団は床から例の『海底二万哩』を拾い上げ、埃を吹いて、王海洋に続きを読んでやっていた。それは感情のこもった朗読で、両手を体の前で大きく振り動かし、十本の指をぐにゃぐにゃさせていた。きっと巨大なタコを演じていたに違いない。

四

趙先生が次に上の伯母さんの家に来たとき、位牌を二柱、背が高いのと低いのを持ってきた。低いほうの位牌に刻まれていたのは例の恨み主の女の名前で、陳《チェン》という姓だった。高いほうの位牌はものすごく長い名前で、「龍首山二柳洞白家三爺」と書いてあった。趙先生は伯母さんに指図して、客間東側の壁全面を綺麗に整え、両端がピンと反ったお供え用の机を壁面にピタリとつけるようにして置くと、机上の真ん中に香炉、両側に位牌を一柱ずつ左右対称に並べた。趙先生が言うには、毎日、朝晩、敬虔《けいけん》な気持ちでお線香をあげること、お位牌一柱にお線香一本、絶対にご亭主自身の手でお供えしなければならず、他の人が代わってやってはいけない、ということだった。お位牌をきちんと安置して、趙先生は法要を執り行った。客間の両側の部屋も含めて香灰を二、三キロも撒き散らし、家の西南の隅に細長い穿孔を開けた。その穴は親指ほどの太さで、家の外に通じていた。ここまでの法要のセット代金は全部で三百元、うち百元は婆ちゃんが負担した。その二柱のお位牌は僕も見たことがある。お線香の匂いはとても良かったが、ブランド物ではなく、お寺の外の仏具店などでは扱ってなかった。いつも定期的に趙先生が鉄嶺から送って寄越し、一箱五元だった。その日の夕暮れ、車で鉄嶺に帰る前に、趙先生は伯母さんに言い含めた、我が家の白三爺《バイ・サンイエ》様があの娘の頭を押さえつけてくださっているから、あんたはもうすっかり安心していていいんだよ、でも覚えておき、あの穴はどんなことがあっても塞いだらだめだ、なるべく通りが良くなるように時々は気をつけて穴を掃除しなさい、三爺様はあの穴をお通りになって出入りするんだから、と。この法要の初めから終わりまで、王戦団はものすごく協力的で、お供えの机の安置から、香灰の散布、壁の穴開けまで、自分で進んでやりこなした。趙先生が帰る間際には、王戦団はがっちりと彼女の手を握りしめると、あんたは趙という姓なのに、なんであんたの家が白なんだい、あんたは拾われてきたんじゃあるまいな、と話しかけた。趙先生は王戦団に握られていた手をパッと引き抜くと、伯母さんに、ご亭主が全快するにはまだまだ時間がかかるね、七七、四十九日は忍耐強く待つことだ、と言った。

　王戦団が香を焚いて拝むという言いつけを遵守した最初の一、二カ月の間に、病状は確かに好転し、目付きも穏やかになって、一家中みなほっと胸を撫《な》で下ろした。とはいえ、大人たちはやはり自分の子どもをなるべく王戦団には近づけないようにしていて、僕だけがただ一人の例外だった。一九九八年の夏、僕の両親は二人とも国の工場仕事を辞め、自営業を始めることにした。父さんは、工場勤めから自営業に転じた幼なじみにそそのかされ、共同経営者となって小さな食堂を開業することになった。店の賃貸契約、改装やらインテリア揃え、さらに営業許可証の申請、取得などに駆けずり回り、毎日ほとんど家に居付かなかった。母さんのほうは、市の共産党委員会に勤務している真ん中の伯母さんの亭主に職探しを頼み込んでいて、あちこちの関係者の伝手への挨拶やらなんやらに忙殺されて、結局僕は夏休み中ずっと婆ちゃんの家に預けられっぱなしということになった。王戦団はふだんやることもないので、何かにつけ婆ちゃんの家にやってきていた。婆ちゃんの家は本当にすぐ近くだったのだ。彼は客間に腰かけ、婆ちゃんたちの牌九を眺めることもちょくちょくあったが、そのころ上の伯母さんに禁煙させられていたので、吸いたくてたまらなくなると、本を持って団地の下に降り、老人たち相手の足裏将棋で勝ったりしていた。王戦団は婆ちゃんにとっては透明人間みたいな存在だったが、老人たちにとっては目の上のたんこぶだった。僕と王戦団はその夏休みに深い付き合いをするようになったのだ。ある日、婆ちゃんがよそのうちに麻雀をしに出かけていたとき、王戦団がやってきて表戸をくぐるなり僕に一冊の本を渡した、『海底二万哩』だ。おまえが小さいころ、俺はこの本をやると約束した気がする、と王戦団が言った。僕が表紙に触ってみると、セミの羽みたいに薄かった。王戦団は、この本を書いたのはヴェルヌっていう人だ、舌がもつれそうだがヴェルサイユじゃないぞ、ヴェルサイユはフランスの王宮さ、と言った。僕は、いつ返せばいいの、と訊いた。返すことはない、おまえにやるんだ、と王戦団。僕が、アンテナが壊れて水滸伝の再放送が見れなくなっちゃった、と言うと、直せるぞ、と王戦団が答えた。じゃ、直して、と僕は言ったが、王戦団は、その前に将棋を教えてやろう、と言う。将棋なんかできるもん、と僕。すると王戦団は尻のポケットからマグネットのミニ将棋盤を取り出した。手帳サイズの折りたたみ式のやつで、盤を広げて駒を並べると、王戦団はスッと掌を差し出し、おまえが先手だ、と言った。僕は、駒三つは落としてよ、と言ったが、だめだと王戦団が言うので、僕は、それならやらないと言った。じゃ、多くても二個だけだ、と王戦団が言った。僕は馬《マー》と車《ジュ》［中国将棋で「馬」「車」は日本の「桂馬」「飛車」にほぼ相当］を落としてもらうか、それとも炮《パオ》［「香車」に似ているが、間に駒をはさまないと敵の駒を取れない］を二個落とすほうがいいかで、頭を抱えて考えていたが、顔を上げると、王戦団はテレビの前に立って、テレビの上のV字の伸縮式ロッドアンテナを手に取り、不具合なほうのロッドの先を口に咥えて、思い切り引き出そうとしていた。直せそうなの、と僕が訊くと、ロッドの隙間に塵がへばりついて引き出せなくなっているんだ、いったん引き抜ければスムーズになってまた映るようになるよ、と答えた。彼は引き出そうとしているロッドの先を口に咥えたまま僕の向かい側に腰かけ、将棋に取りかかって、V字のもう一方のロッドの先で駒を動かした。王戦団は、去年おまえを見かけなかったのはなんでだ、と訊いてきた。僕は、北京に行ってたんだ、と答えた。北京に何しに、と王戦団。病気を治しに、と僕。おまえのその舌を滑らかにしに、ってわけか、と王戦団は言った。言われて僕は、もう将棋なんかやらない、と言った。王戦団はもう一度立ち上がってアンテナをテレビの上に設置し、スイッチを入れてみた。モニターは数秒間チカチカしていたが、ちゃんと映るようになっていた。直ったぞ、と王戦団、再放送は終わっちゃったよ、と僕。王戦団が、あのアンテナを見てみろ、伸縮式の棒が上にいくほど細くなってるだろ、気づいてたか、と言った。それがなんなの、と僕が言うと、王戦団は、人の一生っていうのは、棒に沿って這い上がっていくようなもんさ、てっぺんまで上り詰められたら、おまえはすごいやつになる、と言った。僕は、伯父さんはどこまで這い上がったの、と訊いた。王戦団は、俺は棒の繋ぎ目まで這い上がったところで行く先が塞がってしまってな、全部だめさ、もう面倒くさくなっちまった、と言った。それからこう続けた、おまえはずっと這い上がって行かなけりゃならない、この一族で、俺とおまえだけはウマが合う、そう思わないか、もっとも、おまえは喋るのがきつそうだけどな、と。

一九九八年の夏の終わり、父さんと幼なじみの開いた食堂は、不思議なほどの繁盛ぶりを見せた。母さんも新しい仕事に就いた。婦聯《フーリエン》［中華全国婦人聯合会］の庶務部門のパートで、倉庫の担当として働くことになったのだ。社会保険や住宅手当などの福利厚生は望めなかったが、収入面では以前の工場勤めよりずっと良かった。こうして我が家の暮らし向きはずいぶん楽になってきていたから、僕としては夏の間に王戦団とかなりの密度で付き合っていたことなど、親たちに話す必要もなかったわけだ。しかしその年の秋、僕は初めて王戦団の発病の現場を目撃することになった。そのときの刺激は僕の従姉《ねえ》さん王海鴎が原因だった。そのころ王海鴎は李広源《リー・グァンユエン》という男と恋仲になっていた。その人は従姉さんの働く薬局の漢方調剤を担当する薬剤師で、従姉さんより八歳年上、離婚歴あり子どももなしという人だった。王海鴎はいい年頃の娘だったが、それまで恋愛などしたこともなかった。李広源のほうは、二十歳を過ぎるとすぐダンスホールに入り浸り、真っ白のズボンに先の尖った黒革の靴という格好で、スロー・スロー・クイック・クイック、いとも自然なムードで腰や尻に手を回し、何人ものお嬢さんたちが彼のステップに乗せられるまま彼の家に引っ張り込まれていた。王海鴎は生まれつき色白で、すらっと背が高く、大きな目をした、基本的に王戦団に似た娘だ。彼女は根っからの引っ込み思案で、ダンスはおろか街をぶらつくことすらなく、勤めが終わると真っ直ぐ家に帰って、いちばんの趣味はラジオを聴くことだった。上の伯母さんはその後李広源を殺してやるというような修羅場を演じるのだが、その時になっても、李が娘を口説き落とすきっかけが王戦団だったなんて、思いも寄らないことだった。ことの始まりのころ、李広源は何度も王海鴎をダンスに誘い続け、王海鴎は嫌になるぐらい断り続けた。そしてとうとう、あたしの父さんは精神病よ、みんなこの病気は遺伝するって言ってるわ、とピシャリと言ってのけた。そんなの大丈夫さ、と李広源が応えた。え、あたしが大丈夫ってこと？と王海鴎、僕が言っているのは君の父さんのことだよ、と李、僕が何種類か薬を調合してあげるから、半年ぐらい飲み続ければ良くなるはずさ。以前僕の大婆ちゃんが君の父さんと同じような病に罹《かか》ったんだ、漢方では癔症《おくしょう》［ヒステリー］というんだけど、僕の調合した薬を飲んでからというもの、もう何年も再発していない。王海鴎は、あたしの父さんはお線香をあげて、大仙人様を拝んでるわ、道士先生は服薬することを禁じているの、と言った。そんなの迷信だよ、僕らはちゃんと教育を受けてきたんだ、薬は僕が管理してるから、君はお金の心配をすることはないよ、と李広源が言った。

　王海鴎は本当に、李広源の出す薬を王戦団にこっそり飲ませた。李広源は薬局でその漢方薬をよく煎じて陰干しにして袋に入れた。それを王海鴎が家に持ち帰り、温めてポットに入れ、上の伯母さんには健康茶だと嘘をついて王戦団に半年間飲ませ続けたのだ。その半年の間に王海鴎と李広源はいい仲になって、李広源はダンスをやらなくなり、太極拳に転向した。ある日、王海鴎はカウンターを隔てて李広源に、あたし妊娠したわ、と言った。李広源は、ちょっと待って、僕がいい薬を調合してあげるから、これは気を養って胎内を落ち着かせる効能があるんだ、副作用もないしね、と言った。一緒にあたしの家に行って両親に会ってよ、と王海鴎が言うと、いいよ、勤務が終わったらまず家に戻って、ズボンにアイロンをかけなくちゃ、君の父さんは薬を飲んでどんな感じなの？　と李広源が言った。ずっと再発してないわよ、と彼女が答え、そりゃ結構なことだ、と彼が言った。

李広源が家に足を踏み入れたとたん、伯母さんはこの男が何なのかすぐ悟り、二人が手を繋いでいるのを見て、挨拶も何もなく、くるっと踵《きびす》を返して厨房に駆け込み、包丁を持って襲ってきた。驚いた李広源は王海鴎の手をとって一目散に逃げ出した。上の伯母さんは怒りと興奮で息もつけずにソファーにへたり込んだが、包丁はまだしっかり握っていた。王戦団は相変わらずお線香をあげて、白三爺様に毎日の報告をしていた。口元でぶつぶつと呟く言葉は、俺の思想問題についてはすでに深刻な反省をいたしまして、今では思想的自覚が高まっておりますので、いつでも船の勤務に戻れます、というものだった。伯母さんは、あんたは共産党の政治委員でも拝んでいるつもりなのかい、お黙りなさいよ、と言った。その晩は長男の王海洋も家にいた。彼は公共バスの運転手になっていて、三年間付き合った恋人と別れた後、ずっと独りを託《かこ》って家にいたのだ。母さん、あの男は誰なんだ、と王海洋が訊くと、伯母さんは、昔からの遊び人さ、おまえの妹はもうおしまいだよ、と答えた。王海洋は、あいつはどこに住んでるんだい、俺があんちくしょうなんか轢き殺してやる、と言ったが、伯母さんは、おまえも黙んなさい、おまえの妹はもう持っていかれちまったんだよ、この上、おまえまであいつに言いくるめられたら始末におえない。だから、明日あたしが薬局に行ってあいつと話をつけてくる、と言った。

二日目の朝早く、伯母さんは自分の胸にグッと気合を入れて、バッグに包丁を忍ばせて家を出たが、昼にならないうちに、意気消沈して戻ってきた。王戦団が、どうかしたのかい、と訊くと、伯母さんは、どうかしちゃったのはおまえさんの娘だよ、あいつの子どもを孕《はら》んだんだからね、もう遅いよ、と答えた。誰の子どもを孕んだっていうんだ、と王戦団、昨夜うちに来たあの男、海鴎の薬局の同僚で李広源っていうやつよ、と伯母さん。俺が会いに行ってくる、と王戦団が言うと、伯母さんは、あんたは家でおとなしくしてなさいよ、足だって腐りそうなんだし、と言った。ちょうどそのころ、王戦団の右足の付け根に得体の知れないできものがふき出て、塗り薬も飲み薬も役に立たず悪化する一方で、歩くのさえ難しくなって、その数日間は階段も降りられずにいたのだ。俺が行ってくる、行ってくるとも、と王戦団が言い募るので、伯母さんはもう相手にしなかった。

　三日目の夕方、間もなく退勤時間というところに、王戦団が足を引きずり体を捻じ曲げながら薬局にやってきた。王海鴎はおらず、李広源が自ら進んで、おじさん、いらっしゃい、と挨拶した。王戦団は、名前で呼んでくれ、俺は王戦団だ、海鴎はどうした、と言った。李広源は、今日はお休みです、うちで寝てますよ、お宅にはとても帰れないと言っています、と答えた。王戦団は、俺が飲んでいた茶はおまえがくれたのか、と訊いた。李広源が、そうです、どんな感じでしたか、と言うと、王戦団は、とても苦かった、と言った。良薬口に苦しと言いますからね、と李広源、王戦団は、おまえは俺が怖くないのか、と言った。李は、どうして怖がらなくちゃいけないんですか、と言い、王戦団は、みんなから俺は怖がられてるからな、と言った。僕はちっとも怖くないですよ、と李。王戦団が、海鴎は本当に妊娠したのか、と訊くと、李は、もうすぐ四カ月になります、と答えた。王戦団は、そんなこと、あってはならないことじゃないか、と言った。最初にご両親にお会いするべきでした、それは僕が間違っていたと思います、と李広源が言った。王戦団は、これからずっと海鴎に良くしてやれるのか、と訊いた。李広源が、できますとも、と答えると、王戦団は、できますって答えたことができなかったら、人の命に関わることになるんだぞ、俺はそういうことで昔過ちを犯したことがあるからな、と言った。そんなこと僕は絶対しません、と李が言い切った。王戦団が、いつ結婚するつもりなんだ、と言い、李は、ご両親の同意が得られれば、僕の父や母はかまいませんので、いつでも結婚できます、と答えた。じゃ、来週、みんなで会食だ、と王戦団が言った。李広源は、わかりました、僕がすべて手配いたします、と言った。王戦団が踵を返して出ていこうとしたとき、足を引きずっているのを李広源に見られた。李広源が、その足はどうしたんですか、と訊いた。王戦団は、太腿の付け根にできものができて、どんなにしても治らないんだ、俺は自分の思想に問題があるからじゃないかと疑っているんだが、と言った。李広源は、そういう症状の処方を読んだことがあるんですが、ハリネズミの皮と肉がいいとありました、悪性のできものに効くんです、明日にでも僕が何とかしましょう、と言った。

帰り道では、王戦団の引きずった足はとても得意げに見えた。団地の階段の下でも、隣人たちとの将棋で三番連続勝ちを収めてから自宅に上がっていった。伯母さんは、あんた、どこに行ってたの、と訊いた。王戦団は、李広源のところに行って話をつけてきたのさ、と答えた。あんた本当にあいつのとこに行ったの、いったい何を話したっていうのよ、と伯母さんが言い、王戦団が、きっちり話をつけたんだぞ、と言った。何の話をつけたって？　と伯母、来月婚礼を上げる、と王戦団。伯母さんはいきなりガバッと立ち上がり、厨房に駆け込んでまた包丁を握って出てきて、王戦団、あたしゃあんたをぶっ殺してやる！　と叫んだ。

李広源はその会食をレストランではなく、青年公園でやることにした。彼は洋風なやり方が好きだったので、みんなを野外のパーティに招いたのだ。伯母さんは一週間かけて熟慮し、諦めをつけた、王海鴎のおなかの子は最後の奥の手だ、奥の手を取られてしまった以上、もうどうしようもない、相手のなすがままだ、と。それでも伯母さんは、この野外パーティへの参加は断固として拒み、代理で僕の父さんと母さんが出席することになったのだが、その主な狙いは伯母さんに代わって王戦団の見張りをすることだった。僕もついて行き、王海洋もそこにいた。王海鴎は李広源と一緒にやってきたが、二人はもう正式に同居していた。李広源は青年公園の丘の前で、傾斜の上のあたりの平らなところを選んで二メートル四方の青い格子模様の布を敷き、鶏の腿や足、豚足、チャーシュー、よく洗った胡瓜とハツカダイコンなどを並べ、すりつぶしたニンニクと鶏蛋醤《ジーダンジャン》［鶏卵、東北風味噌、ネギ、唐辛子を炒めて作る調味料］をそれぞれビニール袋に用意した。そのほかにも彼が自分で調理した四種類の料理を普通サイズのステンレス弁当箱に盛り、極めてきっちりと一糸乱れることなく、整列させたかのように配置した。李広源はまず僕にサイダーの瓶を開け、サイダーを飲んでね、と言った。父さんは、広源は気が利くな、と言った。李広源は、今日叔父さんのお宅ではお子さんを連れていらっしゃると伺っておりましたので、サイダーを用意しました、海鴎もお酒がだめですから、と言った。次に李広源は母さんに、叔母さんはお酒ですか、それともサイダーで、と訊き、母さんは、サイダーでいいわ、自分で開けるから、と答えた。李広源は王戦団、僕の父さん、王海洋、そして自分のために雪花《シュエファ》ビール［瀋陽の庶民向けビール］を四本開け、最初に乾杯の音頭をとった。みなさん、私と海鴎を一緒にさせてくれて本当にありがとうございます、これから私たちはみなさんと一家になります、まずはみなさんに敬意を表して私が飲み干しましょう。こう挨拶すると李広源は本当にビール一本をぐっと空けてしまい、さらに一本栓を抜いて、今日からは言葉も改めます、お父さん、どうぞ座ってください、と言った。王戦団は太ももの付け根の悪性のできものがひどくなって、あまりの痛みに腰を下ろすこともできず、初めからずっと立ったままだった。王戦団は、立っていれば遠くまで見渡せるんだ、と言った。李広源は王海洋にも敬意を表し、お兄さんどうも、と挨拶した。王海洋は、あんたは俺より年上のくせにそんなことして、と言った。李広源は、親族の上下は乱せませんので、と言ったが、王海洋は李広源の顔を立ててやろうとしなかったので、李は一人でまた一本空けることになった。王海鴎はたまらなくなり、ついに一言口を挟んだ、兄さん、いい加減にしてちょうだい、と。

　会食はほとんど無言、静まり返っていた。僕の母さんだけが気を利かせて、李広源に二言三言、真珠パウダーを水で溶いて飲むと本当に美白にいいのかとかなんとか、話しかけたぐらいだった。僕は隅っこに忘れられていて、時間がどれだけ経ったかわからないが、王戦団が僕の後ろから突然手を引いて、こっそり呟いた、ちょっとぶらぶらしてこないか、と。僕は立ち上がり、彼に連れられてそこからあまり遠くない丘の裏側に向かった。途中で一度振り返ってみたが、誰も僕らが消えてしまったことに気づいていないようだった。僕は不意に五歳のときのことを思い出した。王戦団が幼稚園に迎えにきてくれて、僕の手を引いてくれたとき彼は腰をかがめないといけなかった。今では、腰をまっすぐ伸ばしてはいるものの、足が悪くなって引きずっている。いくらも歩かないうちに、僕らはもう松林の中に入っていた。数羽の雀の影が僕の両足の間をさっと過《よぎ》った。そのとき王戦団が急に、動くな、と声を上げた。彼はパッとジャケットを脱ぐと二つの袖口を袋のように結びつけ、抜き足差し足で歩を進めている。僕はなんのことかわからずにいたが、彼はすぐ猫のように前方に躍りかかり、地面に膝をつけて、持っていたジャケットを押さえつけている。その下ではバレーボールほどの大きさのものが動いていて、彼は両手でそれをぐっと包み込むと、こちらに戻ってきて、ジャケットを少しだけ開けて僕に見せ、ほら見てみろ、と言った。僕はそこで生まれて初めて、生きたハリネズミを見たのだ。彼は触ってみろ、と言った。僕はジャケットの中に手を伸ばし、掌でそいつのトゲトゲを撫でてみたが、想像していたような突き刺さる感じはなかった。うちに持って帰って飼ってもいい？　と訊くと、王戦団は、木の枝をいっぱい拾ってきてくれないか、と言った。え、こいつは枝を食べるの、と僕。そいつは食わないけど、俺がそいつを食う、と王戦団。僕は言われたとおりやった。枯れ枝を抱えて戻ると、王戦団は驚いたことに火を熾《おこ》していた。地面に穴が掘られ、中にはすでに枯れ葉なんかが敷かれていて、小さな火種からゆっくりと燃えあがり始めていたのだ。そのころ彼はもう禁煙していたから、どんな方法で火を点けたのか、僕にはわからなかった。王戦団は、おまえが持ってるのを地面に置いて、少しずつ火に足していってくれ、と言った。僕は胸元の泥土を払って、ハリネズミは？　と訊いた。王戦団は足元で捏ねている泥の塊を指差し、この中だよ、と答えた。それはバレーボールほどの大きさからバスケットボールぐらいに大きくなっていた。僕は冗談を言っているのかと思って、え、ハリネズミがその中に？　火を熾してどうするつもり？　と訊いた。すると、よく炙って食うんだよ、と王戦団が言った。僕はびっくりしてその場にしゃがみこみ、どうして食べちゃうの、と訊いた。王戦団は、こいつで俺の足が治るのさ、来月にはおまえの従姉《ねえ》さんが婚礼を挙げる、俺が足を引きずっていたらあの子が恥ずかしい思いをするからな、と言った。僕はなんだか恐ろしくなったが、僕に王戦団を止められるような力はなく、ただ目を見開いて次第に燃え盛る炎を見つめるだけだった。王戦団は、泥土で固めた丸いやつをパチパチと音を立てて燃える枯れ枝の上に慎重に置くと、その上から囲むように柴を足していった。太陽が山に沈むころ、雀たちが戻ってきて丘のてっぺんの松の木に止まり、ずらっと並んでこの光景を見守っていた。王戦団はやがて柴を加えるのを止め、火が消えていくのを静かに待って、先の分かれた太めの枝で黒く焼け焦げた泥土の塊を外に突き出した。それから立ち上がり、勢いよくそいつを踏みつけると、泥土の塊はまるでたまごの殻を剥くように粉々に砕け落ち、不思議ないい香りが熱気とともに立ち昇り、白い球状の肉塊の周りにたなびいた。それは棘もなければ、手足もなく、目鼻も耳や口も判別できない、ただの肉塊だった。王戦団はかがみこみ、息を吹きかけ熱気を冷ましてから、一欠片《ひとかけら》ちぎって僕の口元に差し出した。僕はまったく抵抗もなく、魂が抜けたようになってうっすらと口を開け、肉の塊が僕の歯の間に入ってくるのに任せた。そして一回二回と噛み、三回噛んだそのとき、あの不思議な香りが僕の舌の奥からまっすぐ喉、胸、肺、腹、腸へと、温もりを保ちながら下っ腹の臍下三寸《せいかさんずん》［臍（へそ）の下十センチほどのところ。丹田］まで降りていった。そのとたん、今度は猛烈な身震いが起こり、太ももの付け根から頭のてっぺんまで震えが走った。王戦団はこう言った、おまえにもう病気はない、一口食べればそれでいい、と。それから彼は大きな一切れを裂きとると、口に放りこみ、さらにもう一切れ、また一切れと食べ続け、あの丸い肉の塊はすぐに骨だけになってしまった。月明かりに照らされたそれは、紛れもなく鶏の骨格そのものだった。

　松林の向こうから、僕と王戦団の名前を呼ぶ声が近づいてきた。王戦団は両手をズボンの尻ポケットでちょっと擦って、僕の手を引いた。松林から出るときの歩調は、二人ともたいへんな速さになっていた。そのときになって、どうやら僕の魂は自分の体にやっと戻ってきたようだった。顔を上げて王戦団のくっきりとした下顎をふり仰ぎながら、僕は彼が確かに発症していると わかった。でも彼の足は良くなっているに違いなかった。

五

王戦団のたちの悪いできものは薬も飲まずに治ったのだが、王海鴎の婚礼は予定通りには挙行されなかった。というのも、王海鴎本人が絶対に嫌だと言い張ったからだ。妊娠七カ月のとき、彼女と李広源には結婚証が発給され、僕の上の伯母さんはようやく李広源を家に入れた。生まれた子は女児で、李広源が李沐陽《リー・ムーヤン》と名付けた。健康な陽光という意味の名だ。しかし残念ながらこのめでたい新婚は、王戦団の病気の縁起直しには全然ならず、逆に彼はあっという間にシビアな病状に進行していた。沐陽を産んでから、王海鴎は大病を患って乳が出なくなってしまった。上の伯母さんは王海鴎が落ち着いて養生できるようにと、転職して得た勤めも思い切って繰り上げ退職し、家に入って孫の面倒を見ることにした。伯母さんにはもはや王戦団の世話をする余力などなく、王戦団の好き放題にさせるままになり、もうお線香をあげることなども止めてしまっていた。そんなふうになってしばらくしたころ、近隣の住人から伯母さんに報告が上がった、王戦団は近頃まったく将棋を指さず、いつも団地七階の屋上に駆け上がっていって、そこから半身を乗り出して下を見下ろしていると言うのだ。将棋を指している人たちからすれば、上をふり仰げば団地のてっぺんから顔が一つ突き出て自分たちを見下ろしているわけで、そのまま将棋盤の上に真っ逆さまに飛び降りて来るのではないかと、気味悪がっているということだ。伯母さんは打つ手がないまま、人からは何度も、王戦団を病院に入れてしばらく入院させたらどうか、そうすれば少なくとも看護する人がいて、注射や投薬もしてもらえるんだから、と勧められていた。しかし伯母さんはガンとして聞かず、あんたがたの言うのは精神病院なんだろ、馬鹿馬鹿しい！　あたしの面子《メンツ》なんかどうでもいいけど、海洋と海鴎には恥ずかしい思いをさせられないんだよ、あの人が死ぬことになったたって、あたしのこの目の届くところで死なせます、と反撃した。

しかし伯母さんは最後には力が尽きて、趙先生に再びお願いすることに決めた。彼女はとりあえず趙先生の携帯に電話をしたのだが、こちらが何か言う前に先方がいきなり話し始めた、あんたからの電話が鳴ったとたん、頭がじんじん痛みだしたよ、磁場に何か起こったんだ、あんたのご亭主がまた病気を再発したんじゃないだろうね、と。伯母さんは、趙先生、あなたは本当に霊力がおありなんですね、うちの人の今度の発症はとても酷くて、命に関わることが起こるんじゃないかと気が気でないんです、と言った。趙先生は、あたしゃ今北京である人のことを観てるんだよ、そちらには行けないから、電話で話してちょうだい、と言った。今回うちの人は屋上から飛び降りたがってばかりいるんです、と伯母さんが話し出すと、趙先生は話を遮って、症状じゃない、何があったのか話しなさい、と言った。伯母さんは言われていることがわからず、え、なんのことですか、と訊いた。趙先生は、ご亭主はきっと何かを傷つけたかだめにしたかしたはずだよ、あんたは何も思い当たることがないのかい、と言った。伯母さんは、そう、そうですか、あ、ちょっと待って、思い出してみます、ああそうだ、半年前のことですが、うちの人はハリネズミを一匹捕まえて炙って食べてしまいました、と言った。電話の向こうからはずいぶん長い間なんの音もしなかった。もしもし、電波が悪いのかしら、と伯母さんが言ったとき、いきなり携帯の耳元でものすごい叫び声が上がった、あんたの家なんか全員死に絶えちまえ！　と。伯母さんも頭にきて、あんたは修行している身じゃないんですか、なんてひどいことを言うんだ！　と言い返したが、先方はもっと大きな声で叫んだ、あんたの家をこんなに長い間守ってやっていたのが誰なのか、わかってるのかい、あんたはこのあたしが誰だかわかってないんじゃないかい、白家のご当主様はあたしにとって父親でもあるんだよ、あんたの亭主は、あたしの父さんを食っちまったんだよ！　と。

伯母さんはさんざんに罵られてぼうっとしてしまい、家の内外をフラフラと歩き回っていたが、電話をかけている隙に、王戦団はまた逃げてしまっていた。伯母さんはもう追いかける気力もなく、ソファに戻って寝ている孫娘をそっと揺らした。その晩、李広源がやってきて、海鴎が子どもを恋しがっているから、今夜は連れて帰りたいと言った。伯母さんは、こう言った、広源よ、あんたは白三爺って知ってるかい、漢方医学を勉強してきたんだから、きっといろんなことを知ってるんだろうね、と。李広源は、僕が初めてこの家に入ったときに、あの位牌には気づいていました、高いほうのがその白仙家のものですね、と。伯母さんが、白仙家とはいったい何なんだい、と訊くと、李広源が、「狐黄白柳灰」と言いまして、これらが五大仙家と崇《あが》められています、真ん中にいるのが白家、つまりハリネズミなんです、と答えた。伯母さんは、ああ、ハリネズミ、ハリネズミが趙先生の父親だったんだね、と言った。え、誰の父親ですって、と李広源が聞き返したが、伯母さんは首を振るばかりだった。李広源が、お母さん、以前はまだこの家の人間じゃなかったから、差し出がましく言うのは憚られたんだけど、今日は、ちょっと言わせてほしいんです、と言うと、伯母さんは頷いた。李広源は、お父さんはやっぱり病院に入れるべきですよ、と言った。よく考えてみるわ、と伯母さんは答えたが、李広源はさらに、位牌も取り払いましょう、こんなのまともじゃないから、と続けた。伯母さんは、まともかどうかは別としても、やっぱり取り下げるべきかも、あの人はあちら様の父親を食べちゃったんだからね、と言った。李広源は、えっ、なんのことですか、と言ったが、伯母さんは、よくわかったわ、あんたはいい人だね、と言った。

伯母さんは、王戦団を他所《よそ》にやってしまうなどという酷《むご》いことをする決心はどうしてもつかず、自分の手で彼を軟禁状態にしようと考えた。とはいえ、仰々しく大きなチェーンの鍵で部屋に閉じ込めるのも嫌な気がして、王戦団にこっそり睡眠薬を投与することにして、手のひら半分ほどのタブレットを粉末に砕いて白湯に溶け込ませ、朝晩一杯ずつ彼に飲ませた。王戦団はおとなしく従ってそれを飲み、一日中眠るようになった。起きているのはせいぜい二時間ほどで、目覚めても脳の髄がこわばっているらしく、なんとかかんとか二、三回のトイレと一回の食事をするのがやっとで、それらを済ますとまたベッドに倒れ込むのだった。こんなふうに一年余が過ぎていき、王戦団はもはや逃げ出すこともなく、お正月二日に家族全員が揃う日にも出てこなかった。僕の婆ちゃんはたまらなくなって伯母さんに問いただした、戦団はずいぶん長いことあたしの麻雀を見にこないけど、何かあったんじゃないだろうね、と。伯母さんは、おとなしくなったのよ、うまくいってるわ、と答えた。二歳になった沐陽はもう挨拶ができるようになっていて、父さん、母さん、婆ちゃんと、きちんと呼びかけて可愛らしく挨拶するのだが、爺ちゃんと呼びかける機会は少なく、この単語の練習だけは不十分だった。李広源と王海鴎は毎週日曜日に子どもを連れて実家に顔を出していたが、李沐陽は時折、爺ちゃんは？　と訊くことがあった。伯母さんはいつも、爺ちゃんは疲れているから寝てるのよ、と答えていた。沐陽は、爺ちゃんはずっと寝てるね、と言った。李広源は、お母さん、お父さんがこんなふうに寝てるのは良くないと思います、よろしければ僕がいい薬を出しますよ、と言った。伯母さんはしばらく考えてこう言った、広源、人を眠らせるような漢方薬で副作用が少ないものってあるかしらね、と。李広源は、お父さんはもうこんなになってるのにまだ眠らせるんですか、と言った。

睡眠薬の秘密を、伯母さんは誰にも打ち明けるつもりはなかったのだが、僕は偶然知ってしまった。前回、王戦団が僕の手を引いて松林の中に消えてから、父さんと母さんは僕が彼と関わることを厳しく禁止し、言うことを聞かないならその足をたたき折るとまで言明した。それでも僕は、慣れ親しんだ何かの力に突き動かされるようにして、ある土曜日、独りで王戦団に会いに出かけた。前に来たときにはまだ二柱の位牌があって、お線香の火も絶やすことなく灯されていたのに、今度は以前と同じ両端の反ったお供えの机に、位牌の代わりに十字架が安置され、磔《はりつけ》のイエスキリストが顔をだらりと落としていた。僕は、伯母さん、キリスト教を信じたの？　と訊いた。伯母さんは、主を信じたのよ、と答えた。僕が、主を信じたんだね、と言い直すと、伯母さんは、信じていなかったときでも本当は信じていたのと同じなの、主はいつもあたしのそばにいらっしゃっていて、主おん自らあたしに会いにきてくださったんだわ、と言った。僕は伯父さんに会いにきたんだけど、と言うと、奥の部屋にいるわ、と伯母さんが答えた。

　鍵はかかってなかったから、僕はそっと戸を開けて中に入った。王戦団はベッドに仰向けに横たわっていて、布団は掛けずに身体をまっすぐ長く伸ばして、大きな足の裏がベッドの支柱と平行になっていた。僕は近寄って、ベッドの縁にくっつくように腰を下ろした。王戦団の瞼は微かな震えを頻繁に繰り返しており、上下の唇が小刻みなリズムで開いたり閉じたりしていた。その声はか細く、まるで譫言《うわごと》のようで、よく聞き取れなかった。僕がそっと、伯父さん、と呼びかけると、伯父さんは、よく来たね、と答えた。眠っていると思っていたので、僕は驚いた。僕は普通の声の調子に戻して、伯父さんと将棋を指したくて来たんだよ、と言った。王戦団も普通の声の高さで、一車に十子寒し、死子は急いで喫《きつ》する勿《なか》れ［車が動くと十の駒が怯える、死んだ駒は慌てて取らずそのままにしておけ、の意］、と言った。僕は意味がわからず、え、なんのこと？　と訊いた。王戦団はもう一度、死子は急いで喫する勿れ、と繰り返した。僕はわかった、将棋の心得を唱えていたのだ。伯父さん、将棋では永遠にあんたに敵わないよ、と僕は言った。棒を這い上がっていけ、まっすぐてっぺんまで這い上がるんだ、そうすればすごいやつになれる、と王戦団が言った。行く先を塞がれて躓《つまず》かないように、だね、と僕が言った。王戦団は、死子は急いで喫する勿れ、と言った。それから唇をしっかり閉ざしてしまい、わずかな隙も見せなかった。僕はこのときになってようやく気づいた、彼は眠っていて、寝言を言っていたのだ、と。

僕は部屋を出て戸を閉めた。伯母さんは十字架の前に跪《ひざまず》き、上を見上げて手を合わせていた。主よ、あたしはもっと早くあなたに告解すべきでした、あなたに懺悔すべきでした、あたしは罪人です。あたしは夫にこっそり薬を飲ませていました、あたしは潘金蓮《はん・きんれん》「『水滸伝』と『金瓶梅』に登場する前夫を毒殺した悪女」よりもっと悪い毒婦です、あたしは余りにも疲れてしまいました、主よ、あたしも深い眠りにつきたいのです、ほとほと疲れ果てました、主よ、主よ。伯母さんはこんなふうに言っていた。伯母さんは僕が自分の真後ろに立っているのに気がついていなかった。声を上げて泣いており、涙がポタポタと両手の指先に落ちていた。僕はここにいることを暗に伝えようと思い、靴の底で床板にわざと音を立ててみた。伯母さんはゆっくりと振り返り、涙にまみれた顔で、あたしは罪深い、と言った。僕は、僕にも罪がある、僕も告解しないといけない、と言った。伯母さんは、お話しなさい、主はお聞きになっているから、と言った。僕はこう話した、伯父さんがハリネズミを捕まえたとき、僕も食べました、しかも一口じゃなく、自分でも何口食べたか覚えていないぐらいです、とっても柔らかく、まるで鶏肉みたいな味でした、と。伯母さんは目を大きく見開き、横たわった王戦団と同じように、唇をピクピクと動かしていたが、言葉は何一つその口から発することができなかった。僕は話を続けた、他にもまだあります、僕はこの家を憎んでいます、父さんと母さんのことも憎んでいます、そして自分自身のことも憎いんです、僕はもう二度とここには来ません、と。

六

結婚してもう二週間も経っているのに、新婚旅行の行き先をどこにするのか、ジャッドと僕は最終的な共通認識を持てずにいた。結婚式を挙げないことは僕たち二人で決めたのだが、だからこそ、ハネムーンをどうするかがとても大切になっていた。そのころ彼女はすでに僕に従って瀋陽への帰省をしており、僕の両親や婆ちゃん、上の伯母さん、真ん中の伯母さん、下の伯母さん、それに伯母さんたちの子どもや孫までひと通り顔見せの挨拶も済ませていた、ジャッドが自分たちと姿形も顔つきも変わらないとわかっていたにもかかわらず、一族四世代の全員が、彼女を外国人と見做《みな》した。もう髪の毛が真っ白になっていた上の伯母さんは、ジャッドの両手を握って離さず、自分の右手に長い間嵌《は》めていた数珠《じゅず》をスルッとジャッドの手に移して、いい子だ、南無阿弥陀仏、南無阿弥陀仏としきりに呟いた。その帰省のあと、ジャッドは我が一族のストーリーにことのほか興味を持つようになり、伯母さんの数珠も外すことなくずっと嵌めっぱなしだった。彼女はついに、僕が嘘なんてついていないと信じ、僕が本当にハリネズミを食べたのだと信じるようになった。僕は、そんならスリランカにしようか、世間離れした桃源郷だってさ、しかも費用は高くないんだよ、僕らの予算だって限りのあることだしね、と言った。ジャッドは、あなたの伯父さん、王戦団が夢の中で呟いたあの心得って、いったいどういうことなの、と言った。僕が、どの言葉？　と訊くと、死子は急いで喫すること勿れ、とジャッドが言った。僕はどう言葉を組み立てて説明すべきか考えてから、こう言った、たぶんそれは将棋の勝負で、ある駒は死んではいないんだけど、実はもう死んでいる、いや、遅かれ早かれ死ぬ、そういう駒は放っておけばいい、大局にはもうなんの影響もないから、ということだね、と。ジャッドは、あなた、王戦団は自分自身のことを言っていたと思わない？　と言った。え？　あれは単に寝言に過ぎないと思うけど、と僕が言うと、ジャッドは、ある人は生きてはいるがすでに死んでおり、ある人は死んでいるのにまだ生きている、これは中学校のテキストの詩よ［詩人の臧克家（ザン・コージア）が魯迅（ろ・じん）の没後十三周年に作った有名な詩の一節］、あたし、今、付け焼き刃で一生懸命暗記しているところなの、と言った。僕は、君の中国語力の進歩は凄いね、びっくりしたよ、と答えた。ジャッドは僕にキスをしてから、じゃあ、スリランカにしましょう、周りはみんな海ね、と言った。

二〇〇三年の秋、僕の従兄《にい》さん王海洋が死んだ。交通事故死だった。それはいつもどおりの早朝のことで、彼は二三七路系の公共バスを運転していたのだが、空車でバスターミナルを出発し、正常運転で中華路の交差点に差しかかったときに、砂利を満載した大型トラックに真横から突っ込まれて横転し、大量の砂利の下敷きになって即死したのだ。そのころ王海洋には新しい恋人がいて、彼女はバスの車掌、彼より三歳年上で、双方とも両親に紹介済みだった。ただ海洋のほうでは、王戦団が伯母さんの手配で、そのときついに病院、つまり精神科病棟に入れられていたので、伯母さんだけの応対となった。このことについては二通りの言われ方があった。僕の父さんは、その年に伯母さんが転んで腰を打って自分のことだけで精一杯になり、心を鬼にして入院させるよう決めたのだと称していた。しかし母さんによると、伯母さんはそれより前に他に好きな男ができて、もうどうしても王戦団をそばに置いておくわけにはいかなくなったということだった。僕は二人の言うことをどちらも信じているわけではない。

王海洋の葬儀のとき、王戦団は二人の白衣の人によって、病棟から直接火葬場の入り口まで送り届けられた。ホールでの告別式に出席させなかったのは、伯母さんが敢えて手配したことだ。一族みんな涙が涸れるほど泣き続け、王海鴎とあの女性車掌は二人ともしゃくりあげるほどの泣き方で立っていることもできず、李広源が一人で二人を支えていた。そんななかようやく王戦団が火葬場に現れた。伯母さんは、戦団、あんたがショックを受けるんじゃないかと心配して、知らせるのを控えていたんだけど、よく考えてみると、やっぱりあんたが来ないわけにはいかないだろうと思って来てもらったのよ、わかってちょうだい、南無阿弥陀仏、と言った。王戦団は頷いていたが、顔には喜びも悲しみもなく、目だけがまっすぐ遺体安置台の上の、頭から足先まで白い布で覆われた息子を凝視していた。王戦団が、俺は海洋の顔を一目見たい、と言った。伯母さんは、お止しなさい、すっかり変わり果ててるんだから、と言ったが、王戦団は、見せてくれ、一目見せてくれ、と言い募った。彼が手を伸ばして息子の顔を覆っていた白い布を捲りあげようとしたとき、たっぷりとした白衣を身に着けた葬儀師が前に進み出てその手を摑み、どうかお控えください、と声をかけた。王戦団は、お医者さん、俺は大丈夫だから、と言った。葬儀師は、御霊はもう西方に旅立っておられます、故人のお顔は心の中に留めて、お手をお離しになってください、そして、私は医師ではありませんよ、と言った。王戦団は集まった親族や友人の注目を浴びながら、ゆっくりと手を戻した。葬儀師がただ一人で白布に覆われた王海洋を押し、火葬の釜のほうに一直線に進んでいったが、釜の入り口が狭くて、危うく王海洋はつっかえて釜を塞いでしまいそうだった。葬儀師のたっぷりとした白衣と王海洋の白布が一体になったように見えたとき、その純白の中から、高い声があたりに響いた——西方極楽へ九万九千里！　天の大道で振り返ること勿《なか》れ！

王海洋が一条の灰色の煙となって雲の中に消えていったとき、王戦団は火葬場の外で立ち尽くし、空を仰いでその様をずっと見送っていた。彼に近づいて話しかけようとする者など誰もいなかった。僕は父さんと母さんの制止を振り切り、独りで王戦団の前に進み出て、伯父さん、もう行かないと、天に昇る餞《はなむけ》の紙銭《しせん》を焼くんだよ、と話しかけた。王戦団の表情はやはり読むことができなかったが、彼は押し黙ったまま僕の後ろについてきた。僕は足を緩めて、彼が近づくのを待ってその手を取り、紙銭の焼き場に向かう人々の最後に二人で並んだ。僕の背丈はもう少しで彼に追いつこうとしていた。前を歩いている人たちの半数は親戚筋で、もう半分は僕の知らない王海洋の職場の上司や同僚だった。みんなしきりに振り返って僕らのほうを見ていたが、一様に怯えたような表情をしていた。僕は彼らとはまともに顔を合わせなかった。王戦団は、棒を拾ってこないといけない、長いほどいいんだが、と言った。向こうに行ったら、きっと誰かが残していったものがあるはずだよ、と僕が言うと、王戦団は他人が使ったものはだめだ、新しい棒でなきゃいかん、と言った。僕は、わかった、僕が用意するよ、と答えた。

斎場は人がいっぱいになると災いをもたらすとされており、親族以外は場内に足を踏み入れずに入り口の外に控えて立っていた。一族の者たちは、すでに紙銭を焼き終えた人たちが立ち去って空いた場所にきちんと並んだ。壁面に開けられた半円形の洞のような炉の中に、前の死者の冥土への紙銭がまだ残っていたが、火はもう消えかかっていた。上の伯母さんが最初に前に進み出て、家から持参した紙銭を投げ入れると、炉の炎がまた燃え上がり、伯母さんは哀しみの言葉を高らかに叫んだ、息子よ、おまえはちゃんとお行きなさい！　阿弥陀仏が向こうでお迎えしてくれるからね！　と。一族の慟哭《どうこく》が再び響いた。次に王海鴎と李広源が進み出て、その後に真ん中の伯母さん一家、下の伯母さん一家、そして僕の父さん母さんと続いた。婆ちゃんは古くからの慣《なら》わしで、一世代飛び越した者の葬儀には参列できないことになっていた。一緒にあの世に連れていかれるからだそうだ。みんな次々に炉に紙銭を投げ込み、同じような弔《とむら》いの言葉を唱えた。王戦団は列の最後に並んでおり、もうすぐ彼の番になるというときに、僕は新しく手折ったまっすぐで長い松の枝を手に、やっと間に合うことができた。王戦団は何も言わずに僕の手から枝を受け取り、自分の番が回って来るとすぐさま前に出て、残っていた二束の紙銭をいきなりすべて炉に投げ入れた。燃え盛っていた炎が、紙銭の束で上から押さえつけられた格好になってしまったが、彼が枝を差し伸ばして何度もかき上げているうちに、炎はまた大きくなり、凄まじい勢いで燃え上がって手に負えないほどになった。僕は王戦団のすぐ横に立って、彼が焼くのを見守った。炎の舌が炉の外に躍り出て、二人とも火に煽られ、顔が焼け付くように痛かったが、僕は何か恍惚とした思いに浸っていた。その瞬間、僕は昔嗅いだことのあるいい匂いを嗅いだ。すぐ横で王戦団が話している言葉が聞こえた、海洋よ、おまえはてっぺんまで這い上がったんだ、おまえは仙人になったんだぞ、と。

王戦団に立ち去るよう促す人は誰もなく、彼は最後の一すじの火が確かに消えていくまでじっと見守った。そうして彼が見終えるのを、一族のみんなが静かに待っていた。外で控えていた職場の同僚たちは、とっくに待ちくたびれていた。王海洋の職場からはバスが二台提供されていたが、帰りのバスはほぼ満席だった。伯母さんは窓辺に座った僕の横の席に腰を下ろした。それから僕の手を握って、おまえには感謝してるよ、仏祖はおまえを守ってくださる、南無阿弥陀仏、と言った。伯母さんは仏教を信じるようになったの、と僕が訊くと、道に迷ってはいたけど、ようやく正道に戻れたんだよ、と答えた。僕が、仏教のほうがいいってこと？　と訊くと、彼女は自分の胸元をつついて、ここがすっかり落ち着いたからね、あたしゃしっかり悟ったのさ、おまえの従兄《にい》さんは行かなけりゃならなかったんだね、みんな因果応報というものよ、と言った。じゃ、伯父さんはどうなの、と僕は訊いた。伯母さんは、あの人ももう帰っていかないとね、と言った。伯母さんの視線を追って窓の外のほうを見てみると、僕らのバスのそばに白塗りのワゴン車が停まっていて、ちょうど後ろ姿の王戦団が腰をかがめて乗り込むところだった。その車の外で、李広源が白衣を着た二人の手に、どのぐらいの額かは見えなかったが、お金を握らせようとしていた。やがて白衣の二人もとうとう車に乗った。ワゴン車のスライドドアが閉められるその瞬間、僕は、王戦団！　とか、伯父さん！　とか呼びかけたくなった。でもどうしても声をかけられなかった。王戦団の身体は彼にぴたりと張り付いた白衣の人に遮られていて、彼自身も向こう側の車窓に顔を向けていたので、僕にはその表情が見えなかった。それが王戦団を、僕の伯父さんを、見た最後だった。

ジャッドから訊かれたことがある、王戦団はどんなふうにして亡くなったの？ と。彼は病院の病室で死んだんだ、あの葬儀の二カ月後のことで、突然の心筋梗塞だった、と僕は言った。朝、看護師が彼にお粥をよそってやっていたわずかな時間のことで、彼女がちょっと振り返ったときには、頭がもう窓の縁《へり》にだらんとなっていてね、まるでうたた寝してるみたいだったそうだ。ジャッドは、フランスの老人はそんなふうな死に方をとても羨ましいと考えてるの、まったく苦しまないもの、と言った。世界じゅう誰もがそんなふうに思ってるよ、と僕が言うと、ジャッドはいきなり話題を変えて突っ込んできた、結婚する前にあなたはどうして話してくれなかったの、あなたがうつ病にかかっていたって、と。僕は、君に嫌われるんじゃないかと思ってたから、と答えた。そんなこと、心配することなかったのに、でもちゃんと言ってくれて、あたしとっても嬉しい、とジャッドが言った。僕は、ごめんね、と言った。ジャッドは、あなたが悪いんじゃないし、謝ることなんかないわ、それにほんとはうつ病でもなかったんじゃないの、そうでしょ、と言った。わからない、と僕は言った。それであなたはまだお父さんとお母さんを恨んでいるの？ とジャッドが訊く。僕が、恨みなんかありゃしないさ、と答えると、ジャッドは、あたしも両親を恨んでないわ、親たちの離婚はすごく賢明だったからね、あたしの母さんだって、あたしを産んだからと言って、一生涯母親でいなけりゃいけないなんてことはないのよ、と言い、その後しばらく沈黙が流れた。それからジャッドはこうも言った、さっきの話、いっそスリランカに行くのは止して、お金を節約して瀋陽で家を買うことにしたらどう、手付金にするのよ、と。僕は笑って、君はますます中国人らしくなってきたね、と言った。ジャッドは、郷《ごう》に入《い》っては、郷に従えってことね、と言った。前にヴェルサイユ宮殿に行ったときのことだけど、壁に展示されていた一枚の油絵の前で僕が泣いちゃったことがあったよね、と僕は言った。覚えてるわ、あのときあなたにどうしたのって訊いたけど、あなたは答えてくれなかった、とジャッド。僕は続けた、あの絵には海が広がっていて、海に一艘の船が描かれていたんだ、僕は王戦団を思い出してしまった、あの人、ほんとは潜水艦の乗組員になったことなんてないんだよ、ずっと戦艦勤めで、マストに登って手旗をやる信号兵だったのさ。ジャッドは、どうしてそんなこと知ってるの、と言った。あの人は自分の詩の中でそう書いていたし、後になってそれは確かなのかと伯母さんに訊ねたこともあるんだ、と僕は答えた。ジャッドは、その詩にはどんなふうに書かれていたの？　と言った。僕はこう答えた、王戦団は詩の中でこう描いているんだ、船は私の足元を進んでいく、月光も足の下に踏まれていて、私は全太平洋を指揮している、とね、潜水艦の中じゃ月光なんか見えやしないじゃないか。

僕はこう言い切ってもいいと思う、ハリネズミが道路を渡るのを王戦団が指揮したあの年、それは二〇〇一年だ、僕は十四歳で、年齢から言えば中学二年のはずなのに、小学校六年生でつっかえたまま留められていた。その日はもともと、父さんと母さんに言われて強引に伯母さんの家に行かされ、趙先生に観てもらうことになっていた。僕は生まれつきひどい吃音を患っており、十歳になる年には、同級生に馬鹿にされたりすることもあって内向的になり、家に閉じこもって学校に行くことを拒んだ。両親もなす術がなく、交代で長期休暇を取って僕を北京に連れて行っては、いい病院や名医を探しまわった。一九九七年の大半を、僕は北京と自宅を目まぐるしく行き来することで過ごした。石景山《シージンシャン》の小さな診療所では、電気を通した鉗子《かんし》で舌根のあたりをひどく焼かれたこともあるし、民間療法とやらで煮詰めた螻蛄《けら》の皮を飲まされ、口いっぱいに細かな砂利を詰め込まれてピンイン表［中国語の発音の音節表］を読まされたこともある、そのとき僕は、お椀に何杯もどす黒い血を吐き出した。そうしてようやく僕がこの終生の恥辱を甘んじて受けようと覚悟を決めたころには、父さんと母さんは僕を苛《さいな》むことが習慣になってしまっていた。もしかしたら両親はそうやって自分自身を苦しめることに満足を見出していたのかもしれないけれど。一年経って学校に戻ったが、僕の吃音はまったく良くなっていなかったので、さらに一年下の学年に落とされてしまった。もともと僕は成績がいいほうだったのだが、不登校で一気にガタ落ちになり、再度の原級留置となったわけだ。だから最初の同級生たちが中学二年に進級していたときに、僕はまだ小学生のままだったということになる。十四歳の誕生日当日、僕は団地六階の窓の縁からつま先立ちになって身を乗り出し、命を懸けて両親に迫り、ようやく次の治療を諦めさせた。そうして窓の縁から降りたとき、二度と誰とも話をしないと心に決めた。まるまる三カ月間、僕は完全に口を噤《つぐ》んだまま通した。父さん母さんはもちろん、どんな人がどんなやり方で話をさせようと試みても、僕の口から一言も引き出すことはできなかった。母さんはしばらく泣きの涙で暮らしていたが、さんざん泣いてから僕を心理カウンセラーの医師に診てもらうことにした。しかしそんな医師に向かって僕が口を開くことなど、当然のことながらあり得なかった。医師たちは、僕の症状は心理的な疾病《しっぺい》によるものだと初歩的な診断を下したが、僕が一言も話さない以上、治療の施しようもなかった。最後には、やっぱり下の伯母さんにいろいろ言われるがまま、母さんはついに僕が何かの祟りで病気になっていると確信するに至り、趙先生に三度目のご出馬をお願いすることになったのだ。趙先生は、調伏の祈祷の場に両親がいてはならないと言明し、場所は上の伯母さんの家と決めたのだが、それは上の伯母さんの家の西南の隅にあの穴がまだ開いており、白三爺が同じように自由に出入りできるからだった。

母さんは僕をタクシーに乗せ、運転手に二度住所を説明してタクシー代を支払い、涙ながらに僕の出発を見送った。タクシーが間もなく上の伯母さんの家に着くというときに、思いがけないことが起こった、王戦団と一匹のハリネズミに行く手の交差点が塞がれていたのだ。

あの日は、李沐陽がひどい風邪に罹っていて、上の伯母さんはこの孫娘を病院に連れて行くことに大慌てになっており、王戦団に朝飲ませるはずの睡眠薬を忘れてしまっていた。それであのシーンが引き起こされたというわけだ。王戦団は伯母さんに家に連れ帰られる道すがら、ずっとたいへんな上機嫌で、僕がタクシーから降りて追いかけて行くと、笑いながら僕に、よく来たね、と声をかけた。僕は何も言わなかった。王戦団は続けて言った、おまえの舌はまだ治らないのかい、口が利けなくなっちゃったのか、と。僕は睨みつけて、歯を食いしばった。

僕ら三人は伯母さんの家に戻った。戸を潜《くぐ》ると、線香の香りが漂っていて、両端のぴんと反った供物机のあの十字架が片づけられた後に、白家三爺の位牌が改めて安置されていた。僕は趙先生とこのとき初めて顔を合わせた。彼女は黄色の道士の衣装を身につけ、手には木の短剣を持っていた。王戦団はまだ上機嫌で、率先して声をかけた、おやまあ、これは、我が古き友よ、と。趙先生は剣を王戦団に突きつけ、貴様は我が白家の不倶戴天の仇《かたき》だ、あたしにその面《つら》を見せるんじゃないよ！　と言い、さらに伯母さんにも剣を突きつけて、あんたもだよ！　と言った。王戦団は笑いだし、さっき俺はあんたの一族の一人を助けてやったんだぞ、これで昔のことはチャラにしないか、と言った。趙先生は、出ていけ！　と大声で罵った。伯母さんは王戦団を無理やり奥の部屋に引っ張っていき、自分も一緒に入って中から鍵をかけた。趙先生はそのあと剣を僕に突きつけた。こっちに来なさい、三爺様に跪け！　するとまたあの体から湧き上がる力が僕を押し、押さえつけて、僕を前に進ませて跪かせた。頭の真上には、「龍首山二柳洞白家三爺」の位牌がある、僕が歯を固く噛み締めたとき、後頭部を剣で激しく叩かれ、背後にいる趙先生の高く叫ぶ声だけが耳に響いた、さあ、話すんだ！　僕は歯を噛み締めた。木剣がまた一撃、さあ、話すんだ！　僕はさらに歯を噛み締めた。その後の一撃はものすごく激しく、後頭部が火に焼かれたみたいな感覚だった。三爺様が上におられるんだ！　まだ罪を認めないのか！　僕は決して口を開けなかった。そのときだ、奥の部屋から王戦団の叫ぶ声が聞こえた、王戦団が戸の向こうから叫んでいるのだ、這い上がるんだよ！　てっぺんまで這い上がれば、すごいやつになれるぞ！　僕が顔を上げると、趙先生が僕の真ん前に立っていた。這い上がるんだよ！　まっすぐ昇っていけ！　王戦団の叫び声は、ギリギリと戸を掻きむしるような音を伴って、ますます明瞭に響いた。趙先生の握った木剣が僕の顔面にまっすぐ振り下ろされようとした瞬間、僕は自分の舌を噛み、口の中にずっとご無沙汰していた血生臭さが広がった。僕は大声で叫んでいた、僕は罪を犯しました！　と。趙先生が叫ぶ、なんの罪だ！　僕は叫ぶ、両親に背《そむ》きました！　趙先生が叫ぶ、まだあるだろう、続けなさい！　このとき、僕は激しく泣いた。趙先生が、まだ罪を犯してるだろう！　みんな話すんだ！　おまえの伯母はもう白状してるぞ、と叫んだ。僕は、罪を認めます！　ハリネズミの肉を食べました！　と叫んだ。趙先生が、もう一度言うんだ！　と叫ぶ、僕は、白家の仙肉を食べてしまいました、と重ねて叫んだ。趙先生が叫んだ、ちくしょうにも劣るやつめ！　だが三爺様はおまえが幼く無知だからと情けをかけてくださる、三爺様の願いは世を救うことだから、おまえの死に値する罪も許される！　これから一緒にお唱えしなさい、一にキツネ様、二に黄色いイタチの仙人様にお願いします！　僕は続けた、一にキツネ様、二に黄色いイタチの仙人様にお願いします！　趙先生が叫ぶ、三におろち様、四に長いヘビの仙人様にお願いします！　僕が続ける、三におろち様、四に長いヘビの仙人様にお願いします！　趙先生が叫ぶ、五に判官様、六に閻魔大王様にお願いします！　僕が続ける、五に判官様、六に閻魔大王様にお願いします！　趙先生が叫ぶ、白家の三爺様、どうぞこの男をお救いください！　僕が続けた、白家の三爺様、どうぞこの男をお救いください！

木剣が頭のど真ん中にまっすぐ振り下ろされ、僕の魂はどうやら二つにぶっちぎられたみたいだった。しかし僕にはわずかな痛みすら感じられなかった。趙先生が高らかに叫んだ、吐き出してしまえ！　と。剣が僕の頭を低く押さえつけたとき、口の中に溜まっていた鮮血が勢いよく噴き出て、深いエンジ色の床にぼたぼたと垂れ、すぐさま吸い込まれるように消えていった。香灰がたっぷり一袋分、頭のてっぺんからざっとふりかけられ、体全体がすっぽりと灰粉の霧に包まれると、僕は重い責め苦から解き放たれたような気分になった。奥の部屋から轟《とどろ》いていた王戦団の叫び声は、二度と聞こえなかった。

あれから何年も経って、ヴェルサイユ宮殿に身を置いたとき、そしてスリランカの名も知らぬ海辺に立ったとき、どちらのときにもよく似た風が吹いていた。僕ははっきりとわかった、これから先、僕はどんなものにも、邪魔されたり妨げられたりすることなんかないのだ、と。

モンテカルロ食人記

木曜日の早朝、僕は不意に思い立った駆け落ちのためにあらゆる支度を整え、父さんが出かけたら、あとはいよいよ決行するばかりになっていた。

雪は夜半過ぎから次第にひどい降りになった。空が白む前から父さんが起きだしたことがわかった。まずリビングでガサゴソと音がした。それから父さんはベランダのサンルームに出て、寒さに凍りついたアルミサッシの窓をこじ開けた。凍ったネギを取り出すと皮を剥き、卵を三つ割ってフライパンに入れている。ネギのみじん切りも大摑みで放りこんでさっと炒めるというのが父さんのいつもの朝食で、炒めた卵のいい匂いがすぐさま迸《ほとばし》り、僕の枕元まで漂ってくる。いつもなら僕は六時半に学校に出かけるのだが、この日は七時半になってもベッドに寝たままで、しかも部屋のドアは思い切り開けておいた。これは父さんにどうしたのかと訊ねさせるためだ。そう訊かれたら、風邪をひいたから畢《ビー》先生に欠席の電話をかけてほしいと頼むという段取りで、これが完璧に練った計画だった。ところが予想に反して、父さんは支度を済ませるとそのまま出かけてしまい、僕には一言も声をかけなかった。親子間のすれ違いがずいぶん続いていたとはいえ、体調が悪そうな相手を見て見ぬふりをするところまでは至っていないはずだ。僕は他の可能性を仮定した。たとえば、父さんは国営工場を辞めてから時間の概念を喪失して止まったままのねじまき時計のようだったから、七時半が七時半でなくなり、僕がまだ起床しなくてもいいと思いこんでいたのかもしれない、とか、あるいは、何か抜き差しならない急用ができてしまったのかもしれない、とか。いろいろ考えてみたが、そんな可能性はほとんどなかった。いずれにしても、父さんが僕に対して心底無関心になるなんてことだけはありえない。僕はこう自分自身を慰め、ついに身を起こしてベッドを降りたが、寝たふりをしてずっと押さえつけていた左足が少し痺れていた。

僕らの家は小さな2DKで、金属機械第三工場が古い住宅を撤去して建て替えた家族用団地の、五十二平米の部屋だ。僕が六歳のとき、母方のお婆ちゃんが叔父さんの家を追い出されて（お婆ちゃんが自身の退職金の叔父さんへの提供を拒んだからだそうだ）、母さんは兄弟姉妹の中でいちばん上（弟一人と妹一人）だったので、父さんの反対を押し切ってお婆ちゃんを引き取り、強引に同居を始めたから、小さな家はさらに狭くなった。小学校から高校まで、僕はお婆ちゃんとおんなじベッドに寝ていて、それが二年前にお婆ちゃんが亡くなるまで続いた。お婆ちゃんが亡くなった半年後の立秋の日、今度は僕の母さんが突然消えたのだが、貯金以外のものはすべて残したままだった。家族の人口が一気に半減し、小さな僕の家はまたたくまに広々とした感じになって、父さんと僕はそれぞれ一部屋ずつ持つことになった。そのときから僕は自分の部屋のドアを固く閉め切って中にこもった。父さんはこのことにひどく批判的で、僕ら二人の闘争の幕はこうして切って落とされたのだった。

　僕がダイニングに行ってみると、テーブルにたっぷり二人分はある大皿の卵チャーハンが盛り付けられており、父さん自身は食べていないみたいだった。僕は緊張しすぎて胃が引き攣ったようになり、食欲はまったくなかった。五段箪笥のいちばん下の抽斗《ひきだし》、そこは父さんがいろんな工具を入れる専用のところだったが、そこが半開きになっていたから、僕はしゃがみこんで全部開けてみた。すぐに、父さんの最も大切にしていたネイルハンマー「金槌の頭の片側に釘抜きがついたハンマー」がないのに気がつき、もしかしたら北市場《ベイシーチャン》に小遣い稼ぎの頼まれ仕事でも探しに出かけたのかもしれない、と頭に浮かんだ。クラスで机を並べている田斯文《ティエン・スーウェン》から言われたことがある、彼女は北市場で一度父さんを見かけたけど、フェイスマスクを頭からすっぽり被って両目ぐらいしか出てなかったから確かかどうかわからなかった、と。でも、父さんは目が大きくて眉間に大きな黒いホクロがあるから、簡単に見分けがつくはずなのだ。しかし、なんだかんだ言っても、こんなひどい天気のときにバイト探しに出かける人なんかいないだろう。それからまた、父さんの行き先は北市場じゃない、もし行くなら工具箱全部を持っていくはずで、ネイルハンマー一丁だけというのはおかしい、とも思った。

抽斗を戻して立ち上がると、壁に貼った世界地図が目の前に迫った。僕は緯度経度の線に沿ってしばらく視線を走らせていたが、やっぱりモンテカルロがどこにあるか見つけられなかった。僕は大学受験に失敗して高校に二年も余計に留まったままの文系学生という身分で、自分としては地理がいちばん得意な科目だと自信をもっていたのだが、モンテカルロが結局のところ国家なのか都市なのかさえ見当がつかないということに、ちょっとしたショックを受けていた。正直なところ、もうじき満で二十歳になろうというのに、僕はまだ一回も旅をしたことがない。地図上で縮尺され黒い点に凝縮されてしまった大小の都市は、僕からすれば茫漠たる危険地帯で、数えきれない壮大な河川や、高く聳《そび》える山脈、森林、湖沼、砂漠、海洋、これらのすべては、地図から躍り出た先史時代の恐竜みたいに僕に食らいつこうと争っているように思えた――この事実の持つ重大な意味を、昨夜崔楊《ツイ・ヤン》が電話をかけてくるまで、僕はまったく意識したことがなかった。しかし今僕には崔楊がいる、もう恐れることなんか何もない、と僕は思った。あたしが君を連れて行ってあげる、崔楊は電話でこう言ったのだ。彼女から電話があったとき、雪はまだ降っていなかった。どこに行くの？　僕は訊いた。崔楊は、明日出かけてから考えましょう、今夜は荷物をまとめてね、できるだけ軽装にして、明日の朝八時半、君の家の向かいにあるモンテカルロで待ち合わせよ、あたしが車で君を迎えに行くから、と言った。それからすぐに父さんがドアの鍵をガチャガチャさせる音がしたから、僕は、絶対に待ってるからね、とひとこと言って、慌てて電話を切った。雪が降り始めていた。

モンテカルロというのは洋食レストランで、開店して三年以上経つが、僕は一度も入ったことがなかった。今それが真っ白な河みたいになった雪道を隔てて僕の真ん前にある。ごくたまに亀みたいにノロノロと動く車両が雪の中をやってきたが、タイヤが雪に埋もれて、まるで船が浮いているように見えた。綿入りの防寒靴は履いてこなかった、僕が履いてきたのはいちばんお気に入りの李寧《リー・ニン》ブランド［世界体操チャンピオンによるスポーツ用品ブランド］のジョギングシューズ、最もかっこいい姿で崔楊に会おうという単純な発想だ。着てきた衣服も薄手のもので、僕らの行き先は南方になるに違いないと見込んで、厚ぼったいダウンジャケットなんか、はなから余計なものと決めつけていた——ただ一点、完璧な準備にミスがあった、慌てて出てきたせいか爪を切り忘れていたのだ、崔楊が人の爪についてはことのほかうるさいというのに——崔楊とは何度も駆け落ちについて話し合ってきたが、僕は認めなくてはいけない、彼女が電話でこの言葉を口にした瞬間、僕は震えるほど驚いたんだ、それなのにまったくためらうことなく

ＯＫしてしまったのには重要な理由があって、それはつまり、これまでの経験において、どんなことであれ、最終的に僕はみんな彼女の言うことを聞いてきたということだ。崔楊は僕よりも六歳年上で、成熟という点において僕が永久に彼女に追いつけない理由が年の差なのかどうかはわからない。しかしどうあっても、僕は自分が臆病で主体性のない人間だとは認めたくはない、だってもしそうだったら、高校に留まって二度目の受験浪人をするよう父さんが僕に迫ったとき、すぐにカッとなって反抗していただろうし、こうして積もりに積もった無念を出奔の原動力にすることなんか、思いつきもしなかっただろう。

ジョギングシューズを濡らさないように、僕は人がつけた深い足跡を辿りながら歩を進め、ずっしり重いリュックが背中でぐらぐら動いた。そして通りを横切ろうとしたまさにそのとき、雪を巻き付けて吹く風に顔を打たれ、ハッと気がついた、この通りで何かとんでもない変化が起きているんじゃないか——通り過ぎた第九中学校の正門前では、初級中学の生徒たちが規格化されたオレンジ色の制服をきちんと身に着けて、秩序正しい波のように四方から校門に押し寄せていて、まるで巣に帰る蜜蜂の群れみたいだった。だが、この通り全体がこれまで見たことのないような静寂に包まれていることを、僕はそのときはっきりと意識した。そうだ、花大姐《ファダージエ》［花ねえさん］の姿がない。花大姐は気の狂った女の人で、暑さ寒さに関わらずいつも胸を開けて乳房を剥き出しにして、派手なスカーフを頭からかぶって首元で結《ゆわ》えつけ、雷が鳴ろうが槍が降ろうが、朝夕必ず九中正門前にやってきて動かず、幼くして亡くした愛児の幼名を喚きながら、男子生徒の前に立ちはだかる。こうして彼女に捕まった男子は顔中にキスされまくって、生臭い涎が糸を引くのだ。被害生徒たちの間では、花大姐にキスされたら三日のうちに顔が爛《ただ》れるという噂がパンデミックみたいに広まっていた。しかし事実は逆で、唾液に含まれる澱粉《でんぷん》酵素のおかげかニキビが良くなった少年たちも何人かいたのだから皮肉な話だ。花大姐については、この街ではもう一つ言われていることがあった。もし彼女が姿を見せなければ災いが起こる、というものだ。僕のお婆ちゃんの記憶では、ここ何年かの間に三度、花大姐は姿を消している、一回目には地震が起こり（当市においては地震など滅多になかった）、次のときには豪雨がこの通りを呑みこんだ、そしてさらにもう一回は、今よりもっと凄い豪雪に見舞われ、通りの家屋が雪に押しつぶされて一家四人が圧死したという。不思議なことに、この三度とも、災難の起こった翌日に花大姐はいつもどおりに姿を現しており、まるですべてわかって災難を避けたようだったという。こんなことを連想するうちに、なんだか不吉な予感がしてきたが、それ以上考える余裕はなかった。

ガラス張りのドアを開けて入ると、サンタクロースのついたドアベルが背後で揺れて、いつまでも音を響かせていた。僕は力を入れて足踏みをし、ジョギングシューズとズボンの裾の新雪を振り落とした。顔を上げて中を見回すと、数名の客がいた。入り口にはお品書きが立てられており、朝食バイキング、お一人様十五元と書かれている。僕の記憶では、この店が開業した当初は十元だったはずだ。見ていると、客の一人が並んだステンレス製保温ケースの中から料理を取り出して席に戻った。トレイに載っていたのは、包子《バオズ》、花巻《ホアジュエン》、切り分けた饅頭《マントウ》、茶葉蛋《チャイエダン》［茶葉と醬油香料で味をつけた茹で卵］と冷菜少し、それとお椀によそったお粥かワンタンだ。西洋レストランなのにどうして中国式朝食なのかわからなかった。腹が鳴りはじめたが、僕は食べたくなかった。というのも、十五元は僕にとって安くはなかったし、手元には父さんがいつも現金を入れておくドロップの箱からくすねた現金が、全部で四百元ちょっとしかなかったからだ。僕は窓辺の空席に座った。この席は交差点に面していて、すぐ前に電信柱があって、灰色に澱《よど》んだ空を真っ二つに切り裂いている。目の前の四角いテーブルにはブルーと白の格子柄のクロスが掛けられ、中央に白磁の瓶があって、中に挿された一本のバラがだらりと頭を下げていた。

　店内では、一人の母親が剥いたばかりの茶葉蛋を二つに割り、半分を小学生の息子の口に押しこみ、もう半分を自分で咥えて、息子の手を引いてドアを出ようとしていたが、強風に煽られて半歩ほど押し戻された。母親はどうやらそのとき卵にむせてしまったようだが、数秒後にやっと全部呑みこむともう一度ドアを押し、今度は成功して出ていった。九中の制服を着た男子が二人、ステンレスの弁当箱の中に大皿半分もの揚げ饅頭をこっそりよそってカバンの中に入れ、素早く身支度して出ていった。僕は腕のカシオ電子時計に目をやった、八時ちょうどだ。店に残っているのは三人の男で、三つのテーブルをそれぞれ占めている。そのうちの一人は八字髭を生やし、熱いお粥に息を吹きかけながら、『華商晨報《ファシャンチェンバオ》』［瀋陽の地方都市紙］をめくっていた。僕はこの人のことを知っていた、鍵職人で、仕事場はここから遠くないところだ。しかし、一介の鍵職人に一食十五元もする朝食を消費する経済力があるんだろうか、しかもこんなに余裕たっぷりな感じで。もしかしたらこの周囲三キロ四方の地域にあっては彼がただ一人の鍵職人で、夥《おびただ》しい数の家々のドアを独占しているのかもしれないな、と僕はせせこましく考えた。ベストを羽織った若い女の子が僕の目の前にやってきた。近付くとベストが油でベタベタなのがわかった。彼女はあくびをしながら僕に手を差し伸ばした。僕はここで人を待っているだけで、せいぜい三十分ぐらいなんだよ、すぐに惚れた女性と一緒に駆け落ちするんだから、もうこの辺りで僕らを見かけることなど二度とないわけで、僕のことは、はじめっからここにいないものと見做《みな》してくれないかな、と率直に打ち明けようと思ってはみたのだが、残念ながら僕は幼いころから揉め事が嫌いだったので、おとなしく十五元を取り出して、彼女の手に渡すしかなかった。油まみれのベストは長い大あくびを終えると、取り分けのトレイはご自分でどうぞ、と言った。同時に、入り口のサンタクロースがまた響き、ハンチングを被った背の高い男がドアを開けて入ってきた。黒革のジャケット姿で、片手に三十数センチの茶色の木箱を持っている。この人物は中に入るとまず立ち止まり、腰をぐっと伸ばして身長をさらに高め、いきなり僕のいるほうに視線を走らせたが、僕に注目したんじゃないことは明らかで、誰か探しているようだった——僕は一目で、誰なのかわかった——魏軍《ウェイ・ジュン》、僕の叔母さんの亭主だ。正確に言えば、元亭主。僕はこの人の視線を避けようとしたが、彼はもう別のほうに顔を向けてまっすぐ鍵職人の前に進んでいくと、腰を下ろした。僕に背を向ける格好だ。木箱がテーブルの上に置かれたが、どうやら二人は偶然に出会ったわけではなく、鍵職人が彼を待っていたということらしかった。

魏軍が、かつて一族の中で僕がいちばん好きな大人だったことは認めざるをえない。彼はユーモアに富み、その場の雰囲気をよく読み、話のうまさは群を抜いていた。家族揃って会食をするときなど、いつも彼が座を盛り上げる人気者だった。しかし彼は酒がまったくだめで、よく僕の父さんに飲まされては、へべれけになってテーブルの下に倒れこんでいた。まだ立っていられるときには、僕の母さんの腰に手を回して社交ダンスを踊ったりもした（僕の叔母さんはこのことで怒ったりはしなかった）。ダンスを踊らせると彼は実に見事なステップで、テレビドラマの『上海灘《シャンハイタン》』なんかに登場する民国時代の気取った優男《やさおとこ》みたいだった。僕だけじゃない、僕の従妹（お婆ちゃんを追い出したあの叔父さんの娘だ）だって彼のことが好きだったんだ。しかし彼と叔母さんの間には子どもができず、母さんが言うには、もし子どもがいたら離婚するまでにはならなかったのに、ということだ。若いころ彼は仕事にあぶれていて、お婆ちゃんの言い方によれば、出稼ぎ崩れのルンペン、だった。叔母さんがこの彼と何が何でも結婚すると言い張ったとき、お婆ちゃんから何回か往復ビンタを食らわされたので、結婚写真に写った叔母さんの眉尻にはその痕が残っていた。結婚してから、叔母さんは伝手《つて》を頼って、なんとか魏軍を医科大学の動物実験室に押しこむことができた。仕事というのは、ハツカネズミやモルモット、ウサギ、そしてシェパードといった実験用動物を飼育することで、それらが基準の重さに達すると解剖講座の教員や学生が受け取って持っていく。ある年の正月二日、家族が僕の家で揃って会食をすることになったとき、僕は彼にウサギを一羽もらえないかと頼んだことがあったが、彼にきっぱり断られた。そのとき彼は酔っていて、仕事には馴染めない、みんな生き物なのに俺の手にかかるとみんな死ぬことになるんだ、いつだって罪作りなことをしている感じが拭えないんだよ、と僕に言った。僕は、ウサギがどうしても欲しいんだよ、と言い張ったが、彼は猿頬貝《サルボウガイ》の大皿を抱えこみ、貝の中身を次々に啜るのに夢中で、僕のことを無視した。しかしその晩には、明らかに犬とわかる肉が醤油煮で大皿に盛られて出てきた。僕の母さんは、この犬肉は魏軍が解剖講座の実験で使ったものを回収してきたのだと断言した。それは僕が、こいつがたいへんな偽善者だと悟った最初の出来事だった。

魏軍はいきなり立ち上がって僕のほうに歩いてくる。木箱は鍵職人の前に置かれたままで、よく見てみると、上蓋に鍵が三つかかっていて、それがみんな違う鍵だった。入り口のドアに突進して逃げてしまおうという衝動に駆られたが、そういうわけにもいかなくて、ただあたふたしているうちに、魏軍は僕の向かい側にどっかと腰を下ろしていた。魏軍が先に話しかけてきた、やあ、阿超《アチャオ》、と。僕は軽く会釈して、どうも、叔父さん、と言った。僕の名は一文字の「超」で、家では「小超《シャオチャオ》」と呼ばれていたが、魏軍だけは僕のことを阿超と呼んでいた。僕が小学校に入る前、彼は広州《こうしゅう》に半年ほど行っており、戻ってきてから、こっちのほうが外国っぽいとか言って、僕をこんなふうに呼ぶようになった。魏軍は、さっきどうもおまえの父さんを見かけた気がするんだ、と言った。僕が、どこで見たの、と訊くと、魏軍が、大西菜行《ダーシーツァイハン》［瀋陽の大規模野菜市場］のほうに歩いていた、帽子を被っていて、きっとそうだ、古い緑のダウンジャケットで、そうだろう？　と言った。そうだよ、と僕は頷いた。魏軍は、俺は一目で誰だかすぐわかるんだ、おまえはここで何してるんだい、もう食べ終わったのか、と訊く。僕が、食欲がなくて、と答えると、魏軍は、じゃ、俺にちょっと食わせてくれ、と言い、立ち上がって料理の並べられたコーナーに向かった。彼は大皿を手に持ち、保温ケースの蓋を一つずつ全部開けて中身を選《よ》り出し、料理を山盛りにしたうえに、さらにお粥を一杯よそって、すぐに席に戻ってきた。包子に一口かぶりついた彼は、本当に食わないのかい、と僕に訊いた。僕は首を横に振った。おまえの父さんも国営工場を辞めたんだよな、食べながら彼が質問を続けた。叔父さんはなんでも知ってるんだね、と僕。こんな大雪だろ、ここに来るまでの道にあった工場はみんな休業さ、正門すら開けてない、だからおまえの父さんは通勤で出たわけじゃないはずなんだ、道理からすれば、学校も休校にして当然だ、これじゃ子どもたちに嫌がらせしているようなもんだな、と魏軍は言った。叔父さんが来た道にあったのは、どんな工場？　と僕が訊くと、第一バルブ工場、送風機製作所、第三毛織物工場、第二綿布団工場なんかだね、と魏軍が答えた。僕は、第二綿布団工場の他はもうみんな潰れちゃってるよ、と言った。魏軍は舌先で歯根をせせりあげながら、そりゃそうかもな、あんなものなくなったってどうにかなるけど、布団だけはなしにはできないからな、と言った。そして、あれから十一年も経ったんだ、瀋陽の変化は本当にすごい、昨日俺は農墾《ノンケン》ダンスホールに踊りに行ったんだが、ステップがいくつも変わってて、危うくリズムを取り損なうところだった、と続けた。たった十一年しか経ってないの？　と僕は聞き返した。魏軍は、おまえの叔母さんと離婚したのが九三年で、翌月には瀋陽を出たんだから、大体そうなるはずだ、と答えた。叔父さんはどんなところに行ってたの、と僕が訊くと、魏軍はこう答えた。まず日本に二年、名古屋で過ごしたが金が稼げなくて、アメリカに行ったんだ、だが不法滞在が通報されてしまったから、人に連れられてペルーに渡った、そこで七年間さ、ペルーって知ってるか？　と。僕は、南米の小国で首都はリマ、アンデス山脈が南北を縦貫し、西は太平洋に面しており、非鉄金属の生産が盛んで、森林と漁業の資源が豊富、と答えた。魏軍は、俺はそのリマにいたんだ、スーパーに魚を届けていた、阿超、おまえなかなかできるじゃないか、無駄に勉強してない、もう大学に入ったんだろう、と言った。浪人したんだ、二度目さ、と僕。結構できる子なのに、なんでまた浪人しなくちゃならないんだ、親から北京大学か清華大学に入れって言われたのか、と魏軍が訊く。北京に行ければ十分なんだけど、二度とも第一志望にあと数点足らなかったんだ、去年なんか、マークシートの答えの行を間違って塗っちゃったし、自業自得だよ、と僕は答えた。

魏軍は、おまえの父さん母さんはおまえの教育に熱心だった、特におまえの母さん、小さいころから結構な金をかけて学習塾にやってたし、数学オリンピックやら、英語に作文やらも、みんな一つ残らずやらせてたろう、ある年にはおまえの学習塾の学費が足りなくて、俺とおまえの叔母さんに借金したこともあるんだぞ、おまえ知ってるか、と言った。僕は、知らないと答えた。母さんが家を出てしまってから、いったいどこにいるのかも僕は知らない。このことで魏軍はきっといろいろ訊いてくるんだろうと思ったが、彼は話題を自分の身の上に戻して、俺の話はまだ先がある、俺の最後の行く先はフィジーだった、フィジーって知ってるか、と言った。僕はもう答える気もなかった。魏軍はこんなふうに語った。太平洋の島国でな、見渡す限り海で、その海水は底まで透き通って見えるんだ、ずっと見つめてると胸が苦しくなる。あるとき、俺が海辺で座っていると、海面が雪で覆われていたんだ、ここの海になんで雪が降るんだ、と俺は不思議に思った。でもよく見てみたら、それは遥か彼方から寄せてきた波濤《はとう》が帯のように漂わす白い飛沫で、陽の光が当たって一瞬本当に雪のように見えただけだった。そのとき俺は自分が故郷に帰りたがってるんだと思ったよ。僕は下を向いて腕の電子時計を眺めていた。魏軍が、何か用事でもあるのか、と訊いた。あと数分で僕は行かなくちゃいけない、と僕は答えた。学校に行くのか、今何時だ？　と魏軍。僕が、八時二十分と答えると、魏軍が、それじゃ、もうとっくに遅刻じゃないか、と言った。僕は、叔父さん、あんたが戻ってきたのは、僕の叔母さんに会うためなの？　叔母さんは別な男の人ができてもう二年になる、二人が一緒のところを僕は見たこともあるよ、と言った。俺だって見たさ、と魏軍。いつ？　と僕。昨日だよ、相手の男はとてつもなくでかいやつで、俺よりも背が高い、と魏軍が言った。僕が、だから叔父さんは、僕の叔母さんと話をつけるために戻ってきたっていうわけ？　と重ねて訊くと、魏軍はお椀の端に口をつけてお粥を啜りながら、言ってみれば、そういうことともちょっと違う、俺が戻ってきて、おまえの叔母さんと話したいのはな、あいつが問題ではなく、金のためなんだ、と言った。

彼のあまりにも率直な物言いに、僕は驚いてしまった。十一年会わない間に、偽善者の悪い癖が治って、極端に走ってしまったのだろうか。魏軍は話を続けた。おまえの叔母さんは金を持ってるんだ、でもおまえのお婆ちゃんも含めて、誰もそれを知らない、金を持ってなければなんで家の買い替えなんかできるんだ。僕は、叔父さん、お婆ちゃんは亡くなったよ、知ってるかい、と言った。魏軍は、知ってると言い、僕は、叔母さんが時尚《シーシャン》地下街［瀋陽駅近くの地下商店街］に露店を出してるのも知ってるの、と訊いた。魏軍はこう言った、靴下なんかを売ってるんだろ、知ってるさ、そんな小商《こあきな》いで家が買えるもんか、おまえの叔母さんはもっとずっと簡単に金を手に入れてんだよ、おまえの家の連中ときたら、あーあ、みんななんにも見えちゃいない、阿超よ、あーあ、と。魏軍の話はいつだって思わせぶりで、僕が聞き返したりするのを待っているんだ、そんなことはわかっていたが、僕はお相手する気はまったくなかったし、もう八時半になっていた、崔楊は今まで遅刻なんかしたことがないのに。しばらく沈黙が流れたとき、「カチャ」という軽やかな音が響き、魏軍と僕はほぼ同時に鍵職人のほうに顔を向けた。鍵職人は攻略した錠前を持ち上げて僕らに振ってみせ、もう一方の手で鍵の工具類を掴むと「ＯＫ」という手振りをした。僕はこのときはじめて、レストランの中に僕ら三人しかいないのに気づいた。他にはベトベトなベストの店員だけで、彼女は面倒臭そうに母子が立ち去ったばかりのテーブルを片付けていた。僕は魏軍に、あの箱には何が入っているの、と訊いた。魏軍は逆に訊き返した、本当に知りたいか、それじゃおまえはもう出発を急がなくてもいいんだな、と。僕は、もう少し待っていたっていいから、と答えた。それじゃおまえはやっぱり俺の話をちゃんと聞いたほうがいい、おまえの家では誰もこんなことをおまえに言うはずがないし、もし言ったことがあるとしても嘘っぱちに決まってる。ちゃんと聞けよ、どの家にも必ずろくでなしというやつがいてな、他の家族はそいつを踏み付けにすることで、なんとか暮らしていけるようになるのさ。以前俺は、この家ではおまえのあの叔父さんがそのろくでなしだと思っていたんだが、後になってわかった、そのこんちくしょうは俺だったんだ。

僕は魏軍の話が、あんな大昔のことから始まるとは思ってもいなかった。幕開けの口上は「俺がおまえよりもまだ若かったころ、俺は下放《シアファン》されていて」というもので――その下放先が大興安嶺《ダーシンアンリン》だった――この話の前段で何度も強調していたのは、彼が大興安嶺の林の中で一頭の熊の目を潰したことだった。魏軍は身振りを交えて話していたが、それはもともと目の潰れた熊なんかじゃない正真正銘の黒熊で、立ち上がると自分の二倍はあったという。銃は村の猟師から借りていたので、お礼に老舗の秋林《チューリン》［瀋陽の菓子店］のお菓子を半箱分もつけたんだ。おまえの目つきは、俺の話を信用してないみたいだが、これは本当のことだ。その熊は俺の尻をガッと引っ掻いて、深い傷を三筋も付けたんだが、今ここで見せるのは具合が悪いから、帰ってからおまえの叔母さんに訊いてみるがいい、叔母さんが証明してくれる。僕は、じゃ、叔父さんはなんで林の中に行ったの、と訊いた。人を殺すためだと言ったらおまえは信じるか、と魏軍は言ったが、僕は返事をせず、冷静なふりをした。魏軍は手を振って笑いながら、冗談、冗談、脅かしただけだよ、俺はいい待遇を勝ちとるために、森の動物を獲って村の共産党書記への年越しの贈り物にしようと思っていたんだ。ところがだ、俺は道に迷って足を踏み外し、なんと熊の寝ぐらに落っこっちまった、相手はまさに冬眠中だったんだけど、自分の上に尻餅をつかれて目を覚まし、ガッと俺をひと払いしたのさ、そのとき俺はもう死んだと思ったんだが、振り返りざまに一発ぶっ放し、ちょうどまたそれがそいつの目に命中したってわけだ、そいつはクルッと後ろを向いて逃げ去り、その後もう二度とその林には出没しなくなったんだよ。その熊は十里四方、八つの村で広く知られたやつで、たいていの猟師はそいつに出会っても発砲すらできなかったというんだ、というのも、そいつはものすごく頭が冴えていて、人の気持ちも読めると思われてたからさ。後が怖いとは思ったが、俺が悪いわけじゃないし、狭い野道で出くわしてたら、俺が死ぬかそいつがくたばるかってことになってたはずなんだからな。その後、傷からの感染症がひどいことになって、県［中国の行政単位。町よりも小さい］の保健所では治療ができず、町の大病院に送られることになった。俺はこの時とばかり町に居座って、もう下放先には戻らなかった。ま、禍《わざわい》転じて福と為すってところさ。

熊の話が終わったときには、もう九時を回っていた。崔楊はまだ現れず、僕は胸に火がついたみたいで、ますます不安が募っていた。崔楊に電話をかけようと思ったが、僕は携帯を持っていない。リラックスしなければと、僕はいつの間にか手を伸ばしてテーブルのバラの花びらを弄《いじ》り回していた。魏軍はもうトレイの食べ物を全部食べ終わっていて、突然僕の手をじっと見ると、爪がすごく伸びてるぞ、切らないとだめだ、と言った。僕は何も答えなかった。彼は質問を続けた、もう恋人はいるのか、と。僕はやっぱり答えなかった、嘘をつくのは得意じゃないから。魏軍はこう言った、俺がおまえの叔母さんと知り合ったのは二十三のときだ、俺たちがどうやって知り合ったか、おまえわかるか、おまえのお爺さんは大変な酒飲みだった、知ってるだろう。僕は、お爺さんの顔は見たこともないんだ、と言った。魏軍は、お爺さんが亡くなるころにおまえが生まれたんだから、おまえは記憶がないだけだ、と言い換えた。おまえのお爺さんはあのころ、糧食管理所に勤めていたんだが、番人自ら盗むとはよく言ったもので、公の食糧や酒を盗み取りして、午後いっぱいで三合は開けていた。その日はだらだらといつも以上に飲んでしまい、何も食べずに酒を四合も開けて、仕事場を出たとたん、脳溢血を起こして道路ばたに倒れ込んだんだ。危うく死ぬところだったんだけど、ちょうど俺が通りかかったもんだから、背負って家まで送り届けたんだよ。家ではおまえの叔母さんがドアを開けた、それから彼女は俺を追っかけ回すことになったのさ。

彼女は俺よりも三歳年上だったから、この点では、俺には不釣り合いだったな。僕はそういう話は聞きたくなかったので、途中で口を挟み、僕の叔母さんはとても綺麗だったし、だいいち叔父さんはあのころ、まともな仕事についてなかったんでしょう、と言った。魏軍はこう言った、おまえはまだ若い、こういう道理はおまえにはまだ理解できんのだ。おまえとおまえの恋人とはどっちが先に熱を上げたんだい、と。僕はちょっとためらった。こんな話は本来、魏軍相手にするものじゃないけれど、僕はもうじき出ていくわけで、話してもかまわないだろうと思った。あれは一目惚れって言うべきなんだろうね、考えてみればやっぱり叔母さんと関係ないわけじゃない、ある日補習に出かけて、時尚地下街のあたりを通りかかったとき、叔母さんから補習が終わったら自分の露店をちょっと見ていてほしいって言われたんだ、僕の恋人は、斜め向かいの店でマニキュアを売っていたんだけど、僕が退屈そうにしてるのを見て、トランプを取り出して僕の運勢を見てくれるって言ったんだ。こんなふうにして知り合ったってこと、と僕が言った。魏軍は、その子はいくつだ、と訊いた。僕は口を濁して、二十歳とちょっと、と答えた。魏軍は、それじゃおまえより年上なんだな、男より女が年上っていうのは結構面倒だぞ、綺麗かどうかなんか関係ない、おまえもそのうちわかるようになるさ、と言った。叔父さん、ちょっと携帯を貸してほしいんだけど、と僕は言った。

ブー、ブー、と呼び出し音がかなり続いたが、携帯には誰も出なかった。こうなると僕はもうじっとしていられなくなった。雪がこんなにひどい降りになったので、どこかで車が立ち往生したのではないか。崔楊が僕を騙すわけはない、だって騙す理由なんて全然ないんだから、と僕は自分を慰めた。おまえの恋人を待ってるんだな、と魏軍が訊ね、僕は、頷いた。魏軍は、どんな大切な用事があるっていうんだ、それはどうしても今日じゃないといけないのか、と訊いた。僕は、叔父さん、あんたは僕の叔母さんともう離婚してるんだ、理屈から言えば、僕らは親戚とは言えないわけだから、僕のことはあんたとは関係ない、と言った。魏軍は、俺はおまえの上の世代なんだぞ、おまえなんか金輪際、俺に向かってそんな口の利き方ができるわけないんだよ。僕は、あんたに教えてもらう必要なんかないさ、と言った。魏軍は、俺はおまえに人としての生き方を教えてやってるんだ、と言った。僕は魏軍の表情がこけおどしではないとわかって、怖くなりはじめた。魏軍は続けた、俺たちが今日ここで出会えたのには、それなりの定めがあったんだろうな、おまえはまだわからんのか、おまえにはやらねばならない大事があり、俺だってそうなんだよ――そんな目で俺を見るんじゃない、つまるところ俺は世の中を渡ってきた人間だ――天の神様が俺たち二人をこの場で会わせたのには、わけがあるに決まってる、俺たちは真面目に話をしようぜ。魏軍は携帯をポケットにしまって話を続けた。初め俺は結婚なんかしようと思っていなかったんだが、おまえの叔母さんが妊娠しちゃったから、一緒にならざるを得なかったんだ、でも残念なことにおなかの子は途中でだめになってな、こんなことはおまえの家では誰も知らない、打ち明けるのはやっぱりおまえが最初さ。僕は、あんたは叔母さんにずいぶんひどいことをしたって、お婆ちゃんも母さんも言ってたよ、と言った。あの連中はいつだって表面的なことしか見てないんだ、で、おまえの父さんはなんて言ってるんだ、と魏軍が訊いた。僕は、僕の父さんははっきり態度を示すタイプじゃないけど、叔父さんのことはたぶん嫌ってなかったと思う、と言った。おまえの父さんは善人だ、人間としてのレベルがずっと上で、俗人なんかじゃないんだよな、こう言いながら魏軍はハンチングを脱いだが、頭が少し禿げてきているのが見えた。僕の父さんがなんだって言うの、と僕は訊いた。魏軍はこう言った、おまえの父さんは俺よりずっと忍耐強い、男としても本物の力を持っている、もしも違う時代に産まれていたら、きっと大きなことを成し遂げただろうよ、惜しいことに今の身の上では、おまえの母さんに全部だめにされちまったけどな、と。僕は、母さんのことを悪く言ってもらいたくないね、と頭にきて言った。魏軍は、そんなにカッカするなよ、俺が話してるのはみんな本当のことだ、子どものことだってだめにした、それはおまえ自身にも責任はあるんだけどな、と言った。

木箱の二つ目の錠前が開けられたとき、僕は怒りで両手がぶるぶる震えていた。時間はいつの間にかもう十時を過ぎていた。魏軍は僕の真正面で鍵職人に向かって手振りで「ＯＫ」

と示し、得意そうな様子だった。僕はもう我慢の限界で、また訊いてみた、その木箱にはいったい何を入れてたの、と。魏軍は、えー、なんだって、と言うだけ。僕は、その箱だよ、とぼけないで、と言った。魏軍はこう答えた、ズバリあの猟銃をしまってた、あの後、俺はそいつを猟師に返さなかったんだよ、と。あっさり言ってのける彼の口調は、まるで僕を馬鹿扱いだった。僕は、そんなことあり得ない、猟銃はそんなに短いわけがないじゃない、と言った。魏軍は、銃身を短く切って、銃床もヤスリで削って半分にした、こうすれば綿入の上着の袖に隠せるんだ、あのころはまだ武闘［文革翌年ごろから繰り広げられた凄惨な死闘］をやってたからな、二〇四集団が三〇七集団を殲滅《せんめつ》したときに、こいつがちゃんと役に立ったのさ、と言ったが、僕にはなんのことかさっぱりわからなかった。あのころのことは、おまえなんかにわかるはずがないが、大東二〇四集団ってのは黎明発動機工場の組織で、俺がいたところだよ。俺は初めは労働者だったんだけど、その後一斉検挙で引っ張られ、凶器を使った集団暴力行為を働いたということで職場から追放されたのさ。おまえのお婆ちゃんが俺に対して偏見を持っているのは、これのせいだな。結婚してから、俺はもともとおまえの叔母さんを連れて広州に越そうと思ってたんだが、あいつは衛生所の仕事が捨て難くなって、行きたくないと言い張ってた、それじゃ俺一人で行くって言うと、それも嫌がった。でも結局俺は広州に出ていったわけだ、そしたらあいつは離婚すると俺に脅しをかけたんだ。あいつは、今度俺が戻ったのは離婚を恐れてのことだと思い込んでいるみたいだけど、そうじゃない、俺は人に騙されて借金を作ってしまい、逃げ場がなくて帰ってきただけだ。おまえの叔母さんはいつだって独りよがりなんだよ。

　独りよがりと言ったら、魏軍こそがそういうタイプだ。叔母さんは僕の一族の中でいちばん暮らし向きがいい人で、衛生所の仕事という本業で基本的な収入を確保しているほかに、露店を一軒出してもいて、余裕たっぷりの左うちわ、男を取り替え終わったら今度は家を取り替えてしまった。これに対して魏軍のほうは、自分の無能力さを着実に進めてきたと言うほかなく、叔母さんがあのときこの男と一緒に広州に行かなかったのはとても賢明な選択だった。叔母さんにはもう一つ、得意満面で話す成果があった。叔母さんはかなり前に香港に行ったことがあって、香港返還の一九九七年より少し前のことだったが、そのとき彼女は魏軍が広州で浮気をしている証拠を見つけてしまったのだ。あれは夏休みのある日のことだ。外で遊んでいた僕が家に帰ると、叔母さんは香港旅行からちょうど戻ってきたところで、僕の母さんと二人でしんみりお酒を飲んでおり、その目には涙が溢れていた。このシーンがいったい何を意味しているのか僕には見当もつかなかったので、厨房に緑豆湯《リュイドウタン》［夏に冷やして飲む緑豆スープ］を取りに行くふりをして、二人の話を盗み聞きすることにした。叔母さんがこう言っているのが聞こえた。姉さん、香港ってたいへんな繁華街だわ、どんなふうに形容したらいいかしらね、ともかくあの高いビル群、見てるだけで、足がぶるぶる震えてくるのよ。母さんが言った、本筋を話しなさいよ、あんたは現場を押さえたんでしょ、と。叔母さんは、順を追って話さないとわからないからよ、衛生庁の上司と食事をして一緒にビクトリアの港のほうに歩いて行ったのよ、そしたら海辺で写真屋が商売していて、一枚なんと二十香港ドルだって、ペテンもいいとこね、でもあたしたちどちらもカメラを持ってなかったから、お金を出してでも記念に一枚撮るべきかどうか相談して、あたしが値段交渉をしてみることになったのよ、それであたしが写真屋の立て看板を見てみたら、魏軍とあの女が一緒に写ってるのが貼ってあるじゃないの、あたし見間違ったかと思って、その写真を剥がしてじっくり眺めたわよ、まったくこんちくしょうだわ、その女、写真写りだけはいいの、胸に抱かれてたその女よ。母さんが、その女はいくつぐらいなの、と訊いた。叔母さんは、けっこうな年増女だったわ、姉さんぐらいの年恰好なはずよ、よく見りゃひどくお粗末なご面相なの、と言った。母さんは、あんたがその女を罵《のの》りたいのはわかるけど、あたしまで引き合いに出してどうすんのよ、と言った。叔母さんは、姉さん、あたしあの二人を殺してやる、と言った。ここまで聞いたところで、僕は母さんに見つかってしまい、部屋から追い出された。緑豆湯をコーラの小瓶に入れ、ぐっと一息で飲み干したら、体の芯までゾクッとした。人に騙される感覚っていうのは、こういう心底ゾクッとする感じなのだろう。

僕が考えていたのは、僕と崔楊のことだ。自分は一生涯、彼女のことを騙したりはしない、と僕は確信している。仮にこの前まで僕の崔楊に対する感情が、単なる好きという程度に止まっていたとしても、彼女と駆け落ちすると決めた瞬間に、それはもう愛の段階に昇華したんだ。人は自分の愛する人を騙してはいけない。僕のベッドの枕元にはインド人の書いたスピリチュアル系の本が一冊あって、これは高校受験のときに母さんが買ってくれたものなのだが、その後僕はこの本の名言を抜き出しては、作文などに引用するようになった。この本の中に数日前初めて見つけた新しい一文があって、僕はようやくそれを覚えたところだけど、おおよその意味は、失敗者は説教することに熱心だが、成功者はただ事実を述べるだけだ、というものだ。これは魏軍と僕の状況によく当てはまっていると思う。人の感情は、成功したか失敗だったかだけで強引に判断してはいけないけれど、魏軍はまさに失敗者で、その手の人間にとっての達成感は、後から来る者を水の中に引きずり落とすことでしか得られないんだ。僕は誰にも引きずり落とされたりはしない、僕のことを思い通りにできるなんて考えるだけ無駄だ、だって、いつだって崔楊が必ず僕を岸に引き上げてくれるんだから。

十時半になった。雪はやむ気配がなく、空の色が眠気を誘う。油まみれベストは今まで店の隅のテーブルにぺったり突っ伏して眠っていたが、目を覚ましてひどく不機嫌な様子だった。外の積雪は完全に店の石段を超えていて、今このときに崔楊がやってきたとしても、膝小僧まで雪に嵌《はま》ってしまうだろう——崔楊は身長が一七三センチあって、テレビに出てくるモデルたちは別としても、僕の知っている中ではいちばん足が長い女の子だ。僕は突然気がついた、彼女と付き合いはじめて一年近くなるのに、僕はまだ彼女の家がどこなのかを知らない、だからこうして受身の立場でただひたすら待っているほかないのだ。僕はどうやら彼女の両親が何をしているのかも訊ねたことがなかったようだし、彼女のほうも自分から進んで家のことを話したりしなかった。でも、誰かを愛するってことは、相手のことをたくさん知ってなけりゃだめだってわけじゃないはずだ。僕はそう思っている。

魏軍が、少し食べたらどうだい、残ってる料理が片付けられそうだぞ、と僕を促した。腹が減ってないんだ、と僕。魏軍はこう言った、おまえの気性はどっちに似たんだ、俺はおまえの父さん似だと思うぞ。おまえの母さんは本当はとっても明るいタイプなんだが、気性は良くなかった、おまえのお婆さんの家はみんな気性が荒かったな、特に女たちだ、おまえのあの叔父は不甲斐ないどころか、からっきしの意気地なしだ。おまえの父さんも引っ込み思案で、すべて自分の胸にしまいこんで我慢してる、どうやらおまえはそういう父さんに似てるみたいだな、と。僕は、あんたがさっき言った父さんの本物の力ってなんなの、と訊いてみた。おまえの父さんは昔兵隊だったんだ、知ってるよな、と魏軍が言いだした。知ってると僕は答えた。兵種がなんだったか聞いてるかい、偵察兵だぞ、銃弾が雨霰と飛ぶ戦役にも参加してたんだ、と魏軍が言った。僕は、そんなこと教えてもらってない、と言った。俺も最初は知らなかったんだが、俺の二番目の兄貴に、おまえの父さんと昔戦友だったという同級生がいたんだ、その人は戦場でおまえの父さんに命を助けられて、深い恩義を感じているんだそうだ。兄貴の話では、おまえの父さんは尖兵だったということだ、ジャングルの戦闘では神出鬼没、射撃の腕は素晴らしく、大きな勲功を挙げたらしい。退役し帰郷すると工場に入ったわけで、上層部ではもちろん彼を抜擢するつもりだったが、おまえの父さんはたいへんな頑固者で人の言うことなんか聞きゃしない、工場長から党の書記までひととおりぶつかってしまい、厳しく批判されて残りの半生を押さえつけられてしまったのさ、と魏軍は話した。僕は、父さんは拳法が得意で、喧嘩しても負けたことがないっていうのは知ってるけどね、と言った。魏軍は、そんなこと馬鹿馬鹿しい、おまえの父さんは昔人を殺したんだぞ、と言った。

油まみれベストが近づいてきて僕らの話を中断させ、ぷりぷりしながら、お客さんたちまだいるんですか、朝食バイキングの時間はとっくに終わってます、と言った。魏軍は、出ていくにしろいかないにしろ、どうだって言うんだ、と訊き返した。油まみれベストが、出ていくんならそれで結構、出ていかないんならランチの注文をしてください、注文もしないでここに居つづけることはできません、と言った。ランチはどんなメニュー、と僕が訊いた。安いのでは、サラダ、ハンバーグ、スパゲッティなんかで、ソフトドリンクを注文するだけでも結構です、と油まみれベストが言った。魏軍が、そりゃいったいどういう意味だ、俺たちには金がないとでも思ってんのか、いちばん高いのは何なんだよ、と訊いた。油まみれベストは、ビーフステーキ、一人前八十八元、と答えた。魏軍は手を振りながら、二人前くれ、と言ったが、鍵職人のほうをチラッと見て、三人前頼む、あっちの人にも持っていってくれ、と付け加えた。先にお代を払って、と油まみれベストが言った。魏軍は僕に向かって、阿超、とりあえず立て替えておいてくれ、後で金が手に入ったら返すからな、と言った。僕は何も答えず、おとなしく三百元出したが、ポケットにはもう百元ちょっとしか残っていない。お釣り、三十六元です、と彼女。僕は、ビールはあるの、と訊いた。一本十八元［市価の数倍］、と彼女。魏軍は、泥棒みたいな商売だな、と言った。ビール二本ね、と僕。それじゃ、ちょうどお釣りなしということで、と言い捨てると、彼女はくるっと後ろを向いて立ち去った。

　魏軍はこのときようやく、顔に申し訳なさそうな表情を浮かべ、阿超、男は旅に出るなら、金をたくさん持ってないとだめだ、家では節約したとしても旅先ではたっぷり使えなくちゃな、と言った。叔父さん、気にしなくていいよ、このお金も返してもらわなくていいんだ、どうせ僕らは今後二度と会うこともないだろうからね、と言った。俺は今、本当に難しいことになってるんだよ、と魏軍。僕が、どうして叔父さんはいつも難しいことになってるの、と訊くと、人生とはこんなもんだ、山あり谷あり、おまえはちょうど俺が下り坂のときに居合わせたってわけだ、見てろ、俺が金を手に入れたらきっとまた盛り返すからな、と答えた。油まみれベストがビール二本とコップを二つ持ってきて、栓を開けてビールを注ぐと、コップから泡が溢れた。魏軍がタイミング良くコップのビールを啜り、僕に、おまえの酒量はやっぱり父さん似か、と訊いた。知らない、そんなに飲んだことがないから、と僕。魏軍は、酒はこれが初めてか、と訊いた。二度目だよ、父さんはとても厳しくて、大学に合格するまでは飲んじゃだめだって言ってる、と僕。魏軍は、もう大人なんだから、徹底的に飲んでみることだな、自分がどれだけ飲めるのかわかっておくのも大事だぞ、と言った。

僕は本来、父さんと一緒のときに最初の酒を飲むはずだった。あれは一年以上前、母さんがいなくなって、僕が初めて受験留年することになったときのことだ。その日は土曜日で、僕は父さんのお供で第七病院に健康診断に行っていた。父さん自身は身体のことなんかどうでもいい人だったが、あのときはかつての同僚が共産党書記の汚職を国に直訴した事件の余波で病院に行ったのだ。その書記は早期定年選択者の補償金を誤魔化して、早期定年に率先して応じた先進的な労働者たちを騙していた。事実を知って怒った定年退職者をなだめるために、書記は、直訴した先進的な労働者の一人一人に、工場の金で健康診断の機会をプレゼントしたのだ。父さんは直訴した人の中にはいなかったが、間違いなく自ら申し出て早期定年に応じてはいたので、健康診断が巡ってきたというわけだ。採血のとき、最初に若い実習看護師が担当したのだが、その娘は僕と同い年ぐらいで、注射器半分ほど採血したら、その先はどうやっても血が昇ってこなくなって、焦りのあまり汗びっしょりでこう言った。あのう、どうもすいません、あたし看護師長を呼んできます、と。すぐに看護師長がやってきて、再度注射針を入れると、採血はたちまち完了し、師長は注射器一本分の血を採ってさっさと行ってしまった。この対応に僕はカチンときてしまい、帰りに羊の臓物スープの店に行く途中、父さんに、あの病院も訴えたほうがいいよ、あんな業務じゃ絶対批判されるから、と話した。父さんは、採血一本分の代金で一本半も採ってもらったんだから、市場経済の理論で言えば、俺は儲けたんだと思うよ、と言った。父さんは冗談を言って笑わせようとしてるんだとわかってはいたが、僕は少しも面白くなかった。父さんは血を補給するために羊のレバーを一皿注文し、ビールも一本添えた。僕は羊のスープを頼んだが、すごく生臭かったから、父さんの手のビールを見つめ、大胆にも、僕も一杯飲みたい、と言ってみた。父さんは一呼吸置いてから、まだそういう時期じゃない、と言った。僕は、もう十八になったんだよ「中国の成年は十八歳。飲酒喫煙もこの年齢から」と言った。父さんは、十八になったからってそれでおまえが立派な男になったというわけじゃない、もうあと二年待て、と言った。そのときの検査結果について僕は聞かなかったが、見た目で言うと父さんは永久に変わらないみたいだから、病気のほうでも父さんに取り憑くのを嫌がってるんじゃないかと思っている。その後しばらく経って、父さんから検査結果に関する話があった。僕が小さいころからずっと知っている小父《おじ》さんや小《お》母《ば》さんたちの何人かが、あのときの検査で癌が見つかったんだそうだ、直訴では結局お金の補償など認められなかったのに、自分の命を落とす結果を知ってしまったわけだ。あれ以来、僕の父さんは口では何にも言わなかったが、体を鍛える覚悟を固め、毎朝早起きして八一《バーイー》公園に出かけ、拳法の硬鞭《こうべん》［中国拳法で使う鉄製の棒］を振り回すようになった。しかも拳法の師匠に弟子入りまでして、まだ工場勤務を続けている後輩に頼んで、手に馴染む硬鞭を作ってもらい、自分でその先端に赤い房を取り付けた。後輩はどうせ材料などみんな工場にあるもので、とやかく言うやつなんかいないからと言って、父さんから代金を取るつもりはなかった。その鉄製の硬鞭は、父さんが生涯で唯一、国家財産を横領して入手した品と言うべきかもしれない。

それからしばらく経ったある日、父さんから八一公園に散歩に行かないかと誘われた、父さんが毎日鍛錬しているところを見せてやると言うのだ。しかし行ってみると、広々とした空き地には誰に断ることなく巨大な直方体の氷塊がいくつも出現していた。それぞれきちんと距離をとって置かれており、半分ほどはすでに造形ができあがっていて、まるで巨人が動かすチェスの駒のようだった。近寄っていくと、真ん中の氷塊で一人の男が芸術創作に勤《いそ》しんでいた。彫られていたのは岳飛［宋代の民族的英雄］みたいだったが、趙雲［『三国志』で人気の英雄］かもしれなかった。氷の彫刻展なのか、父さんが呟いた。僕は、まだ雪が降りもしないというのに、この氷はどこでできたんだろう、と不思議がった。父さんは、もっと寒いところから運んできたんだろうな、ハルビンとか、漠河《モーホー》［黒龍江省の最北部の地名］とか、もしかしたらシベリアかもしれん、と言った。父さんがその人のほうに進んでいくのに僕はついていった。父さんがその人に訊ねた、この空き地をいつまで使うんだい、と。その人は氷塊を彫りながら、最低五カ月だな、冬が続く限り俺らはここにいる、と答えた。父さんが独り言のように、俺は五カ月も拳法ができないってことか、と呟くと、その男は口が悪く、下手な拳法なんか糞食らえだ、とほざいた。父さんはすぐさまそいつを殴り倒し、手に持っていた彫刻用の鑿《のみ》を奪い取ってそいつの上に跨《また》がった。そしてその鑿をそいつの顔めがけて振り下ろす瞬間、いきなり動作を止めると、彼の体からすっと離れて立ち去った。この経過を僕はみじろぎもせず見守るだけで、なんの反応も示せなかった。それから父さんの後ろについてその場を離れていくとき、父さんがゆっくり右手の拳の力を抜いていくのがわかった。その関節には他人の血がべっとり付いていた。

一本目のビールはもうじき飲み終わりそうだったが、魏軍は僕より遅かった。鍵職人がこのとき木箱を抱えてテーブルの前にやってきて、僕と魏軍に見せ、真ん中の鍵が数字合わせのやつだから、ノコギリ、しかも電動ノコギリでやらないとだめだと言った。僕が見たところ、その鍵は四桁の数字を合わせるシリンダー式で、がっちりしていてセキュリティは万全のようだった。僕は数学がいちばん苦手なのだが、それでも、もし組み合わせをいろいろ試して開けるとなれば、少なくとも一年半ぐらいはかかりそうだってことぐらいはわかる。どうやらこの鍵は、この地域三キロ四方でただ一人の鍵職人をお手上げにさせたようだ。俺の顔が電動ノコギリに見えるか、と魏軍が言った。鍵職人は、俺に喧嘩をふっかけてどうする、本当にもう打つ手がねえんだから、と応じた。僕は、ふつうのノコギリで直接木箱を切っちゃえばいいんじゃないの、と意見を言ってみた。だめだ、この箱は骨董品なんだからな、明《みん》朝か清《しん》朝の品でけっこういい値段のはずだ、と魏軍が答えた。それから、鍵職人に向かって、それじゃ電動ノコギリを探してきてくれよ、と言った。そんなことまでやってたら日が暮れるぞ、と鍵職人が言った。このシリンダー錠は誰がセットしたの、と僕が訊くと、おまえの叔母さんだよ、と魏軍。叔母さんの誕生日とかはどうなの、と僕。やってみたさ、その数字じゃない、と魏軍。僕が、あんた自身のは、と訊くと、魏軍は首を横に振った。本当なら崔楊のことで緊張していなけりゃいけないはずの僕だったが、この鍵に興味が湧き始めてしまい、鍵を手に取ってお婆ちゃんの陰暦の誕生日で試してみたが、やっぱり違っていた。油まみれベストがこのときビーフステーキ二人前を運んできた。トレーの上に二枚の大きなステーキの皿、黒光りしてソースがたっぷりかかり、脇には切ったニンジンが添えられていて、ナイフとフォークは彼女の手に握られていた。鍵職人の目はステーキに釘付けになり、涎まで流している。魏軍は、あんたの分もちゃんとあるぞ、自分のテーブルで食べな、鍵の開け方はしっかり考えてくれよ、と言った。鍵職人は、手間賃八十元足させてもらうからな、と言ったが、魏軍は、ビーフステーキ八十八元だから、あんたは俺に八元返さないといけないな、と言った。鍵職人は「くそったれ」と一言残し、木箱を抱えてテーブルに戻ったが、そのタイミングでちょうど運ばれてきたステーキに間に合った。

　魏軍が僕に、ビーフステーキは食べたことがあるか、と訊くから、僕は正直に、初めてさ、と答えた。魏軍はナイフを使ってステーキを切り分けながら、こいつはペルーじゃすごく安いんだ、南米産の牛だからな、と言った。僕もナイフで切ろうとしたが、どんなにしても目の前のステーキにナイフが入らず、ひどく焦ってしまった。魏軍はもう肉を口に運んでいて、噛みながら、こりゃ焼き過ぎだ、ふつうは最初に焼き加減を訊かなきゃいかんのに、と言った。僕は、あんたはいつも食べてるのかい、と訊いた。魏軍は、最初に食べたときは、確か、おまえの叔母さんを連れて行ったんだと思う、彩塔《ツァイター》［市内中心部にある瀋陽テレビ塔。周囲の夜市が有名］のてっぺんの回転レストランだよ、すごく高い値段だった、その日はおまえの叔母さんの誕生日で、カッコつけて豪華な雰囲気を味わわせようと思ってな、高いところに登って全市の夜景を楽しむっていう趣向だったのさ、と言った。二人はそのときにはまだ感情的にはよかったわけだよね、と僕。魏軍は、いいって言えばいい感じだったんだが、誰だって最初はみんないい感じに決まってるさ、みんな後になってから悪くなるんだ、と言った。僕は、最後までいい感じのカップルだって絶対にあるはずだよ、と言った。俺はそんなやつ見たことないけどな、後になりゃみんな一緒さ、と魏軍が言った。僕は、離婚ってほんの僅かな愛情もなくなっちゃうものなの？　と訊いた。魏軍は、愛情というのは複雑だ、俺が今話してやったとしても、おまえには理解できないに決まってる、たとえば俺とおまえの叔母さんのことだ、愛情はなかったのか、いや、あったさ、今だってあるんだ、愛情ってのはステーキみたいにあっさり切れるもんじゃない、だがおまえの叔母さんはそのうち気が変になっちまったんだよ、と話を続けた。僕は途中で遮って、叔母さんは確かに性格が良くないところがあるけど、叔母さんをそんなに悪く言っちゃいけないと思う、と言った。魏軍はかまわず続けた、だってあいつは、俺が生涯、あいつと付きあいはじめたときとおんなじ気持ちでいることを求めたんだよ、そんなことできるなんておまえ思うか、これじゃ気が変だっていうほかないだろう、一生涯おんなじ気持ちでいられる人間なんか、この世にいるわきゃねえんだよ、と。

僕は腹が立っていた。僕のナイフが全然切れなくて、ステーキには傷ひとつ付いていないのだ。魏軍の言い方が頭にきて目が眩《くら》んでしまったせいかもしれないけど、僕の指の爪は見る見る三センチも伸びて、まるであの花大姐といい勝負みたいになった。あんまり腹が立ったから、僕は指の爪をステーキにいきなり突き立てた。するとステーキはあっさり真っ二つに裂けて、もう一回やってみたら、簡単に四分の一になった。そのまま爪を肉の塊に突き刺して口に運ぶと、口一杯にステーキの肉汁が広がった。魏軍は自分の皿に夢中で、こんなシーンが目の前で起こっていることにまったく気づいていなかった。僕は自分が酔っ払ったのかと疑った。空腹は酔いやすいということだが、そっと顔に爪を立ててみたら考えられないほど鋭かった。魏軍は顔も上げずに食べながら喋っている。おまえの叔母さんっていうやつは、何でもかんでも欲しがるんだ。ロマンティックな物語も、現実の暮らしも欲しがった。でもな、人間は貪欲じゃいかんのだ、どっちか一つしか描けない、俺はロマンしか話してやれない、暮らしのほうはだめだったから、ロマンが終わったら出番がなくて出ていくしかなかったんだよ、ところがおまえの叔母さんは俺にしがみついて放さない、終いには完全にヒステリーになっちまってな、女ってやつはいったん頭に血が上るとどうしようもなくなる。

今度は僕が皿に向かう番だった。さっき彼が見ていない隙に、残りのステーキを爪で全部小さな塊に切り分けておいたから、フォークに持ち替えてゆっくり口元に運び、機械的に咀《そ》嚼《しゃく》を始めた。魏軍は顔をあげ、ビールを手にとってこう続けた。わかってるさ、おまえは今恋愛に夢中な段階だから、俺の話なんか耳にはいりゃしない、だがな、おまえに言っておくぞ、毎日の暮らしも感情も、おんなじ輪の中にあるんだ、どうなったってこの輪からは飛び出せはしない、おまえだってこの輪の中でなんだかんだやってるうちに、俺のこの歳になっていく、そしたらみんなわかるだろうよ、だがそれじゃ遅いんだ、だから俺は今おまえにこういうことを話してやってる、おまえに少しでも早くわからせてやろうと思ってな、今わかってれば、そういうときが来てもそれほど辛《つら》くないはずだからな。俺はここに戻る前に、ついでに遼陽《りょうよう》にちょっと寄ってきた。郊外に清水観《チンシュイグアン》という道教の寺があって、年取った道士が住んでいるんだが、すごく霊力があるって話だった、それで運勢を観てもらいに行ったわけさ、今度やろうとしている事が成功するかどうかってな、その道士が俺になんと言ったか当ててみろよ。そいつが言うには、おまえの叔母さんと俺は前世で血に塗《まみ》れた深い恨みで繋がってるんだとさ。俺は帰りの道すがらよくよく考えてみたんだけど、道理が通ってると思った。その瞬間、俺の頭にどんな考えが浮かんだかわかるか、俺は思ったよ、おまえの叔母さんは俺に眼を撃ち抜かれたあの熊なんじゃねえかな、俺に復讐をしにきたんだ、考えてみりゃ、あいつは俺と知り合ってから右眼が病気になった、飛蚊症だ、いつも黒い点が目の前にチラついてるんだ、医者には診せたが大した病気じゃないから、手術の必要もないと言われた。あの熊、俺にやられたのは右眼だったんだ。阿超、おまえ信じられるか。

僕はもう我慢の限界で、叔父さんやめてくれ、頭が痛いんだ、と言った。魏軍は、どうした、ビール一本でもう酔っぱらっちゃったのか、と言った。僕は、わからない、と答えて、ステーキの最後の一口を急いで飲み込み、両手をテーブルの下に隠した。爪で膝を引っ掻くと、ズボンの布地が破れて糸がほつれ出るのが感じられた。魏軍が気を利かせて携帯を取り出し、もう一回電話をしてみなくてもいいか、と訊いた。僕は手を伸ばしたくなかったので言葉を濁し、叔父さん代わりにかけてくれないかな、さっきのあの番号だから、と言った。魏軍は少し驚いたようだったが、その番号を押してくれた。僕は窓の外のほうに顔を向けた。雪はとてもひどくなっていて、窓ガラスと遠景の間に濃い霧の層が立ちこめ、雪の中のすべてを屈折させて形を歪めてしまい、もはや外の様子から時間を判断することなどできそうもなかった。魏軍は携帯を置いて、相手の電源がオフになってる、と言った。僕は信じられなかった。魏軍は、もしかしたら携帯のバッテリーが切れてるのかもな、とも言った。時計に目をやると、あと五分で十一時だった。僕はなんと言っていいかわからず、ただ両足から力が抜けていくのを感じていた。

このときドアを開けて二人の人が入ってくる姿が見えた。九中の二人の男子生徒、朝も来ていたあの二人で、バッグを背負い、腰掛けたのもおんなじテーブルだ。彼らのほうに向かう油まみれベストの態度は明らかにずいぶん温和で、どうやら馴染みの客らしい。朝食もランチもモンテカルロで取っているとなると、二人は並の家の育ちじゃないということだろう。二人が注文したのは、イタリアンパスタとチキンカレーだ――僕は不思議に思った、二人が話す言葉の一つ一つを僕ははっきり聞き取れている、向こうとこっちは間違いなくこの店のいちばん遠い対角線なのに。二人がそれぞれコーラとスプライトを頼むのも聞こえた。それから彼らは花大姐のことを話しはじめた。一人がこう言った、花大姐が死んだんだよ、今朝警察が死体を発見したんだ、九中裏門のあの路地のところさ、雪の中にうつ伏せになって倒れていて、後頭部が大きく抉られるように陥没していたんだって。もう一人が訂正して言った、今朝じゃない、死体は昨日の夜にはもうあそこにあったんだ、血が凍りついてツララみたいになってたそうだ、きっとハンマー強盗団［一九九五年、中国東北地方に現れた強盗集団］の仕業《しわざ》だよ。初めの生徒が、ハンマー強盗団ってなんだい、と訊いた。もう一人が、そんなことも知らないの、ハンマーを持って後ろからつけてきて、団地の通路なんかに隠れていて、誰もいなくなった頃合を見計らって、いきなりハンマーを振り下ろして殺しちゃうんだ、金を奪うのが狙いさ、と言った。初めの生徒が、ひでえな、でも花大姐は金なんか持ってないぞ、何が狙いであんな人を殺したんだ、と訊いた。もう一人が、僕にわかるわけがないよ、もしかしたら彼女がうざかったのかもな、と言った。油まみれベストが口を挟んで、今週だけで三人も殺されたのよ、みんな頭を大きく割られてたんだってさ、あなたたちだって気をつけなさいよ、暗くなる前にはお家に帰らないとね、と言った——僕は魏軍に、今の話聞こえたかい、と訊ねた。魏軍は逆に、何が聞こえたって、と訊き返してきた。僕は、あの二人の生徒の話だよ、それとウェイトレスのね、と言った。魏軍は、なんでそんなのが聞こえるんだ、まるで地獄耳だな、と言った。僕は、雪がひどくなったから、早めに下校することになったそうだ、あいつらが今そう話してた、それから花大姐やハンマー強盗団のことなんかも、と言った。魏軍は僕がまるで頭が変になったかのような顔をして、僕の顔をじっと見ていた。僕もなんだかわけがわからなくなり、また窓の外のほうに目を向けた。九中の正門では、中からオレンジ色の影が次々に出てきて、それぞれの方角に散っていき、とうもろこしの粒が白い布に散らばっていくように見えた。

正直に言うと、僕はどうしようもなく想像してしまうことがある、もしも僕と崔楊の恋愛が、時尚地下街なんかじゃなくて学校で展開していたら、きっと今とは違う形になっていたんじゃないだろうか、と。もしかしたらもっとずっといい状況で、疑う余地などない恋愛になっていたかもしれない。つまり、ラブストーリーが最初から最後まで、まるでフィジーの海みたいに、すっきりと底まで見透せるようなことになっていたかもしれない。残念ながら崔楊は中学校を中退していて、学校にあまりいい印象を持っていなかった、いやそれどころじゃなく、この都市《まち》にだって恨みを抱いていて、僕に会うまではずっと街から逃げ出したいと思っていたのだ。崔楊の生き方が僕よりもずっと大胆なのは事実で、そこが僕が彼女に惹かれるところでもあった。それに引き換え、僕の人生は（もしもこれが人生と言えるのならば）、ただ単に学校があっただけで、たった一回の度外れた出来事といえば、滑稽な初キッスをしたことだった——こんなふうに言うと田斯文《ティエン・スーウェン》をあまり尊重していないことになるのかもしれないけれど。受験留年で新しいクラスに入れられたとき、田斯文は僕と隣り合わせの席にいて、クラスの中でただ一人交流があった生徒だった。知り合っていくらも経たないときに、彼女は僕に曖昧模糊《あいまいもこ》とした内容のラブレターを寄越したのだが、それがクラス担任の畢先生の狙い撃ちに遭って押収されてしまった。校内での恋愛は原則禁止だから最初に説教されて泣かされたのは田斯文で、その後僕が単独で教員室に呼ばれた。僕は間違ったことはしていないから落ち着き払っていたが、それも畢先生が、僕の父さんが内密に特困生［特別貧困学生。学費援助制度の対象学生］の申請をしていた事実を持ち出すまでのことだった。畢先生はとても老獪《ろうかい》な女教師で、学生を羞恥の坩堝《るつぼ》に投げ込んでから、また一筋の救いの縄を下ろしてやるといった術策に精通していた。田斯文の父親は共産党の瀋陽市委員会に勤めており、母親は大学教員だという。畢先生はあたかも教科書の解説文を読み上げるようにそう語ったのだが、このとき僕は、彼女が僕の家の境遇を同じようにつぶさに掌握しているのだと理解した。あなたがこの河を越えるにはただ一つの橋しかないんですよ、この橋は、あなたのお父様がご自分の身を横たえて築き上げてくださったものなんですからね、こう畢先生は言った。その日の放課後、僕は突然とても酒が飲みたくなり、校門を出るとすぐ崔楊に電話しようと思って公衆電話を探していたら、田斯文がいきなり飛び出してきて僕の目の前に現れ、僕の唇に突進して唇を合わせた。それからすぐ、この仕掛け人は慌てて逃げていった。こんなふうに思い出してみると、滑稽だと言ったのもそれほど言い過ぎじゃないみたいだ。

崔楊に連れられて領事館向かい側のあのバーに行ったときが、僕の人生最初の飲酒体験だった。話によるとそこは市内最古のバーだそうで、領事館勤めの外国人相手に商売しており、民航の機長やキャビンアテンダントもしょっちゅう来ていて、酒の値段はとても高かった。崔楊は僕にセックス・オン・ザ・ビーチというカクテルを注文してくれたが、それはオレンジ色の華やかな酒で、後になってぐっと酔いが回るやつだった。崔楊に、ここ初めてなの？　と訊いたら、頷いてはいたが、彼女がカウンターでボーイと話している表情を見ていると、どうも彼女は嘘をついているように思えた。僕らは小さなステージ近くのテーブルで酒を飲んだ。九時を回ったころ、フィリピン女性がステージに上がり、楽団の生演奏に合わせて英語の歌を何曲か歌った。その間、僕は一言も喋らず、崔楊も無理に話しかけてこなかったが、彼女の視線は僕を越えてふわふわ漂っていて、四十代の白人の男となんとなく目《め》配《くば》せをしたりしていた。相手は遠慮もなく彼女に思わせぶりな眼差しを飛ばし、彼女のほうではそれを避けるそぶりを見せてもいたが、誘惑に負けて何度かその男をふりかえっている。僕はこの目ではっきり目撃し、いたたまれない思いに囚われた。それは崔楊の着ている服が凝ったもので胸の谷間が見え隠れしていたからではなく、その男の振る舞いの陰に、僕を子どもみたいに軽んじているところがあると感じたからだ。僕は崔楊にもう帰りたいと言った。彼女は精算を済ませ、僕の手を引いて表に出ると、タクシーを呼んだ。いつものデートだと、彼女が僕を送ってくれていたのだが、その日は僕が彼女を送ると言い張って譲らなかった。崔楊は突然僕の両手を握って十本の指をしっかり絡ませ、じゃ今晩、あたしたちはもう帰らないことにしよう、と言った。僕は黙って頷いた。崔楊は運転手に行先を変えさせ、とある快捷《クワイジエ》ホテル［ビジネスホテル］に向かうよう指示した。しかし冗談みたいだが、その晩僕らはホテルを四軒も回ったのにチェックインができなかった。ちょうど市内全域がホテルの不法宿泊一斉取り締まりの時期にあたっていて、しかも二人とも身分証明書を持っていなかったからだ。崔楊は、駅前の闇営業のホテルに行きましょう、絶対に潜りこめる部屋があるから、と誘ったが、僕はもうその気がなくなって、おとなしく家に帰るつもりだった。崔楊は、あなた、初めてなの？　と訊いた。僕は嘘がつけないから、そうだと認めて、逆に彼女に同じことを訊きたかったが、ぐっと言葉を呑みこんだ。結局最後には先に僕の家に行き、一緒にタクシーを降りると、彼女は団地の上まで送ることに拘《こだわ》った。僕は、父さんが家にいるんだ、明かりが点いてる、と言った。崔楊は、安心して、ドアまでは行かないから、と言った。僕は彼女の手を引いて、一歩一歩、音を立てないようにゆっくり階段を上った。音声制御の防犯灯を反応させたくなかったからだ。光を当てられたら僕はきっと軟弱になってしまう。僕の家は六階だったのだが、五階の踊り場に着いたときに、崔楊の手が背後からいきなり僕を引き止め、耳元に唇を寄せて囁《ささや》いた。あたしが手でしてあげる、いいでしょ。僕は声を立てずに、おとなしく踊り場の隅に一歩下がった。行為の途中で、下の階の誰かが帰宅したらしく、ドアの開け閉めの音で防犯灯が作動してしまった。明かりが点いたのはわずか七、八秒だったが、僕にはとんでもなく長い時間に思えた。もう一度暗闇にすっぽりと抱きしめられるまで、僕は必死に頑張って、下を向いたりしなかったし、そちらのほうに目をやったりもしないようにして、崔楊の顔を見ることもしなかった。すべて終わった後、崔楊は僕のジッパーを上げながら、今度ね、また今度ね、と言った。

僕はものすごく崔楊に会いたい、気が狂いそうなほど会いたい、僕らはもう何年も離れ離れになってしまったかのようだ。しかも僕の目の前にいるのは、汚らしい食べ方をする魏軍、見栄っ張りで、嘘つきで、落ちぶれ果て、頭の禿げた男だ。彼の前のトレイはきれいさっぱり食べ尽くされ、何かの祭祀がたった今終わったみたいな感じで、バラの花びらが散らばっている。この人がずっと喋り続けていたのかどうか、僕にはよくわからない。僕の耳に伝わる言葉が、なんだか前後の脈絡がつかなくなっているからだ。僕のお爺さんが生きていたころ、いちばんお気に入りだったのは実は彼で、臨終の時、あるものを僕の叔母さんに残してくれたんだ、と魏軍は話している。魏軍は語気を強めて続けた、それが金の小箱なんだ、本物の金塊が入ってる小箱だぞ、そしてそれがつまりあの木箱だ、と。順序立てて話してほしいと迫ると、彼の話はまた別な物語（仮に今はこれを物語としておく）になっていく。僕のお爺さんのさらに父親は資本家で、昔、文革の家宅捜索［紅衛兵による反革命の証拠探し］を受けたとき、こっそりと金塊の入った箱を隠しておいて、その後僕のお爺さんにそれを渡してまた隠させた。お爺さんの父親が亡くなってしまい、そのうちお爺さんも酒で頭が変になって、その金塊の箱をどこに隠したか自分でもわからなくなっていたのだが、死ぬ間際に清明な意識が戻ってその隠し場所を思い出した。ちょうどそのとき介護の当番が魏軍と叔母さんになっていて、お爺さんのベッドの脇にいたというわけだ。魏軍はこうも繰りかえした、僕のお爺さんは、結局のところやはり自分の末娘をいちばん可愛がっていたこともあり、また一方で、昔の魏軍の恩義に報いたいという思いもあって、金塊の隠し場所を自分たち二人だけに打ち明けた、さらにお爺さんは他の誰にも話してはいけないと二人に言い聞かせ、僕のお婆ちゃんにだって渡すんじゃない、金塊は君ら二人のものなんだとはっきり言った。そして、そう言い残した後に息を引き取った。それからのち、叔母さんは本当にその金塊を探し出し、自分でまた隠してしまったんだ。かつて二人の間がうまくいっていたころは、何か難しいことが起こると、いつも叔母さんが金塊を少し取りだして、薈華楼《フイホアロウ》［金銀宝石を扱う大きな商店］に持っていって換金し、魏軍に渡してくれていた。ただ、叔母さんはしっかりした見識の持ち主だったので、最後まで魏軍に金塊そのものは見せなかった。そして例の木箱を家に持ちこむと、魏軍に二度と出鱈目《でたらめ》なことを起こさせないように、彼がいちばん大切にしていた銃をその中に入れて鍵をかけてしまったのだ。

こんな物語で僕を信じこませようとしても、はじめっから無理だ。僕は、それがあんたの言う、やらなくっちゃならない大きなことなの？　と訊いた。魏軍は、あの木箱は自分がお婆ちゃんの以前の家の床下倉庫から盗んできたと認め、木箱がずっとそこに隠されていたことは知っていたが、金塊の小箱はどうしても見つからなかったと言う。魏軍は続けた、阿超、おまえは頭のいい子だから、公平に判断してみてくれ、あの金塊の半分は俺のものになるはずだろう、と。僕は、あんたはその金塊が欲しいんだろう、それならなんで銃なんか持ちだそうとするんだ、と言った。魏軍は、よし、俺は本当のことを話すからおまえも本心で話してくれ、と言った。僕は、わかった、決まりだ、と答えた。魏軍はこう話した。金塊はきっとまだおまえの叔母さんが握ってる、あいつが家を買ったり、男を引き込んだりしたとしても、まだ相当残ってるはずなんだ、俺がよこせと言ったとしても、あいつの性格だ、おとなしく渡してくれるはずなんかない、渡さないんだったら、俺はナイフでも使ってあいつを脅しつけるほかないだろう、なんだかんだ言っても俺たちは長い間夫婦でいたんだ、わかってるさ、おまえの叔母さんは金のために命をかけるような人じゃないからな。だがこれは、あいつに男がいるとわかる前の、当初の計画だ、こっそり一日がかりで二人の後をつけてみたら、あいつらべったりくっついていて離れやしない、実行に移すチャンスなんか少しもなかったんだよ、あの男は俺よりも背が高くて体つきもがっちりしてる、それに見たところカンフーの嗜《たしな》みもあるようだし、これはもう俺の敵《かな》う相手じゃない、つまりナイフの脅しなんかなんの役にも立たないというわけだ、しかし俺ももうこれ以上待ってはいられない、そうなったら、銃を使うしかないだろう。僕は逆に聞き返した、だからあんたは人殺しをするっていうのか、と。魏軍は、俺は頭が変なわけじゃない、ただ金塊が欲しいだけなんだ、銃は単なる手段だよ、と答えた。僕は、わかった、と言った。

魏軍は、もうすっかり話したから、怖いものなんかない、雪が止んだら俺はすぐ決行する、いや、あの最後の鍵が開いたら、銃を取り出して決行するんだ、どっちにしてもおまえが叔母さんに知らせる時間はないからな、と言った。あんたたちのことなんか、僕の知ったことじゃないさ、と僕。魏軍はどうも僕の機嫌を取ろうとしているらしく、もう一度電話してみなくていいのかい、俺の携帯ももうじきバッテリーが切れそうだ、と訊ねてきた。僕はしばらく考えて、大丈夫だよ、と答えた。魏軍は続けた、おまえが待ってる人はもう来ないと考えたことはないのかい、おまえらは二人で駆け落ちするつもりだったんだろう？　僕は、どうしてわかるの、と訊いた。魏軍は、おまえがリュックを背負ってるのを見たとたんに勘づいたさ、おまえの様子は遠出するみたいな感じだったしな、言ったろう、俺っていう人間は人生経験豊かなんだよ、俺もずいぶん遠くまで旅してきたからな、阿超、外の世界がどんなに危険かわかってるか、おまえの前途に何が待っているかわかってるか、なんだかんだ言っても、おまえは俺の親族だ、俺はおまえを騙すようなことはしない、と言った。そしてこの叔父は一言、いいか、雪が止んだら家に帰れ、と告げた。

僕はもう、これ以上魏軍と話す気はなくなって、鍵職人のほうに目をやった。いつの間にか、あの二人の男子生徒がシリンダー式の鍵に引き寄せられ、鍵職人の後ろに立って、あれこれと意見を差し挟んでいた。僕には彼らの言葉がはっきり聞こえている。二人は鍵職人に、もう一回集中力をシリンダーの番号の組み合わせに注ぐべきだとアドバイスしていた。顔中汗びっしょりの鍵職人は提案に従って、「０００」と「１１１」を試してみたのだが、やはりだめでやる気も何も消えそうになっているところだった。一人の男子生徒が、シリンダー錠の番号はほとんどの人が最初の工場出荷当時の設定そのままを使っているはずさ、その番号を変えるやつなんか滅多にいないらしいよ、と話しかけた。鍵職人はうるさそうに手を払い、まったくよく喋るやつらだな、じゃあおまえがやってみろよ、と言った。もう一人の男子生徒が、待ってましたとばかりシリンダー錠を受け取って、まずはシリンダーの「3」を回して四つ合わせることから始めている。窓の外ではサイレンが通りを突き抜けて響き、モンテカルロの店の前をパトカーが二台走り去っていった。またあの事件で人が殺されたのだろうが、こんなことぐらいでは熱中する彼ら三人の注意力は微塵も削がれなかった。ハンマー強盗団は白昼に人を襲うように宗旨替えしたのかもしれないが、そんなこと知るものか。僕たちが街中に出たり、夜間に出歩いたりなどしなければ、当分の間は安全だろう。時間はもう正午の十二時になろうとしている。天がわざと黒白を反転させたように、空中に星あかりが煌《きら》めく錯覚が引き起こされた。僕は唐突にある考えが浮かんだ、父さんはどこかの温かい家に入って仕事ができているだろうか？　父さんの身につけているあのダウンジャケットはもう何年も着込んだもので、一度だって新品に買い換えたりはしていない、胸や背中のあたりは薄くなってまるで二枚のペラペラの布切れだ、ちょっと強い風が吹き付けたら、父さんの体は完全に風に晒《さら》されてしまうだろう、もし父さんがまだ外にいるなら、この大雪から身を守る方法なんかありゃしない、父さんが熊にでもなっているなら別だけど。

魏軍は相変わらず僕の眼の前でぐちゃぐちゃ喋っているが、僕はとっくに耳を閉ざしていたから彼の声は消え、口をモゴモゴ動かす格好がひどく愚鈍に見える。聞かなくたって察しはついた。彼は地図の上の山岳や大河、森林に砂漠、そしてそこに潜む野獣なんかについて語ってるんだ。他のあらゆる人と同じように、魏軍はそういう話で僕を怯えさせようとしている。世間の人はみんな僕を疑っている、僕の愛を疑い、僕の未来がみんなの言う罠から果たして抜け出せるかどうかを疑っている、でも同時に、彼らは心の底ではとっくに一つの否定的な答案を用意していて、僕が足を踏み外してそこに転げ落ちていくのを待っているだけなんだ。でもそんなことはどうでもいい。僕はかえって彼らのことがかわいそうに思えるぐらいだ、彼ら自身が、世間のあらゆる疑念と恐怖に打ち勝つチャンスを自ら放棄しているんだから。改めて魏軍という人間を隅から隅までじっくり見ていると、彼はひと回りひと回り縮んでいく。この変化はあまりにも微妙だから僕だけにしか感じ取れなくて、僕はちょっと笑いたくなってしまった。すると自分の口がなんの自覚もないまま耳の付け根まで裂けていくことに気がついた。魏軍の僕を見る目が突然凄まじい恐怖に変わり、まるで皿がすっぽり入るぐらい口が開いて、ものすごい悲鳴が喉から迸《ほとばし》り出た。これで僕の耳はまたもや彼に向けられたのだが、こういう大声は僕にひどい嫌悪感を抱かせる。ほぼ同時に、鍵職人が木箱をかかえて小走りに近寄ってくる。箱の蓋は開いており、中には本当に短銃が入っていた。

二人の男子生徒がシリンダー合わせに成功したんだ。だが鍵職人が僕を見る目は魏軍よりももっと誇張されていて、とてつもなく怯えきっている。このとき僕は手で自分の顔を撫でて、まずいことになっていると気がついた。まずそれは自分の顔ではなかったし、僕の両の手も、もはや自分の手ではなくなっている。それは尖った爪を持ち、甲が長い毛に覆われているのだ。左腕の電子時計はどこかに消えていた。

真昼に暗闇が降り、窓ガラスが鏡のように映し出す。そこに映っているのは熊の頭部だ、突き出した口と鼻、丸い目、耳は切り立って鋭い牙が剥き出しになっている。僕が顔を回して振りかえると、魏軍の手に握られた短銃が僕の眉間を狙っていた。僕は二本の前足の爪をテーブルに立てて猛烈な勢いで立ち上がると、彼に引鉄《ひきがね》を引く隙も与えず、一口でその頭を呑みこんだ。首はすぐさま体から引きちぎられ、鮮血が噴水のように迸り天井板を直撃した。その場にいた鍵職人は床に這いつくばり、なんとか逃げ出そうとしていたが、僕が一口で喉元を食いちぎると息絶えた。僕は身を起こしてテーブルから離れようとしたが、まだ新しい体の平衡感覚に適応できない。足取りは重く、ふらふらよろけてしまったが、レストランの真ん中にたどり着いて僕はすっくと立った。二人の男子生徒の姿は消えていて、初めからここにいなかったみたいだ。ただ店のドアだけが大きく開けっぱなしになっている。油まみれベストは隅っこに丸まって、ぶるぶると震えている。僕は彼女を相手にする気など少しもなく、前足を床に下ろして四本足で歩き、モンテカルロの正面ドアから一歩一歩踏みしめるように外に出ると、交差点の真ん中まで進んだ。大粒の雪が僕の毛にまといつき、積もっていく。僕はしばらく呆然としていた。それから再び四肢を動かしてみると、ようやく全身がスムーズに反応するようになり、僕は家の方角を目指して猛スピードで疾走しはじめた。僕の飢餓感は耐えがたくなっていて、いくつ人の頭を呑みこんでも満腹にならないような気がした。僕は吹雪の中で考えていた。まずは家に戻り、父さんが帰ってくるのを待とう、父さんとよく話し合うのだ、僕は遠くに出かけなければならない定めなんだと父さんに言おう、崔楊が一緒かどうかなんて関係ない、僕は出かけなくてはいけない。もし父さんが同意しなければ、僕は父さんをその一生の屈辱と苦難もろとも、ひと呑みにしてしまうほかなくなる。もし父さんが理解してくれたら、僕らは親子であの卵チャーハンを仲良く食べて、そのあと厳《おごそ》かなお別れをしよう。でもその先はどうしよう？　まだちゃんと考えられないけれど、これだけははっきりしている、崔楊が一緒に行くかどうかにかかわらず、これが僕の人生にとって最後の大雪になるはずなんかない。

森の中の林

一　コウライウグイス

呂新開《リュイ・シンカイ》が二羽のコウライウグイスを捕獲ネットから取り出したのは清明節［二十四節気の一つ。四月五日ごろ］の前日のことで、ちょうど両親の命日に当たっていた。もしもそんな日でなかったら深く考えたりはしなかっただろうが、またあまりにもうまい具合にそれがオスとメスだったから、彼はこのコウライウグイスが自分の両親の化身に違いないと思いこんだ。これは自分のことが気がかりで、一目会いに来てくれたに違いない。彼はそう心に決めて二羽の小さな生き物に囁《ささや》きかけた、仕事に就いています、ちゃんとしてるから、どうぞ安心してね、と。するとメスの一羽が一声応えた、だがその声は弱々しく、何日も腹を空かせていることがわかった――呂新開ほど鳥に詳しい人は滅多にいない――黒枕黄鸝《ヘイチェンホアンリー》［コウライウグイスの別称］、メスの眉の羽毛はオスのものより長く黒く艶々として、まるで女の人がお化粧で眉を描こうとして手が滑ったみたいに、後ろに一筋ピンと跳ね上がっている。飛行場の勤務に就いて四カ月、スズメ、カラス、ホトトギス、ノバト、シジュウカラ、チョウゲンボウ、ヨダカなどひととおり捕獲してきたが、こんなに丁重に扱ったことはなかった。羽を傷つけやしないかと細心の注意を払い、刺繍をするより繊細なタッチでその二羽を抱え、捕獲ネットの前で三十分も立ち尽くしていた。風に吹きさらされているうちに、面倒くさがってコートを着てこなかったことが悔やまれた。四月に入ったのに、瀋陽ではまだ西北の風が吹きつけていた。

呂新開は掌《てのひら》に包んだ一羽にハアハアと息を吹きかけながら事務室に戻ってきた。二羽とも凍えさせてはいけないので、もう一羽はポケットの中に入れ、布団で包むみたいに手で擦って温かくしてやっていた。もう八時半になっていたが、大李鋼《ダーリー・ガン》はまだ朝食を食べ終わっておらず、弁当箱半分ほどの白米粥を朝の時間いっぱいかけて啜っている。小李鋼《シャオリー・ガン》はどこからか取ってきた赤い紐に弾の薬莢を結《ゆわ》えつけようとしていたが、手先が不器用で何度やっても紐が外れてしまい、しきりにクソッ、クソッと呟いていた。この事務室は彼ら三人の部屋で、二人は同姓同名、大李鋼は三十六歳、小李鋼は二十二歳なのだが、二人とも丸顔でポツンと小さな目という顔つきまでよく似ていたから、呂新開はこの仕事を始めた当初、二人が実の兄弟だと思っていた。四カ月前、呂新開が初めてこの部屋に足を踏み入れたときから、鼻につくカビ臭さがまとわりついて離れない。——そこは事務室というよりも、十平米ほどしかない物置とでもいうべき部屋で、しかも半地下の造りだった。整理棚ひとつと机二脚、組み立て式の簡易ベッド一張りを置いた残りの隙間は、人がすれ違うこともできないほど狭かった。

呂新開は両手をポケットに差しこんで突っ立ち、その場でクルッと一回りして探し物をした。小李鋼が、なに探してるんだ？　と訊いた。呂新開は聞こえないふりをしたが、もともとこの若者の相手をするのは嫌だった。こいつは口が悪くて、呂よりも二つも年下なのに、十七歳のときにはもう就職していたことを笠に着て、飛行場では自分が先輩格だと言いふらしていた。冗談やからかいなど、年上の人間を蔑《ないがし》ろにするのはいつものことで、先月には殴り合いになりそうなこともあったのだが、そのときは大李鋼が仲裁をし、呂新開を通路に引っ張り出して、あんな口先だけのクソガキと張り合ってどうするんだ、となだめた。小李鋼はまた一言、キンタマでも落っことしたんじゃないのか、とほざいた。呂新開は、昨日分配のあったあのリンゴの箱はどうした、と今度は大李鋼に向かって言った。大李鋼は、全部腐ってたからな、捨てちまったよ、と答えた。段ボール箱ごと捨てた？　と呂新開が訊くと、まだドアの外に置いてある、と大李鋼が言った。呂新開は通路に出てリンゴの段ボール箱を拾って、中に入っていた腐ったリンゴをトイレのゴミ箱に捨てた。もう一度戻ってきたとき、空の段ボール箱は二羽のコウライウグイスの新居になった。透明なビニールテープで箱の上部を塞ぎ、鍵の先で二列の穴を開ければ新居の完成だ。二羽のコウライウグイスは臨時の住まいに満足したようで、軽やかな鳴き声をあげ、明らかに活力が回復していた。小李鋼は先ほどから拘《かかずら》っている手仕事を中断し、なんだ、それは？　と訊いてきた。鳥だ、と呂新開が言うと、小李鋼は、そんなのわかってる、なんていう鳥かって訊いてるんだよ、と。呂新開は顔を上げるのも面倒臭そうに、小声で、コウライウグイスだよ、と答えた。小李鋼は、重さはどれぐらいだ、肉付きはいいか、と訊いた。

呂新開はこのときようやく顔をあげ、警戒の眼差しで見返し、この若者が冗談を言っているのではないことを確かめた。ふだん小李鋼は撃ち落とした鳥をほとんど自宅に持ち帰って食べており、ミミズクみたいなものでさえ貪婪《どんらん》に食ってしまう。あのときは鍋物にしたようで、翌日には残り物をポットに入れ事務室に持ってきて、誰か食べてみないか、と訊いたのだ。大李鋼は自分のスプーンに残った飯粒をつまんで段ボール箱の穴の中に一粒ずつ落としながら、ここで飼うつもりなのかい、と訊ねた。呂新開が、家に持って帰るさ、と答えると、コウライウグイスはいい声で鳴くんだが、飼うのは難しいぞ、と言った。呂新開は独り言のように、両箇《りようこ》の黄鸝翠柳《こうりすいりゆう》に鳴き［杜甫の絶句の冒頭］、この次の句はなんだっけな、と呟いた。大李鋼は、俺は初級中学しか出てないから、と言ったが、小学校の教科書にあったやつだと思うんだけど、どうしても思い出せない、と呂新開が返した。すると小李鋼が口を挟み、両箇の黄鸝翠柳に鳴き、俺はおめえの母ちゃんと盃を交わす、と卑猥な軽口をくっつけ、ひひひと一人で喜んだ。呂新開はもう我慢の限界で、ガツンと食らわしてやろうと思った。大李鋼がすぐ口を開き、若いときにきちんと勉強しなかったからな、今になって後悔してるさ、と言い、呂新開の腕をポンと叩いて、やめておけ、という目配せをした。呂新開もぐっと堪《こら》え、もうよしておこう、誰とも悶着は起こしたくない、少なくとも今日だけは、と考えた。小李鋼は恥知らずな男で、まだ話を続け、昔きちんと勉強していたら、今あんたはどうなってたって言うんだよ、と吹きかけた。大李鋼は、どうもなってないさ、だがな、少なくとも腐ったリンゴを分配されるようなことはなかったろうよ、と言った。小李鋼はフンと鼻を鳴らし、赤い紐を首にかけ、黄銅色の薬莢を胸の前で揺らした——まるで頭の足りないチンピラだ、呂新開は心の中で呟いた。

会社のシャトルバスで飛行場から大西菜行《ダーシーツァイハン》に戻ってきたのは五時だった。段ボール箱は呂新開が大切に膝の上に抱えていたが、二羽のコウライウグイスは少しも迷惑をかけず、鳴き声ひとつあげなかった。呂新開は同僚と言葉を交わすのが嫌で、ふだんこのバスに乗っているときは、眠いかどうかに関係なく寝たふりをしていた。あんなにたくさんの人の名前を覚えるなんて面倒くさくて嫌だったのだ。部屋に帰ったのは五時をだいぶ回っていたが、中華鍋におととい煮込んだサヤインゲンの残り汁があったから、それを温めて、冷たい饅頭半分を割《さ》いてその汁に浸し、パッと口に放り込むとすぐまた外に出た。

日はだいぶ長くなってきたが、まだ寒いといえば寒かった。彩塔《ツァイター》の夜市は先月から続々と出店が増えていた。多くの工場が職員への食事提供を停止しはじめていたから、夜市はいっそう賑わっているのだ。夜市北側の最初の店は鉄亭《ティエティン》串揚げ店で、使い古した油で揚げる串揚げのいい匂いが漂い、呂新開は思わずそちらに引き寄せられた。串揚げという食い物を、呂新開は瀋陽に越してきたその年に初めて食べたのだが、すぐに病みつきになってしまった。幼いころ暮らした山里では、県城に行ってもこんなものにはお目にかかれなかった。甘味噌と唐辛子味噌を一皿ずつ取り、自分でつけて食べる。呂新開がいちばん好きなのは揚げたチキンリブで、まずは甘味噌をたっぷりつけて、そのあとに唐辛子味噌に浸して、甘さと辛さを混ぜ合わせる。大きめのチキンリブをふたつ平らげると、ようやく腹一杯な感じになる。

夜市をさらに先に進むとゲーム屋があって、気分が乗れば、潜りこんで「ストリートファイター」の対戦相手を見つけ、何ゲームか遊ぶこともある。だが今日は時間がないから道を急ぎ、もっと先にある雑貨屋に向かう。そこは店じまいが早くて、夜市の出店が並び始めるころになると、雑貨屋の一家三人は店を閉じて晩飯にしてしまう。というのも、夜市の出店で売られる品物のほうがこの店よりもずっと安いからで、彼らは日中にしか店を開けないのだ。呂新開の自宅の食器類など日用品の多くはこの店から買っていた。彼は店に鳥籠が置かれていたことを覚えていた。

　店主が店じまいに取り掛かろうとしたときに間に合って、呂新開は店に入った。彼の記憶は間違っておらず、カウンターの後ろに積み上げられた品々のいちばん上に置かれた鳥籠を指差して、それ、いくら、と訊いた。これは売り物じゃない、と店主が答えた。呂新開は、並べているのに売らないなんて、どういうわけなの、と言った。店主は、昔ハッカチョウ［八哥鳥。九官鳥に似て言葉を真似する］を飼っていてね、死んで何年も経つんだが、この鳥籠にはまだ愛着があるんだよ、と答えた。呂新開は、そのハッカチョウはなんで死んだの？　と訊いた。店主は、あんまりたくさん話しすぎて、過労死だ、店に客が入ってくるたびに二言三言言葉をかけるもんだから、元気を損なったんだな、と言った。呂新開は、こうやってただ店に出しておくのも無駄じゃないのかい、俺が買うよ、と言った。店主が、五十元だ、と言うと、呂新開は、二十元、と言い、店主は、三十、と言った。呂新開は、これはボロなステンレス製で、竹製の高級品ってわけじゃないんだから、二十五元だな、と言った。店主は納得できないといった顔をしたが、金は受け取り、鳥籠を呂新開に渡して、あんたはどんな鳥を飼うんだい、と訊いてきた。コウライウグイスさ、と呂新開。一羽だけか、番《つがい》か、と店主が訊き、呂新開は、番だよ、と言った。店主は、番のほうがいいね、寂しくないからな、コウライウグイスは番で飼わなきゃだめだよ、と言った。呂新開は、両箇の黄鸝翠柳に鳴く、と言った。店主は彼をじろっと見て、他に買うものはないかい、なければもう店を閉める、と言った。

　もう一度彩塔通りに戻ると、空は完璧に暗くなっていた。西のT字路の交差点で紙銭を燃やしている人がいて、炎が二つ並び、まるで闇夜が自分に向かって目配せしているかのように揺らめいている――もともとそこは家に帰る近道なのだが、強い風に煽られて燃えさかる黄色い紙が宙に渦を巻くさまを目の当たりにして、祖父に教えられたことを思いだした。あれは独り彷徨《さまよ》う幽鬼が紙銭を奪い取ろうとしているんだ、そう思ったとたん、不吉な予感に襲われてすぐさま踵《きびす》を返し、遠回りになろうがかまわず、また夜市南口に向かって急いだ。南口からさらに東に行くと、青年大街《チンニエンダージエ》大通りで、市内から飛行場にまっすぐ続く基幹道路となる。呂新開が通勤で毎日乗るシャトルバスが必ず通らなければならない大通りだ。この大通りでは春節明けから住民の集団退去が始まり、大通りのすべてが来る日も来る日も同じ光景を見せていた。全行程二十キロに及ぶ路面のどこに行っても、建物の取り壊し、排水溝の掘り起こし、各種管類の敷設などの工事やら、街路樹の植え付け、街灯の設置やらが展開しており、何の工事もない区画などまったくなかった。新聞報道ではこの工事を黄金回廊プロジェクト［瀋陽市で二〇〇六年から一三年まで行われた大規模道路整備工事］と呼んでいた。呂新開は鳥籠をぶら下げ、青年大街沿いにゆっくり歩いた。このあたりの取り壊し撤去となった家の住人たちも外に出てきて、露店を出し始めた。夜市はすでにいっぱいで潜り込めないものだから、この渾河《フンホー》の川沿いで商売するしかなく、そういう露店が細長くずらっと並んでいる。呂新開はこれというあてもなく店を覗き、鳥に水や餌をやるのに使えそうな小さな碗があれば買おうと思っていた。その通りもまもなく終わるというとき、腹が急に痛くなった。何度も襲う便意で今にも下痢をしそうだ。思い返してみるが、チキンリブの串揚げには当たるはずなどない、これまで夜市のどんなに不衛生なものでも腹を下したことなどなかったから、当たったとすればきっとあの冷えきった饅頭をおといの汁に浸して食べたからだろう、そうでなければ、今朝、下っ腹を寒風に晒《さら》してしまったからに違いない。彼は足を早め、家のほうに曲がって行こうとしたが、何歩も進まぬうちに、地べたに座りこんで泣きじゃくる八、九歳の男の子に道を塞がれた。その子は母親に頭をゴツンと叩かれ、あれこれ怒られても立ち上がろうとしない。呂新開が脇をすり抜けざまにチラッと見ると、子どもはおもちゃの空気銃——ライフル銃で実物大だ——が欲しくて駄々をこねているのだった。彼も以前から練習のために一梃買いたいと思ってはいたのだが、このときどういう風の吹き回しか、突然いたずらな気持ちが湧き起こった。露店の主は年増の女性で、呂新開がわざと声を張り上げて値段を訊くと、口を開くなり、三十元、と答えた。彼は便意がひどくなっていたから、値段の交渉をする余裕もなく、代金を投げつけるようにしてライフルのおもちゃを取って行こうとしたが、年増に呼び止められ、そのライフルには弾のおまけがついてんのよ、スチールとプラスチックどっちもあるけど、一つ選びな、どうする、と言われた。呂新開はスチールの弾をパッと掴み取った、プラスチックの弾なんか何になる。彼がその店から立ち去るとき、背後であの子どもが引きつけを起こしそうなほど泣きじゃくっているのが聞こえた。

呂新開は小走りで家に急いだ。左手に鳥籠、右手にライフルを持って階段を駆け上がり、トイレに突進し、危ういところで間に合った。しかし第一陣が済んでコウライウグイスを鳥籠に落ち着かせたと思ったら、第二陣が襲ってきた。今回は激しい腹痛があり、顔が冷や汗でびっしょりになるほどだった。トイレから出たときには足がふらついて立っていられず、ばったりとソファに倒れこんで頭から毛布を被った。チラッと時計を見たらもうすぐ八時というところだったが、そのまま何もかもぼんやりとして眠りに落ちた。

彼はまた嘎春河《ガーチュンホー》を夢見ていた。両岸をハコヤナギとシラカバの林に覆われた煌《きら》めく河の流れがうねうねと続き、その輝きは夜になっても光を放っている。松花江《ソンホアジアン》に源を発する嘎春河は、新開《シンカイ》農場のあたりで浅くなる。五歳になる前、祖父はいつも呂新開を連れて河に入り、魚獲りをしたり、ときには猟銃を持っていって野鴨を撃ったりもした。五歳を過ぎると、呂新開はひとりで河に出かけられるようになったが、いつも魚獲りをするわけではなく、夏の流れに足を浸して涼むのが好きだった。祖父はもう面倒を見きれなくなっていた。あの山火事があってから、祖父にはたいへんな日々が続いていた。孫を養い、そのうえ毎日山の巡回をしなければならなかったからだ。その祖父が亡くなって数年、呂新開が夢で嘎春河に帰っていくと、夢はいつもあの山火事で終わる。夢の中のすべてが赤く染まり、河の流れも真っ赤になっている。子どものころ一緒に育った幼なじみたちが、頭のてっぺんから足の先まで、全身から煙を噴き出しながら、高く密生したカラマツの林のあちこちに立って、河の向こうから彼に向かって手招きをしている。たとえそれが夢だとわかっていても、呂新開はその河を越えていこうとは思わなかった。

ソファで目覚め、呂新開はまたトイレに急行した。腹はそれほど痛くなくなっていたが、トイレから出るとなんだか一回り痩せたような感じがして、頭もふらふらするので、熱が出ているのだろうと思った。茶卓の抽斗《ひきだし》を探ってみると解熱鎮痛剤が半箱あり、まだ使用期限が来てなかったから一錠飲み、ベッドに戻って寝直そうとすると、窓の外からガチャガチャと酒の空瓶を動かす音がした。時計を見なくても、夜中の十二時を回ったことがわかった――通りの向かい側の焼肉屋が店を閉める時間だ。空の酒瓶を一箱ずつ入り口の脇に重ねるのだが、女の店員がまるで死体を放り投げるみたいに乱暴に箱を置いている。毎晩遅くまで呑んだくれの相手をして、その鬱憤で八つ当たりしているのだろう。今日は入り口の辺りで口汚く喧嘩をしている者もいないから、どうやらひと段落ついたようだ。呂新開は窓辺に行って外を眺めていると、重ねられた空き瓶の赤い箱が、今日もまたちょうど人ひとりほどの高さになっていた。彼は突然、憎しみが募った。本当はここ数カ月というもの、憎悪がずっと心にわだかまっていたのだが、このときふいにインスピレーションが働き、すぐに例の空気銃を取ってくると、スチールの弾を込め、窓を開けて銃身を安定させ、てっぺんの赤い箱に照準を定めた。目測では直線距離で五十メートル足らずだ。呂新開は息を止めて引鉄《ひきがね》を引いた。街角に銃声が響き、撃ち抜かれたガラス瓶の破片が箱の枠木から飛び散って地面に落ち、月の光が転がった酒瓶の底を貫いた。女の店員が走り出て、驚いてあたりをキョロキョロ見回していたが、何が何だかわからないようで、やがて身を翻して店に駆け戻った。今晩はもう腹いせの八つ当たりはしないだろう。呂新開は愉快な気分になって、熱もだいぶひいたような気がした。こんちくしょうめ、俺は捕鳥ネットで四カ月も鳥の捕獲をやらされてるのに、小李鋼のやつ、あの単発式猟銃を独り占めしやがって誰にも使わせようとしない、俺様はな、七、八歳のときには爺ちゃんに倣《なら》って銃をいじってたんだぞ、五十メートル以上離れてたって、てめえのキンタマ二つ撃ち抜いて見せるさ、チンピラ野郎、俺様が銃を使えないと思ってんのか。呂新開は気分が良くなってきて銃身をまた構え、今度は二番目の箱の真ん中の空き瓶に狙いを定めた。そして引鉄を引いたその瞬間、空き瓶の破裂する音に重なって鋭い悲鳴が上がった——どこから出てきたのかいきなり三輪リヤカー［倒騎驢（ダオチーリュイ）。大きな二輪の荷台を前につけた三輪自転車］が真ん前にいた——彼の目に映ったのは、一人の男の人が右目を押さえながら自転車のサドルから落ちて地面に倒れていく姿だった。

今度は呂新開がびっくりする番だった。

それから二、三日、警官が通り沿いの団地の家々のドアを次々に叩いて事情聴取に入ったが、ちょうど週末だったので、どの家にも人はいた。呂新開はまずいことになっていると知り、あらかじめ空気銃をベッドの下に隠しておいた。そして案の定、警官はやってきた。まるで家族調査みたいな簡単な聴取だったので、通り沿いの少なくとも四、五十軒ほどの連中にとっては、警官が来た理由をわざわざ聞くのもためらわれるほどだったろう。しかし呂新開は心中やましいところがあったから、あえて警官に訊き返した、その人はどうなったんですか？　あの日は真夜中に救急車のサイレンが鳴ったんで、でも、命に関わるようなことはなかったんでしょう、と。若いほうの警官が、第四病院の眼科に運ばれたよ、失明するのは間違いないな、と言った。呂新開は、命に別状ないんならよかった、と呟いた。若い警官は、本当に不運なお人だったんだ、空き瓶回収屋なんだが、誰の恨みを買ったんだかもわからんのさ、と言った。年上の警官が若いやつに、喋りすぎだぞ、というような目配せをして、二人は階段を上っていくと上の部屋のドアを叩いた。呂新開がドアを閉め、ほっとする間もないうちに、大李鋼から電話があり、いつ仕事に出られるのか、土曜日も彼が替わりに一日中勤務に就いたが、病休はいつまで取らねばならないのか、など問いただしてきた。大李鋼は話がうまいので、遠回しに伝えたのは上司が機嫌を損ねているということだった。呂新開は休んだ日数を数え、明日には戻れる、と言った。電話を切ってソファーに戻り、しばらくぼんやりしていたが、二羽のコウライウグイスがベランダで鳴いているのを耳にすると、立ち上がって餌の粟《あわ》をひと摘《つま》み足しに行った。餌はとりあえずスプライトの蓋で間に合わせてあった。この二羽の可愛いやつをしみじみ見ると、ひとまわり太ったのは明らかで、羽毛も淡黄色の艶がはっきりと出てきている。呂新開はまたしばらくぐずぐずしていたが、最後には決意を固めて外に出た。

午後二時半、呂新開はタクシーで第四病院に向かった。タクシーを降りると、向かい側の建設銀行で一千元を引き出した。給料払込の口座にはこれしか貯まっていなかった。外来診療の部局を通り抜けて二階に上り、入院病棟の看護師に訊ねてみると、ちょうどうまい具合におしゃべり好きの看護師で、二、三日前の深夜に男の人を一人受け入れたんだけど、その人はガラスの破片で眼球が潰れていたのよ、と教えてくれた。それから彼女は受付簿を調べてくれた。四〇七号室に入院した廉加海《リエン・ジャーハイ》という人だった。

四階に上って行くとき、呂新開は脹脛《ふくらはぎ》が攣《つ》ってしまった。小さいころから今に至るまで、こんなに大きな災いを引き起こしたことなどなかった。問題は自分の心がキリキリ痛んでどうにもならないということだ、相手は酒の空き瓶を回収して暮らしている人で、もともと生活はたいへんなのだろう、いったいなんでこんな酷い目に遭わなけりゃならなかったんだ、もしほんとに失明したら、これからどうなってしまうんだろう。受付簿には、廉加海、四十六歳と記されてあり、まさに一家の主人、大黒柱の年代だ。呂新開は階段を上る気力もなくなって、そのまま階段にヘナヘナと座りこんでしまった。ひどくみじめでなんだか割に合わない気がした。この二日間というもの、彼は自分を慰める言い訳をずっと考えていて、さんざん考えたあげくに思いついたのは、あのとき自分は発熱で頭がぼんやりしていたから、というものだった。たっぷり十分間は座りこみ、清掃作業員にモップで追い払われるまでそこにいたが、呂新開は大きなため息をつくと、立ち上がって四〇七号室に向かった。

　病室の入り口で、呂新開の耳に単田芳《シャン・ティエンファン》［日本の講談のように拍子木を叩いてテンポ良く語る「評書」の人気芸人］の『三侠五義』［清末の武侠小説を基にした評書］の語りが聞こえてきた。中に入っていくと、ベッドは三床あり、真ん中は空いていて、入り口近くのベッドには両目をガーゼで覆われた恰幅のいい男が横たわっていた。どうやら眠っているらしい。奥の窓側のベッドに、枕と布団に寄りかかって半導体ラジオを聴いている男が、彼だろうか。その人は顔色がどす黒く、刈り上げた短髪で短い首が太かった。右目にガーゼを当てているので、間違いなく廉加海その人なのだろう——どう見ても四十六歳よりずっと老けていて、老人のようだった。呂新開が近寄っていくと、廉加海は首をぐっと捻って顔を向け、彼のほうを見た。二人とも長い時間口を利かなかったが、廉加海がまず半導体ラジオのスイッチを切り、それからまるで呂新開に、わたしはおまえが誰だかわかったぞ、と言うかのように、左目をめいっぱい大きく見開いた。呂新開はあの一千元を取り出してベッドサイドのテーブルの上に置き、やっと口を開いた。おじさん、たいへん申し訳ありません、僕は呂新開と申します、お詫びをしにここに参りました、あなたの目は僕が撃ったのです。廉加海は、わたしの目は酒の空き瓶の破片で潰れんたんだよ、と言った。その空き瓶を撃ったのが僕なんです、空気銃でやりました、と呂新開が言った。廉加海は左目をぱちくりさせて、あんたは銃の腕前がすごいんだねえ、と言った。呂新開は何も言わず、廉加海は、おかけなさいよ、と続けた。

呂新開の心づもりは、まず被害者に謝罪し、それから派出所に出頭して自首するというもので、前者をしっかりやることこそ理にかなうと考えていた。だからここに来る途中、何種類ものシーンを仮定してみた。被害者の家族からゆすられたり殴られたりするのは我慢できそうだが、仕事を失うことになるのは怖かった。もしもこの人の子どもがタチの悪い連中で、新聞記者を呼んできて写真を撮らせたり朝刊なんかに記事が載ったりしたら、自分はもうおしまいだ――しかしまったく思いもよらないことに、彼は廉加海に引き止められて午後いっぱい世間話をすることになり、しかもわざわざミカンまで剥いてもらって食べたのだ。

呂新開は狐につままれたような気分で、ミカンの房を口に入れる直前に、毒でも入れられているのではないかと躊躇したほどだ。しかし頭の中で自分にビンタを張り、俺はほんとに臆病者だ、これはもしかしたら生きた菩薩さまに出会ったのかもしれない、と思いなおした。廉加海は彼にこう言った、ことはもう起きてしまったんだ、歴史は後戻りできないからね、あんたは自ら進んでわたしのところに来てくれた、ということはつまりあんたは悪い子なんかじゃないということだろう、あんたは幾つになったんだ？と。呂新開は、二十三、と答えた。それじゃ、一九七四年、寅年の生まれだね、と廉加海が言った。呂新開は、そうです、おじさんは頭の回転がすごいですね、と言った。廉加海は、わたしの娘があんたと同い年なんだよ、寅年でね、十月生まれなんだが、あんたは何月だい、と訊いた。呂新開は四月の末です、と答えた。半年歳上だな、一人っ子かい、と廉加海。そうです、と答えるとさらに、どこにお勤め？と訊いてきた。呂新開が、飛行場ですと答えると、パイロットなのかい、と訊く。呂新開が、鳥の駆除作業をしてるんです、地上の仕事ですよ、と言うと、廉加海は、その仕事はなかなかいいね、わたしの昔の戦友もあんたと同じ仕事だったよ、ふだん鳥の駆除にはどんな銃を使ってるんだい、と訊いた。呂新開は、実はあの夜、僕は空気銃で射撃の練習をしてたんです、本当なんです、僕はあなたに申し訳なくて、と言いながら鼻の奥が急につんとして涙がハラリとこぼれた。そして身を起こして立ち上がり、廉加海に深々と頭を下げると、そのまま身を起こせなくなり、自分の無様さに情けなくなった。ここ数年、祖父のことを思い出したときでも涙なんか流したことがなかったのに。廉加海は、おかけなさい、おかけなさい、と言った。呂新開は涙と鼻水をパッと拭って、空いているベッドの端に腰を下ろした。廉加海は質問を重ねた、あんたの父さんは何年の生まれなの、と。一九五二年です、と呂新開が答えると、じゃ、わたしのほうが一つ歳上だ、ということは、わたしはあんたの大爺《ダーイエ》［父の世代の年長者に対する敬意を込めた呼称］だな、と言った。呂新開は改めて、大爺、と呼んで挨拶した。廉加海は、ご両親は何をなさっているんだい、と訊いた。父さんも母さんも亡くなりました、と言うと、廉加海は、なんでそんなに早く？　と訊いた。僕が四歳のときに山火事があって、二人一緒でした、と呂新開が答えた。廉加海は深いため息をつくと、しばらく言葉が繋げなかった。呂新開は話を続けた。僕は瀋陽の出じゃないんです、家は黒竜江《こくりゅうこう》省の農村で、新開農場っていうところです、大興安嶺《ダーシンアンリン》のそばで、僕は爺ちゃんに育てられました、爺ちゃんは森林保護員でした。僕が県城の町の高校に入った年に爺ちゃんも亡くなって、それからは僕一人で暮らしてきました、ずっと僕一人で。廉加海は話を聞きながらみかんを剥いて呂新開に差し出すと、そうか、ずいぶん長い間、辛《つら》い目に遭ってきたんだね、と声をかけた。呂新開は胸がいっぱいになり、また声を上げて泣いた、そのまままずっと泣き続けた。

呂新開が第四病院を出たとき、ちょうど太陽が沈んでいくところだった。バスに乗ると、気持ちがずいぶん落ち着いたことを実感した。車窓は開いており、涼しい風が吹きこんで涙の跡を乾かし、なんだかシャワーでも浴びてさっぱりしたような感じで、体の内側が柔らかくほぐれていき、目を閉じるとそのまま眠ってしまいそうだった。瀋陽に来て五年も経った。この五年、呂新開は誰ともこんなにたくさんの話をしたことはなかった。しかも長年胸の中に押さえつけてきた古いことばかりで、心の底にこれ以上鬱積させたままでいれば、変質してカビが生えるような話ばかりだ――それらがみんな綺麗になって、呂新開はまるで新生児か、殻を破って出てきたばかりのヒナになったような気分だった。呂新開は廉加海の勧めに従って、自首はしなかった。これまで誰も訴え出る者もなかったし、いつか警察が調査に来たとしても、責任を追及するようなことはしないと廉加海は保証してくれた。ただ廉加海は一つ条件を出してきて、それは呂新開が毎日勤務を終えたら必ず彼のところに行っておしゃべりをすること、しかも退院まで必ず、彼の好きな豚足、それも一手店《イーショウディエン》［大型総合食品チェーン］の豚足を二つばかり持っていくということだった。呂新開はすべて承諾した。だがあの一千元はベッドサイドのテーブルに取って置かれたままだったので、彼の手元には金が残っていない。次の給料まではまだ二週間もあったから、彼は大李鋼にいくらか借金しないといけないと思った。夕日の残した温もりが身体に降り注ぎ、少しぽかぽかとしてきた。呂新開は心の中でこれから先、数日の間に起こるはずの大小様々なことを思い描きながら、瞼が次第に重くなり、やがて眠りに引き込まれていった。

　呂新開は眠ったまま乗り過ごしてしまい、バスを降りてから停留所二つ分ほど歩いて帰ることになった。彼は大西菜行での暮らしがとても気に入っていた。賑やかで活気に満ちている。この部屋は母の姉である伯母が残してくれた1ＬＤＫで、もともと瀋陽アルミニウムマグネシウム技術研究院の宿舎なのだが、彼に貸してくれているのだ。伯母が海南島《ハイナン》［中国最南端のリゾート地］に移る前に鍵を渡され、留守番がてら部屋を見ていてほしいと言われていた。それ以前の三年間、呂新開は航空職業技術学校の宿舎に入っていた。この高等専門学校の卒業証書は彼が瀋陽に来てから伯母に絶対必要だと言われて取ったものだ。受験準備の半年間、彼は伯母の家のソファーに寝ることになった。そのころ伯母の夫は一足先に海南島に移っていた。当初、彼は勉強し直すことが嫌でたまらなかったのだが、伯母の一カ月に及ぶ受験勉強の指導を受けるうちに、だんだん勉強の面白みがわかってきた。入学許可証を受け取ったその日、伯母はこれまで誉めたことなどなかった呂新開を誉めそやした。あたしはとっくに見抜いていたのよ、おまえのＩＱはあたしたち劉《リュウ》家の血筋だわ、あの農村のみなさんとはまったく違うの、だいたい顔つきだって向こうにはちっとも似てないんだから——伯母というのはこういう人だ、彼女にかかるとどんないい話だって、砂を噛んだみたいにザラザラした不快なものに変わってしまう。呂新開が伯母に親しめなかったのは、こういうことと絶対に関係がある。二人は劉家に残された最後の親族ではあったのだが、これはかりはどうしようもない。瀋陽に来る以前、彼は一度だけこの伯母に会ったことがある。あれはまだ七、八歳のときのことだ。伯母は実の妹である母の墓参りに新開農場にやってきたのだが、列車で一泊二日かけてやってきて、またすぐに一泊二日かけて帰っていき、農場には泊まりもしなかった。それはたぶん、祖父が初めから伯母を相手にせず、山の奥にこもって出てこなかったからで、墓には呂新開が案内してお参りすることになったのだ。呂新開はそのときから、両家の間に大きなわだかまりがあることがわかっていた。劉家は娘二人の姉妹で、父親と母親は揃って知識分子だったということだ。かつては父母とも瀋陽の大学で教壇に立っていたが、八〇年代の末に相次いで病気で亡くなった。その後伯母は呂新開に、あれはおまえのお母さんのことで憤慨して神経をすり減らしたせいなんだわ、と言った。彼がソファーに座って受験勉強に勤《いそ》しんでいた半年間、伯母とはいくらも言葉を交わさなかった。伯母には子どもがなく、夫もそばにいなかったので、毎日仕事から帰って食事を済ますと自室にこもって読書をするか、ライティングデスクに屈み込んで設計図を書いているかで、トイレに行くとき以外はまったく顔を見せなかった。こんな日々も、呂新開が夜遅くまで受験勉強しているうちに終わりを告げ、新学期の始まる三日前には、待ちきれぬ思いで学校の宿舎に引っ越した。以後、最初の旧正月に帰って伯母と食事を共にしたことがあったほかは、夏冬の長い休みにも戻らなかった。あとの二回の旧正月は伯母が海南島に行っていたので、彼は餃子を買って宿舎の自室で独りで過ごした。彼はこういうスタイルがいいと思ったし、伯母の意向にも合っているはずだと思った。二人とも他人に借りを作るのが嫌だと感じるタイプだったから。

　ドアを開けると、呂新開はまず二羽のコウライウグイスに水をやり、自分はインスタントラーメンを煮込んで、立ったまま何口か食べたが、シャワーを浴びる余力もなかった。眼科の病院には感染症なんかないはずだから、そのままベッドに直行し、枕に頭を乗せるとすぐに眠りに落ちた。帰ってくる途中、きっと今晩はよく眠れるだろうという予感があった。ただ眠りにつく直前に、呂新開の脳裏を最後の感想が過《よ》ぎった――ああ、ここが自分の家だったらどんなにいいだろう。

　翌日廉加海の病室に見舞いに行ったとき、呂新開は豚足だけでなく、鶏架《ジージャー》「鶏の骨付き肉を焼いて丸ごと味わう、瀋陽の庶民の味」を二つ、うずらの卵の燻製を二五〇グラム、それに湯葉の和物《あえもの》を一袋持参した。廉加海は喜んで冗談を口にした。持ってきてくれたのはどれもみんなたっぷり三〇〇グラムはありそうだ、目が潰れたのも悪くないな、と。呂新開は、もし看護師が厳しく見張ってなかったら、お酒だって持ってきてあげたのに、と言った。廉加海は、あんた酒を飲むのかい、と訊いた。呂新開が、ぜんぜん飲めないんですと答えると、それは珍しい、なかなかできないことだよ、と廉加海が言った。呂新開は本当はもう一言、呑んべえ野郎なんて煩《わずら》わしいだけ、と付け加えようと思ったが、口元まで上った言葉を引っ込めた。彼は廉加海の食欲が日増しに良くなっているのに、気分は逆に滅入ってきているのがわかっていた——病室に入ったとき、ちょうど看護師が薬を換えるタイミングに当たって、廉加海の右目の眼窩《がんか》に血が溢れているのを見てしまい、慌てて目を逸《そ》らした。看護師は、今晩次の手術の日程を決めますから、ご家族に署名をしに来てもらわなくてはいけません、とも言っていた。看護師が立ち去ったあと、呂新開は声を震わせながら、大爺、眼球は保てるんですか、と訊ねた。廉加海は、入院した当初は大丈夫だろうと言われたが、今はもうどうしようもない状態のようだ、最悪の心づもりをしないとな、と言った。最悪の心づもりってなんなんですか、と訊くと、廉加海は、摘出だよ、犬の目玉でも入れようかね［当時の中国では義眼の代わりに犬の眼球を使うことがあった］、と答えた。呂新開は喉いっぱいに唾が溜まって息苦しくなったが、ごくりと大きく呑みこんでようやく声が出せた。大爺、手術費用はどのぐらいかかりますか、僕はありったけのものを売り払っても必ず負担しますから、と。廉加海は首を横に振って、あんたの金を使うまでもないんだ、わたしは医療保険に入っていて、元から資金は十分なんだよ、退院したらすぐ請求するつもりだからね、と言った。呂新開は言われていることがよくわからなかった。廉加海は手にしていた豚足を置いて、あんたはわたしが単なるゴミ回収屋だと本気で思ってるんだろう、と言った。呂新開は、あなたはガスボンベの配達もやることがあると仰ってました、と言った。そういうのはどれもわたしの本職じゃないんだ、本職がなにかあんたに話してなかったっけかな、と廉加海が言った。呂新開は興味をそそられて、聞いてません、大爺はいったい何をなさってたんですか、と言った。廉加海は、わたしは警官だったんだよ、監獄の警察だ、と答えたが、呂新開が信じられないような表情をしているのを見て、わたしの警官の身分証明書がそこのジャケットの胸ポケットに入ってるから、自分で確かめてみたらいい、と言い添えた。呂新開は、そんな必要ありません、僕は信じてますから、でも大爺、あなたはどうして警官の本業につかずに酒の空き瓶回収なんかやってたんですか、と言った。廉加海は、そのことは話せば長くなるんだが、一昨年わたしはリストラされてしまったんだよ、と言った。呂新開はまたわけがわからなくなり、警察にもリストラなんかがあるっていうのか、自分はからかわれてるんだろうか、と思った。廉加海は、わたしは身代わりにさせられたんだ、労働改造所の上司が汚職をしてな、わたしら昇進するはずの幹部枠八十二名分を一人につき五万元で他のやつらに売っぱらって、わたしらには退職を迫ったんだ、と言った。呂新開は、そんな話があるんだろうか、と呟いた。廉加海は豚足をもう一度手に取って齧りながら、そいつを訴えてもう二年になるんだが、退院したらまた告訴を続けるよ、わたしが勝訴すれば医療保険はみんな補填されることになるからね、この二年の間に、薬局で板藍根《ばんらんこん》〔漢方の風邪薬〕を一箱買った領収書までみんな保管してあるんだ、と言った。

三日目の夕方、呂新開が豚足を提げて病室に入っていくと、真ん中の空きベッドに若い娘が座っていた。髪はポニーテール、背筋をまっすぐ伸ばし、両手は膝の上にきちっと置かれ、おとなしい女子学生のように見えた。呂新開が近づくと、その娘は顔を背《そむ》け、立ち上がって出ていこうとした。それは何か故意に彼を避けているようだったが、自分のそばを通ったときに横顔がちらりと見えた。呂新開はじろじろ見るのも気が引けたので、廉加海のほうに向き直って、大爺、お邪魔します、と挨拶した。廉加海は頷いて、娘に向かって、もっとゆっくりしていったらいいのに、と声をかけた。その娘は返事もせず、なんだか機嫌が悪そうに見えたが、出ていく足取りはとてもゆっくりと、靴底を引き摺るようにして歩いていった。廉加海は自ら豚足に手を伸ばして受け取ると、もう大きくなったからな、わたしの言うことなんか聞きゃしないのさ、とため息をつきながら言った。呂新開が、あなたのお嬢さんなんですね、と訊くと、廉加海は、そんなふうには見えないだろう、顔はありがたいことに、わたしには似てないんだ、母親似だな、あいつも色白だったからね、と言った。呂新開はどう言葉を繋いだらいいかわからず、黙ったまま空きベッドに腰を下ろした。尻の下にはまだあの娘の温もりが感じられた。廉加海は豚足を置いて、呂新開をしばらく見つめてから、あんたはもうお相手がいるのかい、と訊いた。いませんよ、と答えると、わたしの娘の器量はどんなもんだろうね、と廉加海は口にした。そのとき呂新開は問われた意味がわかった。しかし同時に、この年寄りが胸中どんなことを考えてるのか読み取れず、どうして自分に白羽の矢が立ったのだろうと訝《いぶか》しく思った。自分は農村出身の孤児で、稼ぎは月に千元にもならないというのに、なんで口説こうとなんかしているんだろう、だいたい、俺の目を潰したから俺の娘をもらわないといけない、そんな理屈は聞いたこともない。呂新開はどう考えてもわからず、半導体ラジオをつけてやって、わざと小声で、さっきはよく見えませんでしたから、と答えた。廉加海はラジオを消して、じゃあ、娘に明日また来るように言うから、二人でゆっくりおしゃべりでもしたらどうだい、と言った。呂新開はこの話題からは逃げられないと悟り、この際はっきり訊いたほうがいいと思った。大爺、どうしてそんなことをおっしゃるんですか？　廉加海は、わたしはあんたたちがとてもお似合いだと思ったんだよ、と言った。呂新開はこう来たからにはちゃんと返さなければといけないと必死に考えを巡らせ、組んでいた手を開いて、こう言った。僕は寅年生まれで、お嬢さんも寅でしたよね、と。そのとおりだ、と廉加海が言うと、呂新開は、僕の父さんが以前、二虎が相闘えば必ず一虎傷つくことになる、相性が悪すぎると言っていました、と繋いだ。廉加海は、わたしらはそんな封建的な迷信なんか問題にしないさ、共産党員だしな、と受けた。呂新開はぐうの音《ね》も出ず、その手でくることも読んではいたんだけどな、それならさっき許嫁《いいなずけ》がいますと嘘をついておくんだった、と心の中で思った。廉加海は勝ちに乗じて追撃してきた、小呂《シャオリュイ》［呂ちゃんのように親しみを込めた呼称］、わたしが思いつきでこんなことを言ってるなんて思わないでほしい、わたしはあんたという息子みたいな若者が気に入ったんだ、あんたは性格の良い若者だ、わたしの娘だってそうなんだ、二人はお似合いなわけだよ、これは本心で言ってるんだ、と。呂新開は作戦を変え、譲歩して下手《したて》に出ることにした。大爺、僕はあなたの家にはふさわしくないと思います。廉加海はベッドの上で足を組み、身を乗り出すようにしてこう言った。そんなふうに考えてはいけないよ、みんな普通の庶民じゃないか、この世界に完全無欠な人間なんかいやしないのさ、そうだろう？　多かれ少なかれ誰でも欠点短所はあるんだ、あんた自身のことでもそうだ、あんたって子は、せっかちで、しかもそそっかしいところがあるな、こういうのは短所だろうが、しかしだ、あんたは潔《いさぎよ》く責任を取るし、言ったことは必ず実行する、気持ちも細やかだ、こういうのはみんな優れた長所だよ、どんな人でも長所が短所をカバーできれば、総体的に善人ということさ、そうだろう？　呂新開は頷き、そのとおりですね、と言った。廉加海は、わたしの娘の長所も優れているよ、親孝行で何事もよくわきまえていてな、それに聡明なんだ、小学校のころからそうだった、容姿だって悪くない、キリッとして淑《しと》やかな感じだろう、と続けた。なるほどね、よくわかります、と呂新開は言ったが、廉加海は急にその後を話し続けられなくなって、左目の視線がふらふらと宙に漂いはじめた——人の両の目は片方が欠けてコンビネーションが崩れると、心に思っていることが簡単に現れてしまうものだ、呂新開はそう思った。しかし先を訊いてみたい気持ちは抑えられなかった。じゃあ、欠点ってどんなことなんですか？　廉加海は、あ、いや、と呻《うめ》くように口ごもってしまった。呂新開はもう一度優位な立場になって、容赦なく続けた。それから先はどうなんです、話してください、大爺、と。廉加海はもう項垂《うなだ》れてしまい、豚足を二本ビニール袋から取り出して、今日は一人一本ずつだ、付き合って一緒に食べてくれ、と呂新開に言った。

気まずい思いのまま病室を後にしてバスを待つ間、呂新開は考えれば考えるほどむかついてきた。道理であの娘、足を床に擦るみたいにして歩いていたわけだ、目がほとんど見えてないってことじゃないか！　視力は片方が〇・〇二、もう一方が〇・〇三だって、廉加海のやつ、全盲というわけではないんだ、だなんて、よく言ったもんだ——それは長所とか短所とかいうもんじゃない、障害者だってことだろう！　初めのうち金を巻き上げられるんじゃないかと恐れてはいたけど、あいつは人の一生を巻き上げようとしていたんだよ、金を巻き上げられるほうがよっぽどマシだ、金だったらどのみち限りがあるからな。呂新開は心中の怒りが抑えられなかった。俺の目を抉《えぐ》り出してあいつに差し出したってかまいやしない、馬鹿にするんじゃないよ、俺がこれ以上貧乏になって運に見放されたとしても、これから先、あんな娘を娶《めと》るなんてことは絶対にありえない。

呂新開は忿懣やる方ない思いで帰宅したが、食事をする気にもなれず、部屋に入って最初にやったことは、ベッドの下からあの空気銃を引きずり出してベランダに持っていき、ハンマーで叩き壊すことだった。二羽のコウライウグイスが驚いて籠の中をあちこち飛び回った。二つに割った銃身を自分の手に握っているうちに、彼は少し落ち着きを取り戻した。考えてみると、この怒りの発作が廉加海に向けたものなのか、自分自身に向かったものなのか、よくわからなくなってきた。部屋の電話が鳴った。呂新開がベランダから部屋に入って電話を取ると、怒りがまたもや燃え上がった——あいつめ、家まで追いかけてきやがった！　当初、廉加海から自宅の電話番号を教えてくれと言われたとき、自分が逃げるのではないかと疑われてるのだと思い、むしろ隠さずに教えるべきだと考えた。あれが全部こんな陰謀の手段だったとは、あの老いぼれ、相当鍛えられた策士だ。呂新開は怒りに任せて一気にがなりたてた。あなたの手術の費用は結局どのくらいなんですか、僕がすべてお支払いします、手術から医薬品の費用まで、みんなきちんと計算してください、半年で返せなかったら、一年かけても、いや、一年で返せなかったら、二年かけても、必ずお支払いしますから、あなた、まだ何か言いたいことがあるんですか！　電話の向こうから喘《あえ》ぐような声が聞こえ、しばらくして廉加海がこう言った。わたしはこの電話をかけるのに階段をずいぶん上ってきてな、ちょっと息をつく間待ってくれ、と。呂新開は煩わしくなって、話があるんなら、さっさと話してください、と言った。廉加海は、わたしはあんたのジャケットのポケットに手紙を入れておいたから、どうかちゃんと読んでもらいたい。看護師が呼びに来た、もう戻らないと、と言った。

小呂同志

こんにちは。私こと廉加海は兵士出身で共産党員でもあります。私は今、共産党と天に向かい、あなたに保証します、以下の記述にはいささかの嘘もありません。

1、私の娘廉婕《リエン・ジエ》は、家で厳しい教えを受け、貞潔を守り身を律しています。もし二人が結ばれたなら、あなたが娘の最初の男性となります。

2、私の娘廉婕は冷静沈着で内に情熱を秘めており、恩義をよくわきまえております。もし二人が結ばれたなら、あなたが彼女を裏切らない限り、彼女は決してあなたに背くことはありません。

3、私は離婚してずいぶん経ちますが前妻との間に財産の紛糾などはなく、借金もすべて返済し終えていて、わたし名義の建物一軒を所有しています。現在娘の廉婕とそこに同居していますが、もしも二人が結ばれたなら、結婚登記の日にこの建物をあなた名義に移譲し、新婚の贈与といたします。私自身は家を移り、決してご迷惑をおかけいたしません。

廉加海
一九九七年四月七日

その手紙のレターヘッドには「瀋陽市第四人民病院」とあった。逆算してみると、自分が二度目のお見舞いで病室から戻ったときには、この手紙はもう書かれていたことになる。呂新開は手紙をライティングデスクの上に広げ、折り目の線を伸ばして、手近にあった文鎮で押さえた。伯母が設計図を書くときに使っていたものだ。それから彼はまた家を出てタクシーを拾い、第四病院に引き返した。

病室に入ると、呂新開はいつもの真ん中の空きベッドには座らず、まっすぐ廉加海のベッドに向かい、足のほうに腰を下ろした。廉加海は壁のほうを向いて横になっており、左目は枕に埋まっていて、目が開いているのか眠っているのかわからなかった。呂新開が腰を下ろした向かい側のベッドは、枕元のライトがついたままだが、そのベッドにいた背の高い男は退院したらしく、病室には彼ら二人しかいなかった。呂新開は空模様を見るふりをして振り返ったが、本当はこっそり廉加海の様子を窺っていた。窓の外には夜の淡い紺色が広がり、強風が夜空を吹き渡って、星がいくつか見えていた。その静寂なときに、半導体ラジオの音が急に響くと、次第に高くなっていった。今回は劉蘭芳《リュウ・ランファン》［評書の名女優］の『楊家将《ヤンジャージャン》』［北宋の愛国的将軍一族の話］だ。もともと廉加海は眠っておらず、ラジオのスイッチを入れてから手を戻して枕の下にさしいれた。二人はそんなふうにして何も話さないまま、評書の一段を全部聞いて、ラジオがコマーシャルを放送するときになってようやく口を開いた。呂新開が、あの背が高い人は退院したんですね、と言った。廉加海は、そう、消防署員でな、怪我はたいしたことはなく、目も維持できたんだ、さっき奥さんが迎えに来てこれから自宅で療養するそうだ、と言った。呂新開が、再手術の日程は決まりましたか、と訊くと、明後日の朝になったよ、と廉加海。じゃあ、休暇をとってこっちに来ますね、と呂新開が言ったが、そんな必要はないよ、と言われた。呂新開が、みかんを剥いてあげましょうか、と言うと、廉加海は、医者からみかんはあまり食べすぎないようにと言われたんだ、上《のぼ》せるんだそうだ、と言った。呂新開が、それじゃ明日は桃の缶詰を買ってきます、と言うと、明日は来なくていい、と廉加海。呂新開は、大爺、先ほどは僕が悪かったんです、癇癪《かんしゃく》を起こしてしまって、あんなことをあなたに言うべきじゃなかった、と言った。廉加海は身を起こして仰向けになり、左目で呂新開を見上げ、明日勤務が終わったら、うちの小婕《シャオジエ》に会ってくれないか、娘は同意してるから、と言った。呂新開は頷いて、どこで会うことにしますか、と訊くと、廉加海は、太原街《タイユエンジエ》の京《ジン》九《ジュウ》ファストフード店って知ってるか、と言い、呂新開は、知ってます、食べたことはないけど、と言った。廉加海が、明日の六時に、と言い、わかりました、と呂新開が応じた。廉加海は上半身を起こして、枕元のサイドテーブルからあの一千元を取り出し、『知音《ジーイン》』［総合娯楽雑誌］の間に挟んで雑誌をピッタリ閉じて渡し、お金は持っていきなさい、二人で食事したり街歩きをしたりするときに使えばいい、と言った。

四月九日、水曜。朝事務室に入るとすぐ、呂新開は大李鋼に四百元返し、さらに五十元、当直を交代してくれたお礼に上乗せした。大李鋼は、口では気にするなと言いながら、手は差し出して受け取った。九時半、小李鋼がようやく事務室にやってきた。首にぶら下げているのは空の薬莢ではなく、金のチェーンに代わっていた。遅刻だな、と呂新開が言うと、俺はあんたよりずっと早く来てるんだよ、今食堂で飯を食ってたんだ、それがどうした、と小李鋼が言った。呂新開は、昼飯になるまでぐずぐず食ってたんじゃないのか、と言った。小李鋼は、てめぇにそんなくだらねぇことを言われる筋合いなんかねぇ、だいたいてめぇはこの二日間出勤してなかったじゃねぇか、と言った。呂新開が、俺は休暇をとってたんだ、大李鋼が代わりにやってくれたんだよ、と言うと、小李鋼が、もう馘《くび》になったんじゃねえの、と言った。呂新開は、そうやっていちゃもんつけるんだな、サシでシロクロつけようじゃないか、おまえにそんな度胸があるのかな、と言った。小李鋼は、どん百姓風情《ふぜい》がよく言うよ、表に出ろ、と言った。小李鋼は大李鋼のほうに視線を走らせたが、彼が間に入って止めてくれそうもないとわかると、意固地になって強がり、身を捩《よじ》るようにして踵を返し、通路に出ていった。呂新開はすぐに続き、外に出ていこうとしていた小李鋼に声をかけて立ち止まらせた。ここでやろうじゃないか。小李鋼が反応するのを待たず、首の後ろあたりに一撃を加え、一瞬で通路に倒した。そして体の上にのしかかってガッチリと押さえ込み、膝で相手の胸元を容赦なくぐいぐい固めた。小李鋼は息もつけないほど押さえられ、体にのしかかったとてつもない圧力の上から、自分にぶつけられる怒号をおとなしく聞くしかなかった。これからは俺の言うことを無視するなんて許さないからな！　小李鋼は、うん、と応じた。これからは、捕鳥ネットは一日ずつ交代だ、鳥撃ちも一日ずつで交代する、いいやり方だろう、わかったな！　これにも小李鋼は、うん、と応じた。凄まじい圧迫の力が胸元から外れたとき、小李鋼は大李鋼がドアのところに立ってこの騒ぎを眺めているのに気がついた。それからすぐ視線はズボンの股に遮られ、呂新開が自分の頭を跨いで通路からまっすぐ出ていくのを、目を見開いたまま見つめていた。

呂新開は空き地に出た。頭上の空は塗り壁みたいな灰色だ。小雨という予報だったが、どうやら降りそうもなく、正常のフライトに影響はない。飛行場で勤務しているとはいえ、呂新開が顔を上げて飛行機を見ることなど滅多になかったし、飛行機に乗ったことさえなかった。それは単純に飛行機が嫌いだったからで、飛行という行為に憧れなど持っていなかった。彼は地に足をつけて風景と共にいることに楽しみを感じ、高みから見下ろすようなことをしたいとも思わなかった。だから列車に乗るのは好きで、長距離の寝台車で一、二泊の旅を寝ながら過ごせれば最高だった。ぐっすり寝込んだあとにまた短いうたた寝を続けて、目が覚めたときにはどこにいるのかわからなくなっている、そんな感覚がいちばんいい。以前彼は一泊二日の長距離列車で瀋陽にやってきた。そして以前、伯母も同じ長距離列車に乗って、逆の方向、瀋陽から大興安嶺に向かって妹の墓参りにやってきた。さらに二十数年前、母もまた下放《シアファン》で長距離列車のどれかに乗ったのだ、もしかしたら長距離バスとか、トラックに乗ったのかもしれないが——呂新開は急に故郷が恋しくなった。高い山の奥深くにあるあの実家が恋しかった。

青年大街の道路は工事が進むほど広くなっていったが、ますます歩きにくくなった。通勤のシャトルバスが大西菜行に到着したときには、すでに五時半を過ぎていた。呂新開は飛ぶように家に走りこみ、見栄えのする洋服に着替えた。革のジャケットは母さんが昔瀋陽から大興安嶺に持ってきたもので、腰回りがキュッと絞まり幅広の袖になった男物だ。彼の記憶では、母さんは男物をよく着ていた。タクシーに乗って太原街に着いたときにはもう六時十分になっていた。若い娘を待たせるなんて誠実さに欠けるし、まして相手は体が不自由だ、呂新開は内心申し訳ない思いでいっぱいだった。小走りで待ち合わせ場所まで来て、彼は突然、中に入っていく勇気がなくなった。道端のイチョウの木の陰に隠れて店のほうを見てみると、ガラス窓のすぐそばに廉婕が座っているのがわかった。やっぱりポニーテールで、グレーのチェックのブラウスにジーンズ姿、白いスニーカーを履いていて、きちんとした姿勢をとり、背筋をまっすぐ伸ばして座っている。テーブルにはコーラが一杯置かれていたが、ずいぶん経って少しだけ口をつけた。これだけ距離を隔てていると、彼女の目に普通と違う何らかの不具合があるなんてまったくわからない。黒メガネはかけていないし、まばたきも正常で、本当にお淑《しと》やかなお嬢さんだ。彼はそれでも、やはりどこか普通の人とは違うのだろうと考えた。五メートルの距離にいたってこちらの姿を見つけられないんだもんな、そう思って大胆に木の陰から姿を現すと、数歩近づいて彼女を観察し続けた。しかしすぐに、これはあまりに不道徳で下品すぎる行為だと反省したのだが、このまま彼女のささいな仕草をずっと眺めていたいとも思った——彼女はしばしば髪をいじったり、襟に手をやったりしているが、数分おきに腕の電子時計をそっと耳に寄せている。たぶん時間を知らせる電子音を聞いているのだ。そんなことがずっと続き、やがてある電子音を聞いたあと、彼女は立ち上がり、裾や袖をすっと払って出ていこうとした。呂新開はこのときようやく自分の腕時計を見たが、なんともう六時半になっていた。それでも彼は依然としてその場を動かず、彼女が店のドアから出て、注意深く階段を降りていくのを目で追っていた。彼女はまず踏み出した足の靴底で地面を探り、しっかり確かめてからもう一方の足を踏み出す、この動作を続けていくと、足を引きずりながら道を歩くような感じになり、これでは靴をすぐ履き潰すことになるだろうと思えた。どうして盲人用の杖を使わないんだろう。きっと自分が盲目だと思われたくないに違いない、なんだかんだ言ってもやっぱり、プライドが高い若い娘なんだな。

少し先を行く廉婕の姿を見ているうちに、呂新開は後をつけようと思い立ち、二、三メートルの距離を保ちながらついていった。路面にくぼみがあるところが何箇所もあって、呂新開はもう少しで飛び出して彼女の腕を取ってやりそうになった。だが彼女は常にゆっくりと、ときにはさらにゆっくりと、安全にその場を通り過ぎていく。そうやって大通りの一角を歩き終わるころには、呂新開は彼女がどこかで転びはしないかと気が気でなくなっている自分に気づいた。彼女は路線バスに乗るつもりのようで、それも二三七番バス、ちょうど自分の帰路に使うバスだったから、彼もそばに立ってバスを待った。バスが来たとき、呂新開は彼女の後ろにピタリと寄り添って乗車した。彼女が足を踏み外して仰向けに倒れたりすることを心配して、そのときには両手を差し出してがっちり受け止めてやろうと思っていたのだ。退勤ラッシュは過ぎていて、乗客は少なく、二人はどちらも座れる席があった。呂新開は彼女の斜め後方の座席に腰掛けたが、通路を挟んで、彼女をまた新しい角度から見ることになった。月光はそのときまさに彼女の側に差しこんでおり、呂新開は膝の上に置かれたその両手をじっくり観察することができた。手は全体としてほっそりとたおやかで、まるでピアニストのような印象だったが、指の節は意外に太くしっかりとしている。そうして見入っているうちに大西菜行に着いたが、呂新開は下車せず、そのままバス停で二つ先の懐遠門《ホワイユエンメン》で彼女が下車したとき、続いてバスを降りた。バスを降りて時計を見ると、七時二十五分だ。彼女はいくらも歩かずに角を曲がり、通りに面した店に入っていった。見上げると——敬康《ジンカン》盲人按摩所、そう書かれている。わかった、ここで仕事をしてるんだ。今すぐ中に入ったら、自分が後をつけてきたことがバレてしまう、呂新開は入り口の外でたっぷり五分ほどうろうろし、どんなふうに言い訳をしようかと胸の中で筋立てを考えてから、ドアを開けて入っていった。

　白熱電灯が明るく、目が眩《くら》むほどだ。入って右手にカウンターがあり、細長い部屋の真ん中にマッサージ用のベッドが三台並んでいる。男のマッサージ師が二人、それぞれのベッドの脇に置いたプラスチックの腰掛けに座っていた。黒メガネをかけている人と、両目を閉じている人、たぶん二人とも全盲なのだろう。さらに奥のほうを見ると、別室があって二間続きだとわかる。黒メガネのマッサージ師が立ち上がって、この店の会員かどうかを訊いた。呂新開が違うと答えると、黒メガネはご指名のマッサージ師がいるか、それともフリーでいいかと訊いてきたが、ちょうどそのとき、廉婕が奥の部屋から出てきた。大きな白衣のボタンのいちばん上に手をかけている。呂新開は、あの女の人でお願いします、あんまり強くやられるのが苦手なので、と言った。黒メガネは腰を下ろした。廉婕はボタンをしっかり留めて、中にどうぞ、と声をかけた。呂新開がおとなしくついていくと、奥の部屋にもベッドが二台、隙間なく置かれていた。廉婕が、ベッドにうつ伏せになってください、と言った。呂新開は革のジャケットを脱ぎ、そばのベッドに腹ばいになって、顔をベッドの穴に埋めた。ドアが閉められる音がした。廉婕は、具合が悪いところはどの辺でしょうか、と訊いた。呂新開は、仰向けになってもいいですか、腹ばいだとちょっときついから、と聞き返した。どうぞご自由に、と廉婕が言い、呂新開は体の向きを変えた。廉婕は彼の頭の正面に立っていて、仰向けなら、まず肩をお揉みします、と言った。呂新開は、頭を先にやってくれないかな、なんだかぼーっとした感じがするんで、と言った。廉婕は黙ったまま、両方のこめかみのあたりを指の節を使って強く押した。呂新開は彼女の指の力がかなり強いので、鼓膜までブーンと響くように感じた。うわあ、強すぎだよ、と言うと、廉婕は、そんなことないわ、ちょうどいい強さですよ、と言った。呂新開は、こうして仰向けになって廉婕の顔を見上げ、つぶさに観察するなんて初めてのことで、何か不思議な感覚だと思った。逆さまに見ているわけだけど、彼女がスタンダードな瓜実顔《うりざねがお》であることがよくわかる、下顎はこぢんまりとして、鼻筋がとおり、目はいくぶんきりっとつり上がっている——この両の目を彼は大胆にも真っ直ぐ見据えてみたが、やはり異常があるようには見えなかった。それは特に透き通っているとは言いがたいだけで、瞳には自分の顔が映ったり、消えたりしていた——わかった、彼女の目には薄い霧がかかっているみたいなんだ。このとき廉婕が、あなたはあのお見合いの人なんでしょう、と言った。呂新開はびっくりして、どうしてわかったの？　と訊いた。廉婕は、あなたの雰囲気や音でわかるの、と答えた。呂新開が、僕らはまだ話もしてないじゃない、と言うと、廉婕は、病室でうちの父さんと話をしていたわ、と言う。呂新開は心の中で、耳はものすごくいいんだな、と思った。廉婕は、あたしのことは父さんがみんな話したでしょう、と訊いた。呂新開は逆に、君はどうして僕に、なんで今晩約束の場所に来なかったのかって、訊かないんだい、と言った。あたし、もう慣れてるもの、先月も一人すっぽかされたし、その前の月には二人にね、と廉婕が言った。呂新開が、でも僕はここに来たよ、と言うと、廉婕は、来るのはご自由よ、でもマッサージは料金がいるわ、と言った。呂新開は、君の父さんはどういうふうに僕のことを紹介したんだい、と訊いた。廉婕は、人柄がとてもよくて、飛行場で勤務しているって言ってたわ、と答えた。呂新開はやましい思いがして、僕が君の父さんとどうやって知り合ったのかについては話してないのかい、と訊いた。廉婕は、聞いてないと言った。彼女の十本の指が呂新開の髪の中に差し入れられてマッサージをし始めた。あなた、もう何日もシャンプーしてないのね。呂新開は、この二、三日は洗ってない、脂性なんだよ、と答え、君は普段どんなことが好きなの？　と訊いた。小さいころは本を読むのが好きで、エレクトーンも弾いていたわ、今は歌を聴いたり、評書の番組を聴いたりするだけ。盲人用の本は高くて、あたしには買えないから。あたしの目は生まれつきじゃないのよ、知ってた？　呂新開は、知ってるよ、と答えた。君の父さんは、以前君は勉強がとてもよくできて、書道では表彰されたこともあるって言ってたよ。廉婕が、父さんの話では、あなたは高等専門学校の出だって言ってたけど、と訊いた。呂新開は、そんなものなんの役にも立たないさ、就職はコネがないとだめで、臨時工からやるしかないんだ、と言った。そのあと二人はしばらく何も話さなかった。呂新開は瞼が次第に重くなり、頭部マッサージはとても心地よかった。でもその場の雰囲気が冷えていくのは嫌だったから、何気なく、ちょっと問題を出してもいいかい、と言った。廉婕は、どんな問題？　と言った。呂新開が、両箇の黄鸝翠柳に鳴き、と言うと、廉婕は、一行《いっこう》の白鷺《はくろ》青天に上る、と続けた。

一行の白鷺青天に上る。一行の白鷺青天に上る。

そうだこの句だ、この続きの句は、一週間も口元をうろついたまま出てこなかった。呂新開は胸の中でもう一度、吟じてみた。両箇の黄鸝翠柳に鳴き、一行の白鷺青天に上る。——まるで子守唄のように、彼はゆったりあやされて眠りに落ちていった。

二　森林

嘎春河《ガーチュンホー》は存在しない河だけど、本当に存在しないわけじゃなくて、河は確かにそこにある。でも、この河の名前はどんな地図にも載っていない、ただ現地の村人がそう呼んでいるだけのごくありふれた小河だ、その水源はどこかと問われて松花江《ソンホアジアン》や長白山《チャンバイシャン》の天池《ティエンチー》を連想する人なんていない——そして実際、その河がどこから流れてくるのか、僕の父さんにも答えられなかった。それればかりか、父さんはこの河がどのぐらいの長さで、どのぐらい広いのかさえはっきり言えなかった——だが、父さんの記憶によれば、二〇〇八年のときの話だが、三十年前よりずっと川幅が狭くなっているのは間違いなくて、それは地球規模の気候温暖化のために降雨量が減少し、加えて両岸の原始の森林が伐採でほとんどなくなってしまい、山から落下する泥砂が川底に堆積していったからだという。二〇〇八年の秋、僕の父さんが出獄した翌年のことだ。父さんは僕を連れて自分の生まれ育った黒竜江省の農村の実家に戻り、僕が一度も会ったことのないお爺ちゃんお婆ちゃんの墓、そしてひい爺ちゃんの墓も一緒に、瀋陽に移そうと考えた。ところが、その村すべての先祖代々の墓はみな森林の中にあったから、伐採で森林がなくなると、墓も一緒になくなっていた。僕と父さんは見渡す限りの禿山の斜面に、なす術《すべ》もなくぼんやりと立ち尽くした。しかも、山からの帰りに道に迷ってしまい、ようやく下山して呂家村《リュイジャーツン》に戻ったときには、あたりはまったくの暗闇になっていた。あの年、僕は九歳で、小さいころから暗闇を恐れることなどなかったが、そのとき僕がたった一つ驚いたのは、父さんは監獄にいる間にも地球温暖化問題に関心を寄せるパワーがあった、ということだ。

僕の父さんについて言えば、大酒飲みで、酒で自分のすべてをぶち壊した人だ。でも、父さんの前半生は酒など一滴も飲めなかったし、人が酒を飲むことを嫌うほどだった——急激な変化は二〇〇六年にあった。僕の母さんが自動車事故で死んで、父さんはそのときからアルコール漬けになってしまったのだ。どの家庭にも自分の家族だけのカレンダーというのがあるとしたら、二〇〇六年は僕らの家のカレンダーで、黒々と丸印をつけなければならない年だ。その年の春、母さんが亡くなり、父さんが監獄に入れられた。こういうことは時間をかけてじっくり回想しなければならないんだろうけど、十二年がまたたく間に過ぎ、今に至ってもまだ、ちゃんと向き合えずにいることがいくつもある。

僕の父さんは小さいころすごく苦労した。五歳で両親を亡くし、新開農場と呼ばれた農村でお爺さん（僕のひい爺ちゃん）に育てられた。新開農場はもと呂家村と呼ばれていて、一九六〇年代に周辺のいくつかの村と合併して新開農場となり、九〇年代に農場が解体して再び呂家村に戻った。新開農場と命名されたばかりのころ、僕のお婆ちゃんは瀋陽から挿《チャー》隊《ドゥイ》［文革期、都市の知識青年たちが農山村に下放され、生産隊に編入されること］でこの農場にやってきて、その後、現地の農民、つまり僕のお爺ちゃんと結婚することになり、僕の父さんが生まれた。そのとき以来山火事で亡くなるまで、お婆ちゃんは瀋陽の実家とは関係を一切絶ったままだった。つまりあの山火事が、彼女を永遠に大興安嶺《ダーシンアンリン》の原始林に留め置くことになったのだ。その山火事についてはインターネットで調べてもはっきりしない。一九七八年から七九年ごろに発生したらしいが、それ以上のことはわからない。これらはみな僕の母方の爺ちゃんに教わったことで、その爺ちゃんからは、僕の父さんには決してこのあたりのことを訊くんじゃないと言われていた。しかし僕はささやかなエピソードを一つ覚えている。あの山火事の原因は、森の中で弔《とむら》いの紙銭を焼いたための失火だったという話だ。ある村人が亡くなった妻の墓参りに森の中に入り、墓の前で酒を飲み、酔ったまま供養の紙銭を燃やして、火が燃えているうちに眠ってしまったという——失火の原因がこう言われていたから、僕の母さんが亡くなったあとも、母さんの墓参りに父さんと爺ちゃんと行くときには紙銭を燃やさず、ただ花を捧げるだけにしていた。父さんは紙銭を焼くことに暗い影を感じていたみたいだ。

九歳のあの夜、僕は父さんの後ろについて、山の斜面をずっと下っていった。父さんの足取りはあんな状況でも力強く、途中一度も僕を振り返ることはなかった。でも僕は、父さんが東西南北を見分ける能力にそれほど長《た》けているわけじゃないなと感じていた。それは農村で生まれ育った者としてはあまりいいことじゃない。下山の途中に丸太が置かれているところがあった。太さがまちまちで、中には新しく枝が生えてきているものもあり、いつ伐採されたものなのかもわからなかった。見ると小さなヤマカガシが丸太の間を動いており、S字を描きながら僕についてきて、追いかけると逃げるので、もっと追いかけて行こうとしたら、父さんに行くんじゃないと叱られた。何年も経ってから、自動二輪免許の実地試験でS字カーブを回ったとき、突然あの小さな蛇を思い出した。そして自分自身もあの蛇だと思い込んでみたら、スムーズにその試験をパスすることができた。

最終的に父さんは、灯火を目指してまっしぐらに歩くことにした。山の麓《ふもと》を流れる川の対岸に、数件の明かりがちらほらと見えた。父さんは僕を連れて、いちばん近いところにある家の戸を叩いて開けてもらった。それは独り暮らしの年老いた猟師の家で、なんと父さんは、八十歳を超えたようなその人を知っていて、ああ、おじいさん、と挨拶したのだ——呂家村の男はみな基本的に呂姓だったから、習慣的に姓では呼び合わない。父さんは挨拶したあと、おじいさん、僕は新開ですよ、と名乗った。老猟師は急に感情を昂《たかぶ》らせ、僕らを家の中に招じ入れた。老人と父さんは白酒《バイジュウ》［アルコール度数が高い中国焼酎］を飲みかわし、夜中まで話していた。この老猟師と、父さんを育てた僕のひい爺ちゃんは幼なじみで、二人とも生涯この呂家村を離れたことなどなかったのだそうだ。老猟師は父さんにこう言った。あのころ、お役所からやってきた連中が墓を動かそうとしたとき、わしはおまえのために先祖の墓を守ってやらねばならないと思っていたんだが、ちょうどその年に山で転倒して足を折ってしまい、ほとんど寝たきりになっていた。おまえと連絡する術《すべ》もないまま、もう一度山に入れるまで回復したときには、山はもう真っ平らになってしまっていた、と。父さんは首を横に振りながら何も言わず、村の人たちはどこに行ってしまったのですかと聞き返した。老猟師は、ほとんどの人が町に引っ越して、残った人は、木こりを主な仕事にしながら、採ってきた山のものを売ったりして暮らしている、と言った。

あの晩、父さんは泥酔し、僕らは老猟師の家に泊まることになった。翌日、ようやく町まで戻り、列車に乗って瀋陽に帰った。あれは行きも帰りもまったく何もない旅だった。その二十数時間の帰りの列車で、父さんが僕と交わした言葉は十個もなかっただろう。僕は後になって考えた、もし父さんがあのとき帰省しなければ、この世には、自分と同姓同名の場所があると思っていられた。だがあの帰省を終えて戻ってくると、父さんはただ孤児であるというばかりか、自分の名前の由来まで失ってしまった。

父さんの名前は父さんの母親が付けた。僕の名前も、やはり僕の母さんが付けた。僕は呂曠《リュイ・クアン》という。広大な野を表す「曠」だ。母さんは目が悪く、視力が両方とも全盲に近かったから、僕に期待を寄せた——目の及ぶかぎり、果てしなく広がる野をできるだけ遠くまで見渡せるように——これが母さんの解釈だ。母さんの目は生まれつきではなく、ある種の後天的な視神経の疾病によるもので、しかも当時は治療薬も間違っていたから、十歳のころから視力が衰えて二年も経たないうちにほとんど見えなくなったのだそうだ。爺ちゃんは母さんの治療のために家産を使い尽くしたうえに借金も嵩《かさ》んでいき、妻には離婚されてしまったから、自分一人で母さんを育て上げたのだ。僕は小さいころ、年に四回も第四病院に連れて行かれ、視力検査を受けさせられた。お医者さんは母さんの病気は遺伝しないと明言していたが、爺ちゃんはいつも心配していた。僕の目は極めていい、これは父さん似だ。父さんはあのいい目をちゃんと使おうとせず、大きな目を見開いていても肝心なことは抜けていて、何事も上っつらでいいかげんな対応しかできなかった。僕の母さんの心の目の輝きには遠く及ばない。

僕の記憶では、父さんと母さんの仲はすこぶる良くて、道を行くときはいつも二人で手を繋いで歩いていた。家の炊事洗濯はみんな父さんの仕事で、母さんは時間をかけて僕に唐詩を教え、暗記させていた。小学校に入る前に、僕は唐詩を三、四十首は暗誦《あんしょう》できた。小さいころ母さんはいつも僕に、たくさん勉強しないとだめ、たくさん勉強すれば自然に心の目が輝くようになるの、人生はそうやって進歩していくものなのよ、と教えてくれた。今こうして大人になって、母さんの言葉を思い出してみると、それは正しいけれど違ってもいる、こういった考えは今や時代遅れになってしまったから。たくさん勉強して進歩するには時間的なコストがかかりすぎるから、現代人は待っていられないのだ。僕が言うのは、実は僕自身のことでもある。僕は高校を卒業してすぐ実社会に入った。二〇一七年のことだ。幸いにも時代が変化し、清華大学や北京大学を卒業しても就職は同じように難しくなっていて、学歴なんか実際はほとんどなんの役にも立たず、心理的には平等な感じもした。コンピューターのネットワークがすべてをリードし、スマホの使い方に長けていれば金が稼げた。プライドをちょっと脇に置いておきさえすれば、若者が世に出る機会はどこにだってあった。この手の関門は確かに大変だけど、僕はそう思っていたし、そう実行してきた。以前は大学受験を真剣に考えたこともあって、高三の成績もまずまずのところまで達してはいたのだが、家が貧しかったので航空士を目指すことにして、航空専門学校に入学して父さんに援助を仰がなくても良くなることを待ち望んでいた。しかし体力測定も面接試験も通っていたのに、思いがけなくも政治審査で落とされてしまった。理由は父さんが監獄に一年間収容されていたことだった。このことで僕は父さんに謝ってほしいなどとは全然思わなかったが、頭に血が昇って、受験からもあっさり逃げてしまった。あの年の国慶節のあと、僕は列車に乗って北京に出た。しかしこれと言った仕事を見つけられず、バイク便のライダーになるしかなかった。いちばんひどいときには、一日に十六時間も働いて、宿舎に帰る途中にバイクに乗ったまま眠ってしまったことさえあった。配送会社の宿舎は六人部屋で、同室に河南《かなん》省から来た兄弟が一人いて、この男は勤務を終えるとすぐベッドに腹這いになってネットのライブ配信に夢中になっていた。しかも給料のすべてをその女性インフルエンサーにつぎ込んでいたのだ。最初のうち僕は好奇心でそいつと一緒に観ていたが、次第にライブ配信にはまっていき、自分でもやり始めるようになった。ただ、僕のやり方は彼とは違っていた。

二〇一八年のこと、僕は「快手《クワイショウ》」［モバイル向けのショートビデオアプリ］にアカウント登録するときに、申請画面でしばらく考え込んでしまった。どんなハンドルネームにしたらいいか思いつかなかったのだ。夜もずいぶん更けてから、覚悟を決めてあの六文字を打ち込んだ、狗眼児両張嘴《ゴウイエールリャンジャンズイ》［犬の目と二つの口］。半年後に僕はライブ配信をするようになっていたのだが、フォロワーが僕の配信中に、どうしてそんな不気味な名前にしたのかと訊いてきたことがあった。僕はこう答えた、第一に自分の小学生のころのあだ名が犬の目、「狗眼児《ゴウイエール》」だったこと、第二に、僕は姓が呂だから、呂という字を分解して「口二つ」なんだと。ひどく安易で、なんの創意もない。初めのころフォロワーは「狗眼児さん」と面白がって呼んでくれた。そのうちフォロワーが増えはじめると、共用画面のスクリーン中に「狗眼児」「狗眼児」が溢れだし、正直なところ気分が良くなかった。それは僕がいじめられていた小学校の日々を思い出させてしまうからだ。こんなハンドルネームにしたことを後悔したが、自分で蒔いた種だから自業自得、名前を変えたりしたらフォロワーを失ってしまうのではないかと心配もあったので、時間をかけてフォロワーたちを別な呼び方、つまり口二つという「両張嘴《リャンジャンズイ》」のほうに誘導していった。やがてみんなから「二嘴哥《アルズイゴー》〔二つ口の兄さん〕」と呼ばれるようになるころには、僕のフォロワーは十万人を突破していた。

僕のあだ名は母方の爺ちゃんのせいで付けられた。彼は右目に犬の目を入れていて、それはまるでガラス玉みたいに光り、瞳のあたりは緑色だった。その目について、僕は小さいころから何度も訊いたが、爺ちゃんが自分で言うには、任務執行中に負傷した公傷だということで、父さんもそれを否定しなかった。本当のところはどうなのか僕もよくわからない。僕が小学一年のころ、下校時には爺ちゃんが三輪リヤカーで迎えにきてくれていた。僕の戸籍は父方になっていて瀋陽の大西菜行《ダーシーツァイハン》に移されており、最初の小学校は二経街《アルジンジェ》第三小学校、彩塔《ツァイター》通りのすぐそばで近くを渾河《フンホー》が流れていた。クラスの男の子たちは下校のとき、爺ちゃんを見かけると大声で囃《はや》し立てた、「おいぼれ犬の目！　おいぼれ犬の目！」、それで僕もすぐ狗眼児、「ちびの犬の目」となったわけだ。このことでしょっちゅう喧嘩をしてきたが、僕は小さくて痩せていたからいつもやられっぱなしで、自分が情けなくて泣いてばかりいた。何度か顔に怪我して出血したこともあって、三輪リヤカーに乗ったときに爺ちゃんから、またよその子と喧嘩したのかい、と訊かれた。僕は、みんな爺ちゃんのせいなんだよ、これからもう迎えに来ないでくれない、代わりにお金をちょうだいよ、僕はバスに乗って通うから、と言った。爺ちゃんは、心配だからと言って許さず、三年生になってやっと自分一人で通学できるようになった。あのころ僕らのクラスでは親の多くが車で迎えにきており、中にはベンツで来る人もいた。僕は小さいころからプライドが高かったから、友だちが乗用車に乗り込んでいくのに、自分は三輪リヤカーに空のガスボンベと一緒に乗っているだなんて、恥ずかしくて顔をズボンの中に入れてしまいたいぐらいだった。爺ちゃんが五十四歳の年、三輪のペダルを踏み込むのに力が入らなくなり、かなり無理をしてお金をはたいて三輪リヤカーに発動機を装着した。その発動機はかかり出したらけっこう速く、時速五十キロは軽く出たのだが、座席の下から黒煙がもうもうと上がり、むせ返って咳きこむほどだった。

僕の爺ちゃんはいい人だったが、小心者でもあり、何かにつけていろんな人から馬鹿にされてしまう。僕は何度も爺ちゃんについてガスボンベの配達に行ったが、食堂の下っ端の店員でさえ、爺ちゃんに対する口調は犬を追っ払うみたいだった。それでも爺ちゃんが腹を立てるのを見たことはない。爺ちゃんは初対面の人には必ず、自分は警察官で公安関係だと強調していたが、相手はそんなことを信じるはずがなかった。そういうときには警察官の証明書を披露するのだが、相手はいっそう爺ちゃんを頭がおかしいやつだとみなしてしまう。その証明書を僕は見たことがある。廉加海《リエン・ジャーハイ》、一九五一年九月十八日生まれ、漢族、瀋陽第二監獄所属、所在地蘇家屯《スージアトゥン》。あの当時、この僕でさえ、それが本物かどうか確信が持てなかったけど、写真の中の警官の制服に身を固めた爺ちゃんは確かに凛々しく、老境の今とはまったく別人だった。二〇〇六年になって、僕はニュース番組の報道で、ある退職した労働改造局のかつての責任者が深圳《しんせん》で逮捕されたことを知った。罪名は一九九〇年代に長期にわたる横領と収賄を行ってきたことだった。そのとき、爺ちゃんは食事の支度をしながら僕に、ほら、爺ちゃんは嘘をついてなかっただろう、と言った。逮捕された昔の責任者というやつは、爺ちゃんたちが集団で北京に出て訴えを起こした相手だった。訴えから十数年経っていた。皮肉なことに、先頭に立って訴えを起こした僕の爺ちゃんは、この年がちょうど定年退職を迎える年だったので、公職に復帰するとそのまま退職金を受け取ることになり、死ぬまで警官の制服を着ることはなかった。

僕の初恋相手が僕に、子どものころの最も美しい記憶は何かと訊ねたことがあったが、そのとき僕は答えられなかった。別れた後のある日、僕は突然彼女にウィチャットで僕の答えを送った。豚足とカニだよ、と。このメッセージを送ったとき、彼女が僕のアカウントをブロックしていたことを初めて知った。でも彼女がこんな質問をしてくれたことに、今でも感謝している。僕自身、昔を回想することにあまり熱心ではなかったから。僕は思い出したのだ、五歳か六歳のとき、母さんの誕生日に父さんが豚足と大きなカニを買ってきたことがあった。僕も母さんもカニが好きで、父さんと爺ちゃんは豚足が好きだった。でもどちらもけっこう値が張るので、年に何回も我が家の食卓にのるものではなかった——あの日の食卓はほんとに美しく、しかもとても具体的な美しいシーンに溢れたものだった。父さんは大皿に盛ったカニの殻を全部外すと、中の黄色いカニ味噌をスプーンですくい取って小さなお椀に集め、母さんの口にアーンと食べさせていた。僕はよく覚えている。あの日は好利来《ハオリライ》［Holiland。全国展開の菓子チェーン］のケーキも食べ、母さんは立てた蝋燭を僕に吹き消させてくれた。母さんは普段お酒を飲まないのに、あの日は少し飲んで顔がすごく赤くなっていた。食後に、母さんはピアノを弾いてくれた。家にあったあの電子ピアノは、母さんが小さいころに爺ちゃんに買ってもらったものだという。弾いた曲がなんだったかもう覚えていないが、たぶん「きらきら星」みたいな単純な曲だったに違いない。母さんが生きていたころには、僕に何度かピアノを教えてくれたけど、僕が全然興味を示さなかったから、母さんも無理強いはしなかった。その後母さんは亡くなり、ピアノはもう誰も触らなくなった。

　母さんは、もし目がなんでもなかったら、理想の職業は音楽の先生だったと話してくれたことがある。母さんがいちばん好きな場所は学校だった。僕が一年生になった年、母さんは週に何度も昼ご飯を届けに学校に来てくれた。彼女が仕事をしているマッサージ院は懐遠《ホワイユエン》門《メン》にあって、向かい側に運転手相手の食堂があり、弁当が美味しくて値段も手頃で、肉料理二種類に野菜系一種がついてたった五元だった。僕はそこの鍋包肉《グオバオロウ》［二度揚げした豚もも肉を甘酸っぱいタレに絡める料理］にトマトソースをつけたのが大好きで、母さんがいつもお弁当にして持ってきてくれた。懐遠門から大西菜行まではバスで停留所二つなのだが、母さんは歩くのが遅かったから、バスを降りて学校まで来るころには、お弁当が冷めてしまうこともあった。母さんはいつも僕と一緒に学校の正門前に腰を下ろして、僕が食べ終わるのを待っていた。学校の中や外から子どもたちの歓声が聞こえてくると、まるでコンサートを楽しむかのように、母さんの顔に笑みがこぼれた。僕が食べ終わると母さんはまたバスに乗って、マッサージ院に戻るのだ。あのオンボロ三輪リヤカーに乗るのが恥ずかしいと言って、爺ちゃんにふくれっ面をした次の日の昼、学校に母さんがやってきた。きっと爺ちゃんが告げ口したに違いない。その日母さんが提げてきた袋はケンタッキーフライドチキンの店のものだった。正門のところで、僕ら二人はあの柳の木の下にある大きな石に腰かけた。母さんはまず僕に対して理路整然と批判を展開し、自分を人と比べたりしてはいけない、虚栄心がいちばん人間をだめにするのよ、と教え諭《さと》した。僕がうなだれて間違いを認めると、母さんはようやく袋を開けてくれた。辛口チキンバーガーにコカ・コーラ、フライドチキンが一箱、それからストロベリーサンデーも。僕はものすごい勢いで食べたのを覚えている。ゆっくり食べたらサンデーが溶けてしまうのじゃないかと気が気でなかった。食べている途中、何度か柳絮《りゅうじょ》がふわりとくっついて口に入った。食べ終わる寸前、僕はゆっくりと食べるようにした。僕がケンタッキーを食べているのを友だちに見せたかったのだ。いつもなら早食いばかりしている僕が、あの日は昼休みの時間をたっぷりかけて昼ご飯を食べた。母さんは何も言わずに、ただずっと僕のそばに腰かけていた。ケンタッキーのビニール袋が母さんの手の中できちんと真四角に畳まれていた。

ちょうどその日のことだ。彩塔通りと青年大街《チンニエンダージエ》の交差点で、母さんが二二七番バスに乗って懐遠門に戻るため道路を渡ろうとしたとき、一台のフォルクスワーゲン・パサートに撥《は》ねられた。撥ねられた直後にはまだ自力で起き上がることができ、意識もしっかりしていたのだが、救急車で病院に運ばれる途中で亡くなった。当時の目撃者の中には、母さんが赤信号を無視して渡ったと言う人がいた。でも母さんは絶対にそんなことをするはずはない。後になって別な目撃者が、母さんが赤信号で待っていたときに、後ろから誰かに押されたのだと言った。いずれにしてもパサート側に違反過失はなく、判決もそういう判断で、最後には形式的な賠償金三万元が支払われただけだった。

その日は二〇〇六年四月十一日、火曜日。黒い丸印をつけた年の最悪の黒丸。

墓地は回竜崗《フイロンガン》墓園で選び、父さんは自分の名前も墓に刻ませた。石工の老人は、自分の名前を墓に入れておくなんて聞いたことがない、そんなにお若いのにあまりにも不吉だと思わんのかね、と言った。父さんは、いずれ必ずこうなるんだ、金が多少かかったってどうってことないよ、と答えた。それから半月後、父さんは外で酒を飲んだあげくに人と喧嘩をして負け、仕返ししてやると言って、なんと飛行場に戻って仕事で鳥撃ちに使っていた猟銃を持ち出そうとした。飛行場の同僚が銃がなくなっているのに気づき、まず父さんに電話をかけ、もう一人の同僚が警察に通報した。結局父さんは自ら派出所に出向いて自首したのだが、事情聴取のときにもまだ酒の酔いが残っていた。警官が、銃を盗むことがどんなに大きな罪になるか知ってるのか、と問いただすと、父さんはそれでもまだ小賢《こざか》しく、自分が盗んだのは仕事で使う道具に過ぎないのだと弁明した。ただ父さんは最終的に進んで自首をしたということで、判決は軽い罰で済んだ。父さんがいったい何を考えていたのか、誰にもわからない。母さんが亡くなってから、僕はまるで透明になってしまったみたいで、父さんは何をやるにしても僕のことなどまったく考慮に入れなかった。一年後に彼は出獄したが、僕には父さんがまるで見知らぬ人のようにしか思えなかった。

こうして父さんは失職し、出獄後一年以上もぶらぶらしていた。一日のほとんどの時間を小鳥を飼うのに費やし、小鳥はどんどん増えて、多いときにはベランダの物干し竿に鳥籠が七つもぶら下がっていた。父さんは僕に朝晩二度の食事を作ってくれたが、そのほかのすべての時間、僕よりも小鳥ばかり気にしていた。彼がいちばん大切にしていたのは、あの二羽のコウライウグイスで、もう十年以上も生きており、たいへんな長寿だった。あの呂家村に帰省した旅から戻ると、父さんはコウライウグイス相手に話しかけるようになり、その二羽を父さん、母さんと呼んでいたので、僕はもはやこの人のことを理解するなど不可能だと思った。そのうち、父さんが外で酒を飲む相手が、何人かの小鳥を飼っている連中になった。そういう仲間の中では父さんの飼う小鳥がいちばん立派だったから、八一《パーイー》公園に行って小鳥を売ってみたらどうだい、と唆《そそのか》す人がいて、父さんは口車に乗せられて行ってみた。すると行った最初の日に番《つがい》の雛二組がすぐ売れて、それがみなあの二羽のコウライウグイスの子孫たちだった。それ以来数年、小鳥売りが父さんの生業《なりわい》になって、一週間に三、四日は公園で鳥籠を並べ、小鳥も鳥籠も売るようになった。僕の家の小さなリビングルームは、年中無数の鳥籠に占領されていた。

母さんが亡くなっていくらも経たないうちに、爺ちゃんは三輪リヤカーの仕事をやめて、植林をするようになった。そのころ父さんは爺ちゃんに、もうこれ以上仕事で齷齪《あくせく》することはないから、こちらに引っ越してきて一緒に暮らしましょう、自分がお世話します、と言ったことがあったが、それは事件を起こす前のこと。僕はもちろん諸手《もろて》を挙げて賛成した。爺ちゃんが来てくれれば、毎日父さんといがみ合うこともなくなるだろうと思ったのだが、爺ちゃんは不承知だった。確かに三輪リヤカーは動かせなくなったが、何もしないでいるのは爺ちゃんの性に合わない。それで、あの植林の仕事、万里大造林《ワンリーダーザオリン》に俄然興味を抱いたのだ。

――「万里大造林」、これは遼寧省《りょうねい》と内蒙古《うちモンゴル》の二つの省にまたがる投資プロジェクトで、当時ものすごく評判になり、何人かの企業主やスターたちまで参画していた。まず政府から超低価格で土地を買い、人を雇ってそこに植林する、そして苗が育つのを待たずに、すぐ土地ごとその林を転売してしまうというビジネスで、その売値は数倍にもなるという、株の投機によく似ていた。このプロジェクトは表向き公益事業という装いで、植樹で防風防砂、そのうえ実利を上げられる、と謳われて、当時の広告「万里大造林、国家に利益をもたらし、人々にも利益をもたらす」は、たいへんな勢いで全国を席巻した――しかし爺ちゃんが仕事を請け負って半年もしないうちに、違法な資金集めだと摘発され、関係した企業主たちも逮捕されて、史上に名を残す笑い種《ぐさ》となった［二〇〇四年の大規模経済詐欺事件。三万人もの被害者から十三億元を吸い上げた］。僕の爺ちゃんはこの笑い種の一つの小さな句読点、ただ木を植えた人に過ぎない。爺ちゃんと同じように小さな句読点となった人物は、六、七十人はいたそうだ。この人たちは大掛かりな詐欺事件の中にあって、珍しくも金を損せずに済んだごく少数の人々だった。彼らは会社に雇われて、決められた区画に木を植え、毎月一千元以上の給料を受け取ることができた。トラックがハコヤナギの苗を何回も運んでくるたびに、それを植えるだけで良かった。爺ちゃんが請け負った区画は国道のそばにあり、飛行場を通り越してさらに東に向かい、もうすぐ農村に入るというあたりにあった。彼は全部で七十アールほどを請け負い、国道の北には三十アール、南には四十アールあった。爺ちゃんは市内に借りていた家を返し、国道そばの小さな煉瓦の家に引っ越して、住み込みで植林に取り組むことになった。

父さんが監獄に入ってから、僕は爺ちゃんに武術学校に入れられた。というのは武術学校が寄宿制で食と住が賄《まかな》われたからで、週に五日は学校、土曜に爺ちゃんが迎えに来て煉瓦の家という生活になった。爺ちゃんは植林をしながら僕の面倒も見ることはもうとてもできないと言い、僕に理解を求めた。正直に言うと、もし子どものころ、あの武術学校の一年間で文系の勉強がおろそかにならなかったら、僕はかなり学力が伸びていたはずだ。僕は自分の足で爺ちゃんの請け負った二つの区画を隅々まで歩き回って調べあげ、夏はコオロギ、トンボ、オンブバッタなどを捕まえたり、冬になって三十センチ以上も積もる大雪になると、午後いっぱい雪の中で遊びまわったりした。爺ちゃんの木の植え方には自分なりの計画があって、まずその二つの区画の境界に沿って縁取りをすると、それぞれの区画の縁に四本のラインを引くようにして木を植えていった。それはちょうど絵を描く前に額縁を作るような感じで、この画布が自分の所有物だと宣告して他人が勝手に塗りたくるのを禁じたみたいだった。夏から秋にかけて、僕はこの目でしっかり見ていたのだが、爺ちゃんは自身の計画の初期段階を完成させ、ハコヤナギの苗が植えられた南北の二つの区画は、苗によって縁どられた二つの四角い広場となっていた。だが惜しいことに、その四角形がすべて緑色に染めつくされる前に、このプロジェクトはお釈迦になってしまい、爺ちゃんも植林をやめて、養老年金で暮らすようになった。ところがその二つの区画はその後誰も引き取る人が現れなかったから、爺ちゃんはここのほうが落ち着いて眠れると言って、ずっとあの煉瓦の家に住み着いていた。十年後、僕が北京に出立する前に一度、爺ちゃんの顔を見にいったことがあったのだが、爺ちゃんはすこぶる元気がよく、食欲も旺盛だった。ただ昔よりもずっとくどくどと喋るようになり、僕が七歳になる前のことをいつまでも繰り返していた。爺ちゃんが植えたハコヤナギはずいぶん大きく伸びて、それぞれの幹に大小の節がまるで目玉のようにいっぱいついていた。そしてちょうど窓の正面に植えられた木の幹には、目にも鮮やかに「婕」の一字がくっきり刻まれていた。

三　春の夢

離婚してもう二十年になろうとしている。以前はずっと意志が堅かったのに、どうして急に女の人を想うようになったんだろう。——ある雪の夜、廉加海《リエン・ジャーハイ》は万順《ワンシュン》ビール屋の店内に腰かけ、雪が重く降り積もった三輪リヤカーを窓越しに眺めながら、自身に問いかけていた。混ぜ合わせた安ビールを半分ほど開けてつまみを箸に挟みながら、彼は思い起こしていた——女房が彼を捨てて出ていったあの年、娘の廉婕《リエン・ジエ》はまだ小学校も卒業していなかった、彼一人で父親と母親の二役をこなしたのだ。あのころはまだ監獄警官を務めていて、勤務が不規則だったから、一週間に二日ぐらいは蘇家屯《スージアトゥン》に泊まらなければならず、帰宅して食事の支度をしてやることもままならなかった。だから廉婕は爺ちゃん婆ちゃんの家で食べさせてもらうほかなかったのだ。それでも廉婕は負けず嫌いで、目がほとんど見えなくなる前に、父さん、あたしにご飯の作り方を教えてちょうだい、洗濯はもうあたし一人でできるようになったから、と言った。彼が娘に教えた最初の料理はトマト卵炒めだった。フライパンを返しながら彼は泣いていたのだが、泣き声はたてなかった。声をたてない限り、娘には泣いていることがわからないだろうから。娘は負けず嫌いで強がっているわけじゃない、なんでもよくわかっていて、父さんのことを心配してくれているのだ。彼女は父さんと父さんの父ちゃんとの仲が良くないことを知っていて、自分の父さんがうなだれて相手に小声で話すことなんかさせたくないのだ。廉加海はずっと前から道理はわかっていた——世の中には家族だと言っても、血縁という関係しかない、生涯にわたって敵みたいな人だっている、彼自身の家がそのいい例だ。廉加海は一家の長男で、下に弟と妹がいた。幼いころから辛《つら》い骨折り仕事はみんなこの長男に回されてきて、兵隊になってからはボーナスや手当などもすべて実家に仕送りし、弟の嫁取りも彼が金を出し、妹の嫁入りの支度もみんな彼がしてやったのに、両親はまだまだ不十分だと不平をぶつけてくる。やがて弟と妹の暮らしぶりは彼よりずっと良くなったが、彼のほうが金に苦しくなって相談しても、二人とも家計が困窮しているると言って逃げてばかりだ。どう考えても納得いくわけがなかった。ただ、自分は一生実家には期待しないと覚悟を決めてしまえば、家族とはいえ単に同じところにいる人に過ぎないし、借りなど作らず付き合いも少なくしていけば、余計な比較もせずに済んで、かえってのんびりと心も朗らかに過ごせるというものだ。自分の娘は自分が育てる、我が娘はこの世のどんな家の子どもよりもずっと物事をわかっている、これは自分の福縁というものだ、自分はこの幸《さいわい》を大事にしなければならない、彼は心からそう思っていた。

しかし二十年が経ち、廉加海は三蔵法師でもあるまいし、女のことを考えずにいるのは難しかった。とはいえ、あくまでも肉体的なことで、精神の問題ではない。肉体的なことは生理上の必要に過ぎず、精神の働きに及ぶものでなければ、これは許容されるべきだと思った。廉加海が万順《ワンシュン》ビール屋に通うようになったのはそれほど以前からのことではない。一年ちょっと前に三輪リヤカー引きの仲間たちに誘われて入ったのだ。連中はここで屯《たむろ》するのが大好きで、酒も料理も他より安いというのも理由だったが、それより、店の床から天井に届く大きなガラス窓が北富《ベイフウ》ダンスホールの正面入り口に面しており、ダンサーたちが艶《あで》やかな姿で出入りするのをタダで見られるからだった。飲んだり食べたりしながら、美女たちの品定めを堪能できて、まるで美人コンテストの審査員になったかのようだ。これは一旦やり始めたらやめられない眼福というもの——ことに夏になったらたまらない、胸元を半分露わにして太腿むき出しの女たちが次々に通り、酒の最高のつまみになるのだ。ここが下品な呼び名で「貧乏人の楽園」と言われるのも当然だろう。廉加海が初めてこの楽園に入ったのは冬だったので、露わな肉体にはありつけなかった。仲間と酒を飲んで小銭を賭けたカードゲームをやったが、大きく賭けることはしなかった。だが何回か続けるうちに、廉加海はこれはだめだと思うようになった。これは金の無駄で、一日に配送するガスボンベが何本分も減ることになる、そして稼ぎが減れば減るほど、女を飢えた目で見入ってしまうようになる。悪循環そのものだ。そこで廉加海は、夏になる前に行くことをやめた。口の悪いやつは当てこすってこう言った。廉さんよ、あんたみてえに必死になって仕事するやつはいねえよ、金を溜め込むしか能がねえんだな、あんまり我慢ばかりしてると、ペダルを踏むたびキンタマが擦れてたまんねえだろうよ、たまにはぶっ放したほうがいいぜ、と。廉加海はそいつに、女房がいねえんだから、誰にぶっ放せって言うんだい、と言い返した。そいつはまた続けた、俺たちの中で離婚してねえやつなんかいねえよ、今の世の中、どこだって女日照りさ、どうすりゃいいかは自分で考えるしかねえな、と。廉加海も馬鹿じゃない、そいつのいいたいことはわかっていたが、あえて、へえ、どうすりゃいいんだい？　と訊いてみた。するとそいつは小唄風な語呂合わせで調子良く、女とやりたけりゃ鉄西《ティエシー》［瀋陽市西部の歓楽街］だ、鉄西安くて手頃だよ、そりゃあどこだと聞かれたら、教えてやるよ、西へ行け、もっともっと西へ行け、ヒヒヒのヒ、とほざいた。廉加海は、その小唄、間違ってるな、西へどこまでも行ったら新民［新民市］に行っちまう、鉄西はもっと南寄りだ、と言った――彼はそいつのつまらぬ嘲笑を叩き潰してやったのだが、その場に居合わせた連中はそういう彼を不愉快に思い、新手の罵声が浴びせられることになった。インテリぶったキンタマ野郎！

　廉加海は確かにわざとらしかった。本当はとっくに秘かに実践し、大っぴらに人に言わなかっただけのことだ――これはとてもプライベートなことで、プライバシーを人に隠しておけないなら、動物の世界と変わらなくなってしまう。正確に言えば、廉加海は確かに西に向かってペダルを踏み続け、危うく鉄西地区を過ぎてしまいそうな場所まで行ったことがあった。廃止された鉄道沿いの道には洗髪屋［洗髪と称して陰で売春をする店］が軒を連ね、夜になるとピンクのライトが灯されるのだ。店から出たとき、彼は後悔で胸が痛んだ。自分が欲望を抑えられなかったことを悔やんだ。百元の金など使う価値もなかったのだ。とっておけば孫が欲しがっていたあの忍者なんとかの文具だって買ってやれた。孫は小学校に入ってあれやこれやしているうちにもう半年も過ぎている。これまで買ってやることを惜しんでいたわけではないが、店の中に十分いただけで百元はあの疫病神に持って行かれてしまった。問題はそんな金を使っても気分良く遊べなかったことで、途中からあの小娘は自分の右目をさも嫌そうに盗み見て、その眼差しは入り口の前に止めた三輪リヤカーを見たときよりももっと汚らわしそうだったことだ。それで彼はカッとなって警官の身分証明書を取り出して見せ、自分の目は公務中の負傷なのだと言ったのだが、結局店にいた三人の小娘に笑われただけだった。

二〇〇五年の冬、廉加海がもう二度とあんな馬鹿な無駄金は使わないと決心した後、彼は一人の女性とプラトニックな恋に落ちた。

その女性は王秀義《ワン・シュウ イ》、一九六三年生まれ、一人息子を連れて離婚し、今、中医薬学院［漢方の医薬技術士、薬剤士などを養成する中等職業専門学校］で仕事をしている。しかしその彼女はいまだに廉加海の名前すら知らず、自分一人が思いを寄せているばかりで、愛だの恋だのだなんて我ながら冗談みたいだと思っていた。自分は十六歳で兵隊になり、その後五年間、女とは巡り会うこともなかった。退役して瀋陽に帰り、人の紹介で前妻と知り合い、すぐに結婚して一年、二十三歳で父親になった。愛とは何だ。日々の暮らしに忙殺される人間に、そんな深刻な問題を考える暇はなかった。それから後の暮らしのことは言うまでもない、娘の病気治療、女房との離婚騒ぎ、借金返済、警官を辞めさせられ、告訴もやった、娘が年頃になると結婚の心配ばかり、一年一年が総理大臣並みの忙しさで、あくせくしているうちに年老いてしまった。しかし、こうして回想してみると、一つ一つの出来事を自分としてはしっかり片付けてきたつもりだ。告訴だけはまだ決着がついてないが――廉加海は自分がどうして女性のことを考えるようになったのか、このとき突然悟った。自分にはもう心を労《ろう》さなくてはならないことなど、なくなっていたのだ。孫はすでに小学校に上がり、とてもできの良い子だから、大きくなったらきっと出世するに違いない。娘と婿の夫婦仲もこれ以上ないほど良く、慎《つつ》ましい暮らしをしっかり守っている。借金をしないというのは裕福なことと同じことで、しかも二人ともたいへんな親思いで、自分達のところで一緒に暮らそうとまで言ってくれている。趙本山《ジャオ・ベンシャン》［喜劇俳優］の台詞で言えば、「これ以上自転車なんかも要るのかい［コントの詐欺師のセリフ。欲を持たず分相応に生きることの代名詞］」、ということだ――そんな心境になっていたとき、うまい具合に王秀義という女性に出会って、彼は愛で頭がいっぱいになってしまったのだ。

愛とか恋とかなんて、どうやって行うものなのか、廉加海はまったくの門外漢だった。彼は生まれて初めて誰かに相談したいという衝動に駆られたが、身近にいる者たちは相談相手にはふさわしくなかった。そんな昼下がり、タイミングよく娘が彼を昼食に呼び、彼のためにわざわざ一手店《イーショウディエン》から豚足を買ってきてくれた。婿の呂新開《リュイ・シンカイ》はまったくアルコールがだめな男だったが、酒を楽しむ彼の相手をしているうちに、胸の中でふと閃くものがあり、廉婕に子どもを公園に連れていって日向ぼっこしながら遊ばせてはどうだい、と提案した。廉婕も機転が利き、きっと男同士で話したいことでもあるのだろうと悟って、子どもを連れて出ていった。廉加海は呂新開にも酒を一杯注いで、今日は禁を破ってわたしのために飲んでくれないか、と言った。呂新開はためらうことなくそのコップを飲み干し、何か僕にお話があるんじゃないですか、と言った。廉加海は突然気恥ずかしくなってしまい、だいぶ遠回りな言い方をした。別に何もないさ、あんた方二人がちゃんと暮らしているのを見て、わたしはとても嬉しいんだよ、あんたと廉婕はどうしてそんなに仲がいいんだい、羨ましがられるだろう、と。呂新開は反射的に、誰が羨ましがってるんです？　と訊いた。わたしが羨ましいと思ってるんだよ、と廉加海が答えると、呂新開は、父さん、相談があるんでしょ、話してください、と言った。実はな、ずっとわからないことがあるんだ、と廉加海。なんなんですか、と呂新開。最初、わたしがあんたを廉婕に引き合わせようとしたとき、あんたはわたしをペテン師だと罵《ののし》った。なのに、その後当人に会って急に見初《みそ》めてしまった、あれは、いったいどうしたわけだったんだ？　呂新開は、いまさらそんなこと、父さんに何を言えばいいんですか、と言った。廉加海はもう一杯呂新開に酒を注いで、さあ、ともかく話してくれ、と言った。呂新開は、自分でもどう話したらいいかわかりませんが、つまりは感情でしょうね、と言った。廉加海は、どういう感情なんだね、と訊いた。呂新開はちょっと咳払いしてこう答えた。そりゃ、この人とずっと一緒に暮らしたいと思う感情で、そうですね、恋人としてというより、一生涯一緒にいたいというような気持ちだったと思います。廉加海はポンと手を叩き、そうかそうか、なるほど、それはつまり一目惚れしちまったってことなんだな、と言った。呂新開は岳父の反応に驚き、そういうことなんでしょうね、でもあれは初めて会ったわけじゃなく、二度目でしたけど、と言った。廉加海は自分でもう一杯飲み干し、何か言いたそうにしていたが言い出せないようだった。そこで呂新開は少し補足した。ともかく僕は廉婕が幸せでいられるようにします、これからもずっとです、と。廉加海はコメツキバッタみたいにしきりに頷いていて、また自分でもう一本の栓を開けた。呂新開はこのときになってハッと気づき、父さん、もしかして、連れ合いが欲しくなったんじゃないですか、と言った。

廉加海も王秀義には二度しか会っていない。最初は中医薬学院の食堂で、その次は彼女の家でだ。最初のとき、廉加海は食堂炊事場のガスボンベの交換をしていた。その食堂は学生と職員二千人分の食事を賄《まかな》っていたからガスの消費は並大抵ではなく、大型のガスボンベが平均十日間で空になった。あれは十二月初旬のこと、ちょうど小雪が降ったばかりで地面が滑りやすく、廉加海はボンベを下ろす際に尻餅をついてしまった。二階に上ってボンベ交換をし終わったのは午後一時半ごろ、彼はいつもこの時間帯に来ていた。というのもそのころになると食堂に人がほとんどいなくなるからで、炊事場の若い職員に挨拶を通すだけですんだ。大型のボンベはかなりの重量で、彼が大理石の床をゴロゴロ転がしながら運んでいたとき、その王秀義という女性がさまざまな色の食券を入れたビニール袋を手に持って、食券を売るカウンターから出てきて廉加海を呼び止め、お兄さん、あなたお尻が汚れているわよ、と声をかけたのだ。廉加海は後ろを振り返り、うわぁ、やっちまった、と言った。そしてもう一度顔を戻したとき、目の前に食卓の紙ナプキンが二枚差し出されていて、これでお拭きなさいよ、と言われた。廉加海はまるで命令を下されたかのように、従順にズボンの尻を拭ったが、気恥ずかしくて顔を上げることもできず、ただ女性の靴を見つめていた。それはローヒールの黒い革靴で、とてもモダンな感じだったが、革は薄そうで、彼は裏が起毛になっているんだろうかと考えた。そうでなければこんな真冬には足が凍えてしまいそうだから。拭き終わって、廉加海はやっと顔を上げ、ありがとうございます、と言った。すると彼女は手を伸ばし汚れた紙を受け取って、彼ににっこり笑いかけ、食堂を出ていった。廉加海はそのときになってようやく尻餅をついたあたりが痛くなってきたが、その場に棒立ちになったまま、なんてきれいな女性だろうと心の中で呟いた。

二度目に王秀義に会ったのは年の瀬も押し迫って、新しいカレンダーに変わるころだった。中医薬学院の職員宿舎は三棟の団地でどれもひどく古い建物だったが、キャンパス内にあったので、廉加海がガスボンベの管理をやっていた。その日彼はボンベを五階まで運び上げ、ドアを開けたところ、なんとそこに王秀義がいたのだ。彼女は髪を短くカットしたばかりのようで、きれいな瓜実顔《うりざねがお》がひきたって見えた。彼女は廉加海ににっこり笑いかけたが、自分のことを覚えていてくれたのかどうか、廉加海にはよくわからなかった。部屋の中はきちんと片付き、赤い床板がピカピカに磨き上げられていたから、廉加海が汚れた靴を脱いで上がろうとすると、彼女は、そのままでいいのよ、ご遠慮なく、と言った。廉加海は一言も言葉が出ないまま、ボンベをキッチンに運び入れた。キッチンもきれいに整理されており、フライパンは黒く艶やかで、壁に包丁と調理用ハサミがフックで掛けられていた。交換した空のボンベを提げて出ていこうとしたとき、少年が奥の部屋から出てきて、彼女をお母さんと呼んだ。十六、七ほどの年恰好で、目や眉は母親に瓜二つ、いかにも優秀な少年という感じだった。少年は廉加海に向かって軽く会釈し、「こんにちは」と言った。廉加海は空ボンベを運んで団地から出たときになって、自分はあの子に挨拶を返していなかったとようやく気がついた。俺の頭はどうなっちゃったんだろう、めちゃくちゃだ、何から何までめちゃくちゃだ、彼女はあんな年齢だ、間違いなく結婚してるだろうし、子どもだっているだろう、そんな人のことを想ったりして、どうしたってていうんだよ。

三度目に王秀義に会うまで、廉加海は彼女の名前すら知らなかった。教えてくれたのは衛峰《ウェイ・フォン》だ。

衛峰は廉加海が以前担当した囚人だった男で、廉加海より七つ年下の戌年生まれだった。八六年に故意による傷害罪で収監され、刑期は八年、判決は重いものだった。衛峰が獄中にあった数年、廉加海は彼といい関係を保ち世間話も交わせるほどだった。衛峰は身長百七十センチほどでまったく見栄えがしなかったが、人をぞっとさせるほど根性が座っていて、ふだんは問題を起こすことなどなかったものの、自分に対する侮辱や軽蔑を絶対に許さず、たとえ相手が死刑囚でも少しも怯《ひる》むことはなかった。収監される前は自転車やバイクの荷台を作る工場で働いていたが、出所後は仕事が見つからず、大型トラックの運転手をやっていたこともあった。だがやはり喧嘩をして辞めさせられ、その後人の紹介で中医薬学院のボイラー室で働けることになった。二年ほど前、廉加海は衛峰と青年公園でばったり会い、二人とも懐かしく思って酒を酌み交わした。こうして行き来しているうちに、衛峰が学院の庶務科長と話をつけてくれて、廉加海は月餅《げっぺい》二箱とタバコ三カートンを持って科長の家を訪れ、中医薬学院のガスボンベの仕事をすべて任されることになった。それ以後忙しくなって、空き瓶回収のほうはきっぱり止めてボンベの運搬に全力を傾けることにした。廉加海は感謝の気持ちを表すために衛峰にもタバコを二カートン持って行ったが、彼はどうしても受け取らず、結局酒を飲ませることで終わりにした。この男は義理に厚くて信頼できると廉加海は思った。もともと彼は看守の仕事を辞めてから、身近に友と呼べるほどの人がいなかったのだ。

ボイラー室は職員宿舎の地下にあり、廉加海は建物を出ていったん三輪リヤカーに跨ったが、すぐにまた降り、二、三歩向きを変えてボイラー室に入った。衛峰とはもう半年近く会っていなかったからちょっと会っていこうと思ったのだ。ボイラー室は狭くはなかったが、ずっと衛峰一人しかいない場所だった。幾重にも重なった煤《すす》の層が壁から天井まで広がり、水蒸気が顔を熱くほてらせた。床も空気も何もかも煤に塗《まみ》れて、緩んだボイラーの扉の隙間から炎がしきりに舞い上がっていた。ボイラーの後ろの隅に吊るされた裸電球が黄色い灯りを落とし、その下に小さな机と壊れ掛けの寝椅子があって、そこらじゅうにタバコの吸い殻が散らばっていた。ここが衛峰の縄張りだ。衛峰は斜めになって寝椅子に体を傾け、顔にタオルをかけて覆い、上半身はランニングシャツ一枚だけで、まるでサウナにいるような格好だった。身体もタオルもみんな真っ黒なので、もし人がいると知らずにここに入ったら、びっくりして腰を抜かすに違いない。机には肉の醤油煮や、太刀魚の唐揚げなど料理が四皿あり、空になったビールの大瓶が三本、そしてまだ半分ほど残っている瓶が一本あった。廉加海は以前より椅子が一脚増えているのに気づいた。背もたれのある小さな椅子で、学生が使うようなものだ。彼はそれに腰かけ、なかなか豪勢な食事じゃないか、と声をかけた。衛峰はタオルの下から、何か飲むかい、と訊いた。いやけっこう、もうすぐ下校時間だから孫を迎えに行かないといけないんだ、と廉加海が応えた。衛峰はタオルをよけたが、額はびっしょり汗をかいており、じっとしたまま動かなかった。廉加海は残りのビール瓶を手に取ってみて、こりゃまるで熱燗だな、でも温めたビールは男性機能にいいそうだ、テレビの番組でやっていた、と言った。衛峰は、良くても悪くてもどうってことない、ふん、まだ使えるからってどうにもならんさ、と言った。廉加海は、近頃調子はどうなんだい、と訊いた。衛峰は、不思議なんだが、この数日老孫《ラオスン》［孫（スン）さん］のことばかり思い出すんだよ、と言った。どういうことだ、と廉加海。衛峰は、あいつは本当に精神病だったんだろうかと考えちまうんだ、と言った。どういうことだ、と廉加海。衛峰は、ふつう詩を書いたりするのは正常な人間だろう、と言った。廉加海は、まあそうとも限らんが、彼は知性があって、文化のレベルが高かったからな、と言った。衛峰は、この前急に思い出したんだ、老孫が刑務所の雑居房で書いていた詩の一節さ、老孫は毎日毎日詩を書き、それを毎日朗読していて、俺はその一節を覚えていた――僕はただ冬にしか存在しない人間だ――ちくしょうめ、これはまさに俺のことじゃないか、と言った。廉加海は胸の中でその一節を吟味してみたが、どういうことだ、とやはり訊いてみた。夏の盛りでもこんなくそボイラーを焚いているんだからな、と衛峰が答えた。

　空のボンベを積んで帰る道すがら、向かい風にひどく煽られたので、廉加海はガソリンがもったいないとは思ったが、しかたなく発動機を動かした。風は昔から彼と旧知の間柄のように思えるのに、風は少しも歳を取らない。とても不公平だなと思う。彼は刑務所での年月を思いだして、自分と囚人にどんな違いがあったんだろうと考えた。どちらも高い塀の中で食事もすれば用も足す、違うと言えば、囚人たちに退勤時間がないぐらいのことだ。衛峰が話した老孫は不思議な人物で、遼寧大学中文系の教師だった。詩人にして死刑囚、四十歳のときに妻を殺し、八九年に死刑の判決があった。老孫は過失で死なせてしまったと頑強に言い張って二年間上訴し続けたが、最終的に原判決の通りとなった。死刑執行まで半月たらずとなったころ［中国の刑法では死刑囚に執行の期日を伝達する。通常は死刑執行命令が出て七日以内に執行］、彼は脱獄して逃走した。実際にどういう方法で脱獄したかは謎のままだ。当人が棋盤山《チーパンシャン》［瀋陽市の東北にある山］で銃撃され死んでしまったから、訊きようがなくなったのだ。老孫と衛峰は同室だった。彼はその二年間、毎日詩を書いては朗読を繰り返し、あまりに煩わしいので同室の他の囚人たちには嫌われていたが、殴りつけるのも面倒な、どうせもうじき死ぬ嫌なインテリ野郎だとあしらわれていた。老孫が脱獄した当日、廉加海は幸いなことに当直ではなかった。もしそうだったら、彼は退職に追い込まれるだけでは済まされず、懲戒免職になっていただろう。それは秋のことで、市内の警官の半数が老孫の追跡に回された。廉加海ら刑務所の警官たちも上級の係官に連れられて本庁に出頭し尋問された。やつはいったいどうやって逃げたんだ、どこに逃げられると言うんだ、まったく手がかりがないのか、と。老孫が脱獄して五日目、衛峰が重要な情報をもたらす功労者となった。衛峰は自から廉加海のところにやってきて、老孫は脱獄する前にずっと棋盤山のことばかり語っていた、と報告したのだ。老孫がブツブツ喋ることに衛峰はいちいち付き合わなかったが、あいつが言うには、玉皇大帝［道教における最高神］があの山に碁盤を落としたとき［棋盤山の山頂には玉皇大帝が落とした碁盤と伝えられる大岩がある］に大運［人の一生を十年単位で支配する大きな運、干支一回り六十年で変わる運とも言われる］がその下に押さえ込まれ、それ以来、盤上の碁石は千年も動かされていないんだそうで、あいつはそれを動かしてみたいといっていた、と。廉加海はすぐさま上級に報告した。ただちに大慌ての緊急配備となり、二方面に分かれた部隊が棋盤山を包囲したところ、老孫は本当に山頂付近に潜んでいた。そして逮捕を拒み大きな斧を持って立ち向かってきたから銃撃され、一発で撃ち殺された。結局、衛峰はこの功労によって一年減刑された。出所する前に彼は廉加海に、俺は老孫に感謝しねえとな、あいつはきっといい先生だったに違いねえ、ちくしょうめ、ちょっと聞いただけで何もかもみんなお見通しなんだからな、と言った。

　孫を小学校から娘の家に送り届けて、廉加海は空になった三輪リヤカーのペダルを踏みながら自分の小さな貸し間に戻り、飯を食べ、ざっと顔を洗って横になった。首から足まで痺れるようにだるく感じるのは毎日のことだ。廉加海は老孫のことなどきれいさっぱり忘れてしまおうと必死だった。そうしないと、今日の午後、衛峰が話してくれた王秀義にまつわるさまざまな情報が、頭の中でちゃんとまとまらないと思った。王秀義は娘時代に気ままな日々を送っていて、毎日西塔《シーター》［瀋陽市の西部、朝鮮風の街並みが広がる地域］あたりに入り浸っていたという。そこで朝鮮族［中国の少数民族の一つ。朝鮮系のルーツを持つ中国人］の恋人のもとに住み着き、結婚もしないのに妊娠してしまったのだが、赤ん坊を産んで二、三日もしないうちに、相手の男は韓国に逃げてしまった。そんな彼女の過去は中医薬学院の誰もが知っていることで、衛峰でさえ噂を耳にしていた。衛峰はさらにこうも言っていた。幸いなことに、生まれた息子は勉強がことのほかよくでき、遼寧実験学校［遼寧省きってのエリート校。小学校からの一貫教育］に進学、非常に優秀な成績で頭角を現し、母親の名誉を大いに高めた。これで中医薬学院ではもう誰も彼女の過去を取り沙汰する者などいなくなった。子持ちの学院の先生たちは特にそうで、自分は学識があるかもしれないが子どものお勉強はさっぱりだとなれば、妬ましい思いでいっぱいになるのも無理からぬことだった。廉加海は、物事がよくわかるというのは天性のものだ、うちの小婕《シャオジエ》と同じだな、と思った。衛峰は彼女についてもっと情報を漏らした。王秀義には男がいて、もう二年ばかりになるんだ、と。廉加海はそれを聞いてとりあえずこう言ってみた。あんたはずいぶんいろいろと知ってるんだね、だが今思い返してみると、私があの家に行ったとき、どうして男がいるような気配がなかったんだろう。彼のような警官出身の人間にしては、あってはいけない見落としだった。いや、あのときは緊張しすぎていたのかもしれない、真っ直ぐ前しか見てなかったし、キョロキョロするのも憚《はばか》られたからな、とも思った。彼は、その男ってどういうやつなんだい、と続けた。衛峰は、世間を適当に渡っている男さ、郝勝利《ハオ・ションリ》っていうんだが、北市《ベイシ》［瀋陽北駅付近の繁華街］あたりでは名の知れたやつだ、と答えた。廉加海は重ねて訊いた、二人は結婚してるのか、それとも同棲してる？　衛峰は煩わしくなって、おい、そこまで訊いてどうしようってんだ、何か企んでんのかい、と言った。廉加海は意地になって話をむし返した、それじゃ、あんたこそどうしてあの人のことをそんなに詳しく知ってるんだい。衛峰は、俺はここに来てもう十年にもなるんだ、知らないわけがねえだろう、と言って、もう一言加えた。言ったところで信じねえかもしれんがな、ちくしょうめ、あの人と俺は毎日顔を合わせてるんだよ、と。

春節が過ぎ、二〇〇六年の二月に入って、廉加海はまる一カ月も王秀義に会うことはなかった。新春の三日に「二助会」の蘭姐《リンジエ》［蘭姉さん］から電話があり、今年の北京行きはいつ出発にしようかしら、今回は八人になるか十人になるか、それに会費が乏しくなってるから、そろそろお金を集めないといけないわ、と言ってきた。廉加海は気もそぞろで、出発を来月にと言ったり、春節十一日［この日には娘婿夫婦を招いて会食する風習がある］が過ぎたらと言ったり、ぶつぶつとはっきりせず、金集めについても自分はどちらでもいいから、蘭姐にみんなお任せするよと言うだけだった。蘭姐は彼に、あなたどこか悪いんじゃないの？　と訊いた。廉加海は、なんでもないよ、正常そのものだ、と答えた。蘭姐はまた、そしたらあたしたち幹部何人かで会って食事でもする？　投票で決めましょうよ、と訊いてきた。廉加海は、どちらでもいい、と言ったきり、言葉がなかった。蘭姐のほうはどうしようもないと思ったのか、そのまま電話を切った。「二助会」の正式名称は「第二監獄免職被害者互助会」というもので、廉加海が会長、蘭姐は副会長だった。蘭姐が自分に不満を感じていることを、廉加海は心中はっきりわかっていた。これは他の免職被害者全員が感じていることで、ここ数年、彼一人だけが気づかないふりをし続けてきたのだ。振り返れば、彼ら数人の中心的なメンバーは、上訴するために十年前から北京行きを共にしていて、最初のころは年に三回も行っていたのだが、年を取るにつれて座り込みの請願をするにも足腰がもたなくなり、そのうちに毎年一回と決めて上訴するようになった。そのときにはいつも数日間は寝食を共にし、駅前の小さな旅館でトランプをしながら夜を過ごした。互いの感情は刑務所で勤務についていたときよりもずっと深くなっていたのだ。「二助会」は当初廉加海が先頭に立って組織したもので、そのころ最も過激だったのも彼だった。しかし今や上訴して何年も経っているというのに望んだ結果は勝ち取れず、彼自身は内心忸怩《じくじ》たる思いで、会に参加した古くからの仲間、兄弟たちや姉妹たちに申し訳なく思っていた。彼はもうすべて放棄して敗北を認めてしまおうと思うことさえあった。人はいつも昔の夢から覚めるのを嫌い続けているから、新生活の大きな扉は永遠に深い眠りに閉ざされたままだ。これは彼が言ったことではない、ある本の中に書かれていたのだ。本を書くことのできる人は、きっと自分なんかより物事をよくわかった生き方をしたんだろう。敗北を認めることだって立派な知恵だ、と彼は思っていた。

春節八日の昼、廉加海は娘の家に戻って、豚肉と酸菜《スアンツァイ》［白菜などを発酵させて酸味を効かせた漬物］の餃子を食べた。彼は仕事も暇だったから、午後には北市を通り過ぎ、ハンドルを切って道沿いに進むと、万順ビール屋の正面に向かった。やっぱり三輪リヤカー仲間の古顔が二人そこで飲んでいて、大きな窓ガラス越しに廉加海に向かって手招きした。廉加海がここに立ち寄ったのは目的があってのことで、店内に入るや否や飲みも食べもせずに、いきなり彼らに郝勝利のことをいろいろ訊ねた。年上のほうの男は、若いころにヤクザな暮らしをしており、その手の社会の情報通だった。廉加海はその男にタバコの火を点けてやって、彼の話に耳を傾けた。郝勝利は子どものころに三利子《サンリーズ》と呼ばれており、三人兄弟の末っ子で、八〇年代には北市辺りでゴロツキの仲間になったが、体格が良く喧嘩がめっぽう強かった。しかし厳打《イエンダー》［厳重取締。一九八三年から三年間行われた不良分子の一斉取り締まり。九十万人以上が検挙された］の時期に事件を起こし、南方に逃げて身を隠していたんだが、九〇何年かになってからようやく瀋陽に戻ってこられたという。廉加海は、やっぱりそういうことか、もし刑務所に入っていたんなら、俺の耳に入らないわけがないからな、と言った。その男はまた、やつは今や社長さんだ、建物の取り壊し稼業で懐にたんまり金が転がり込んでるのさ、瀋陽の東から西まで取り壊しを進めていてな、どこもかしこもやつにとっては金の鉱脈ってわけだ、それよりあんた、やつのことなんか聞いててどうするつもりだ？　と言った。廉加海は出任せに、ちょっと付き合いがあってな、と言った。その男は羨ましそうに舌打ちし、やつのところで仕事にありついてるのか、あんたはすげえやり手なのかそれともすげえ悪《ワル》なのか、どうせほら話なんだろうけどな、と言った。廉加海は聞いていて不愉快になり、声を荒らげて、俺は潔白の道、やつは極悪の道、昔から潔白と極悪とは並び立たねえんだよ、こんちくしょうめ、と言った。その男は彼をじっと見つめて、てめえ、出鱈目《でたらめ》ばっかりほざきやがって、と言った。

　隠し事をしたことで廉加海は自分でも嫌になり、新たに決意を固めた。北京にはどうしても行かねばならない、上訴は必ず成し遂げて、絶対に公職に復帰しなければならない、そうじゃなければどうやってあの郝勝利と張り合えるというんだ、あまりにもむかっ腹が立つ話じゃないか、あいつなんて単なる札付きのヤクザ者に過ぎない。あんなに優しく穏やかな女の人が、どうして札付きのヤクザと付き合っていけるんだ？　だが実際の話、やつはものすごく金を稼いでいて、こちらは三輪リヤカー、おまけに片目が潰れている、指折り数えるまでもなく、敵う相手ではなかった。だが、警察の制服をもう一度身に着けて、王秀義の前に立つことができれば話は違う——彼は制服を着さえすれば自身のパワーが激増し、頭上に輝く国家の徽章が人を圧倒するのだとずっと信じてきた。愛情は人を有頂天にさせる、これは嘘じゃない、でもうちの婿も言っていた、誰かを愛するというのはその人の幸せのために尽くすこと、ずっとずっとその人の幸せを考えることだと。この点だけから見れば、金のあるなしなんてそんなに重要ではないはずだ。

二月になってこのかた、廉加海は綿入の胸元に女性用の靴のインソールを二セットずっと持ち続けていた。テレビショッピングで買ったもので、ナノテックで熱を発するという一セット八十八元の品だ。二セット買ったのは、見た目だけでは彼女のサイズがわからなかったからで、小さいほうはサイズ三十六、大きいほうは三十八、大きかったら切ればいいし、小さい場合でも三十六より小さいということはない、どちらかはきっと使えるだろうと思ったのだ。しかしあっという間に二月も末になってしまった。学生はまだ新学期が始まってなかったので、中医薬学院の食堂はもっぱら当直の職員に食事の提供をしていて、ガスの使用はぐっと抑えられており、王秀義に会いたいと思っても、彼女の家のガスボンベが空になるのを待つしかなかった——彼女の家に本当に男がいるのなら、伸び盛りの大きな息子だっているのだから、日常の炊事でガスのなくなり方は早いんじゃないんだろうか？　廉加海は胸中ひどい苛立ちで、足のペダルを何度も踏み損なうような有様だった。最近彼は三日に一度は清潔な服に着替えていた。というのも王秀義から突然の電話があったら困ると思ったからだ——前回彼女の家から出てきたとき、廉加海はかかってきたらすぐわかるように彼女の電話番号を携帯に保存しておいた。こういう心配りは極めて正常に働いたのだが、その番号からかけられてくることなどまったくなく、用意周到は空振りのままだった。彼のほうから電話をかけることを考えないわけではなかったが、それはあまりに見え透いていたし、電話の用事の名目だってこしらえなければならないから止めにした。青年公園の正面入り口に腰掛け、廉加海は両手で煎餅果子《ジエンビングオズ》［緑豆粉で作ったクレープに卵やネギを包む軽食］を包み込むようにして暖をとりながら、次に取るべき方法をぐずぐずと考えていた。彼は考えがまとまらないとき、よく青年公園にやってきてはぼんやりと腰掛け、考えに耽《ふけ》るのだった。廉婕が小学校に上がったばかりのころ、あの子は青年公園に来て遊ぶのがいちばん好きだった。あのころは廉加海と妻との感情も悪くはなかった。それは当時娘の目がまだ良かったからだろう。一家三人で湖上にボートを浮かべて漕いだこともあった。ボートに乗ったのは廉婕がどうしてもと駄々をこねたからだったが、彼女は乗るとすぐ揺れに酔ってしまい、廉加海の膝を枕に眠ってしまった。廉加海は娘が目を覚まさないようにそっとオールで水をかき、最後には漕ぐのもやめて風まかせにボートを漂わせた。ボートはゆったりと揺れて、まるで家族三人の揺籠《ゆりかご》のようだった。そのとき廉加海は、自分の一生もたぶんこんなふうなのだろう、ほんの少しさざなみがあって、それでも静かで穏やか、ずっと先まで見渡せることだろう、と思っていた。

煎餅果子を半分食べたとき、やっぱり電話をかけることに決めた。呼び出し音が何度か鳴り、廉加海は携帯を押さえると口の中のものを飲みこみ、息を整えた。嘘をつくのは得意ではないから、胸がドキドキして嘘がバレるんじゃないかと思った——先方が電話を取り、数秒間の沈黙があった。廉加海が先に口火を切った。こんにちは、わたしは先日お宅のガスボンベを交換した者です、大したことではないんですが、前回ガスボンベを交換した際に、お宅のガスホースに少し漏れがあるようだと思っていたんです、それがどういうわけか不意に今日思い出されまして、ちょっとお声がけした次第です。早いうちに交換されたほうが安全ですよ、もしご面倒なら、わたしがやって差し上げましょうか、もともと今日はこれからそちらの学院に行くことになってまして、電話の用件はこのことです。先方はしばらく時間を置いて、わかりました、おいでください、ありがとうございます、と言ってきた。——それはあの男の子の声だった。

午後四時、廉加海は三輪リヤカーを職員宿舎の下に停めた。肩にガスボンベを担いでいないから、廉加海は自分の足取りがとても軽やかだと感じた。彼女の家のドアの前で、ノックする前に衣服上下をパンパンと叩いて身だしなみを整えた。そのときドアがひとりでに開いた。あの男の子だった。男の子は、こんにちは、どうぞ中へ、と言った。廉加海も挨拶した。中に入るとすぐ玄関マットの上に男物の革靴があるのに気づいた。大きな革靴だ。さらに中を覗くと、ガラスの灰皿が赤い床板の上に転がっており、タバコの灰や吸い殻が散らばっていた——正確には、ぶちまけられていたというべきだろう、床板に前回来たときにはなかった大きな凹みができていた。男の子は気を利かせて、靴はそのままで結構です、と言った。ドアを閉めたとき、ソファに男が座っていることに気づいた。短く刈り込んだ髪、頭の形は丸っこく、がっちりした体格で、足の感じから見てもゆうに百八十センチはある。これが郝勝利なのだろう。彼はテレビを観ていて、手に持ったタバコの灰をそのまま床に弾いていた。廉加海はそれ以上見つめるのは控え、男の子に案内されて厨房に入り、腰を屈めるとガスのホースの点検をするふりをした。男の子は後ろに立って、漏れてますか、と訊ねた。廉加海は、いくぶん危ない感じだね、経年劣化だよ、と答えた。交換しないといけませんか、と男の子から訊かれ、今日はとりあえずお寄りしただけだから、新しいホースを持ってきてないんだ、お宅にはビニールテープはあるかな？　と言った。男の子は、セロテープならあります、それで間に合いますか？　と訊いた。廉加海は、それじゃ無理だね、君の家には虎皮膏《フーピーガオ》薬《ヤオ》［中国の家庭でよく使われる漢方の膏薬］はないかな？　と言った。

男の子がソファの傍らに置かれたチェストの抽斗《ひきだし》を探しているとき、廉加海は厨房から郝勝利の様子を盗み見ていた――郝勝利は男の子にまったく目もくれなかったが、かと言って真剣にテレビを観ているわけでもなかった。テレビは『武林外伝』をやっていて、自分の孫もファンだった。それはお笑い系の番組だったが、郝勝利はニコリともせず、その目は明らかに何か他のことを巡って視線を漂わせていた。男の子が膏薬を持って戻ってきたとき、注意して見ないとわからないほどではあったが、廉加海はその子の口の端と眉の上あたりの二か所に青あざができていることに気づいた。廉加海は壁の上のほうに吊るされていた鋏を自分で取って膏薬を半分に切ると、ゴムホースの繋ぎ目に一巻きし、ガスをひねって鼻を近づけ、臭いを嗅ぐふりをした。男の子が、直りましたか、と訊いた。廉加海は、これでもう問題ないはず、当分間に合わせられるよと言って、君の顔はどうしたんだい、と訊いた。男の子は、目をしばたたかせて、ぶつけたんです、と答えた。廉加海は、お母さんは留守なの、と訊いた。男の子は、出かけてます、おいくらでしょうか、おじさん、と言った。廉加海は立ち上がり、いらないよ、もし今後何か不具合があったら、電話でわたしに連絡してくれるよう君のお母さんに伝えてくれ、と言った。男の子は頷いた。廉加海がドアのほうに行きかけたとき、トイレに立った郝勝利とすれ違うことになった。郝勝利は勢いよく通り過ぎ、頭の左側に二十センチ以上もある大きな傷痕が見えた。こめかみから頭頂部にかけて走る傷痕で、草むらに潜むムカデみたいだった。この家のドアに入ってから出るまで、廉加海はこの男から一瞥《いちべつ》もされなかった。

二セットのインソールは相手に届ける機会がなく、廉加海は肌身離さず持ったまま、あっという間に三月になってしまった。その日とうとう、「三助会」の中心メンバーたちが興工《シンゴン》街《ジエ》の甘露《ガンルゥ》餃子館で会食することになった。小さな個室に十一人がぎゅうぎゅう詰め状態で、廉加海は藺姐と肩を寄せ合うように上座に座ったのだが、知らない人が入ってきたら、バツイチ同士の再婚祝いの席かと思われただろう。料理が出揃う前に投票は決着しており、メーデーが過ぎたら上京することになった。会費を節約するために今回は六人だけが出向くこととし、現地逗留は五日間に限られたが、廉加海と藺姐の名前はリスト上で絶対不動の位置だった。廉加海はその際に意見を何一つ言わなかった。会食になっても彼は取り立てて何も話さず、他のメンバーのお喋りを聞いているだけだった。彼は連中が年を重ねるごとに、過去の仕事の話ばかりするようになってきたなと思った。大体はあの免職に追い込まれた八十二名の同僚たちにまつわることで、誰々の女房がよその男と駆け落ちした、誰々は五《ウー》愛街《アイジエ》で金儲けをしている、誰々の子どもの結婚式では酒食の用意が酷かった、などなど、年に二、三回も顔を合わせる機会がないにもかかわらず、みんな互いの暮らしがまだ緊密に繋がっているような感じだった。会食は午前十一時から午後四時まで続いたが、これはいつもこんなふうだった。その日廉加海はいくらも話をしないうちに酒だけはかなり進んでしまい、最後にはその場に座っていられなくなって、先に退席させてもらうことにした。藺姐はもっとゆっくりしていけばと引き留めたが、廉加海はこれからまた孫を迎えに行かないといけないんだと言って、百元札を置くと、みんなにバイバイと手を振って立ち去った。だがこのときの会食は、劉《リュウ》さんの話が聞けたからまったく無駄というわけではなかった。劉さんによると、ちょうど植林のうまい仕事があるという。月に千八百元もらえて住居つき、ただひたすら木を植えればよくて、「万里大造林《ワンリーダーザオリン》」というらしい、劉さん自身やってみようと思っているということだった。これより前に廉加海はテレビでスターがその広告に出ているのを見ていた。千八百元といえば結構な額で、自分がガスボンベ運びで一カ月稼ぐより多い、これはじっくり考えないといけない。

三輪のシートに跨ると額が風に吹かれて、廉加海はさっきよりクラクラして、左目は物が二重に見えて、車が右へ右へと曲がって行ってしまう。犬の目を入れた右目は、そろそろ交換しないといけないようだ。医者の話では、犬の目はせいぜいもっても五、六年ということろで、時が来たら取り外さなければならない、あるいは金をかけてクリスタルにするかだそうで、どちらも見せかけにしかならないが、眼窩《がんか》がぽっこり窪んだ穴のままという不気味な印象よりはずっといい。廉加海はいろいろ考えて、当分はこのまま我慢していても、それほど不都合が起こるわけでもなかろうと思っていた。孫の通う二経《アルジン》三小の正門に着いたとき、廉加海は身体じゅうから酒の臭いがするのを孫に気づかれたくなかったから、持ってきたお茶をガブガブと飲んだ。下校のベルが鳴ったとたん、彼の孫、呂曠《リュイ・クアン》が誰よりも早く校門から出てきて、数歩で荷台に駆け乗り、早く車を出すように催促した。廉加海は発動機をスタートさせながら、ちょっと面白がってもいた。彼には孫が早く車を出すよう催促するわけがよくわかっていたのだ。この子は気が弱いから、友だちに見られたくないんだろう。一年生になってもう二学期［新学年は九月に始まり、二学期制の第二学期は二月］を迎えているのに、まだ関門を越えられずにいるんだ。三輪リヤカーに乗りこむと、呂曠は顔を真っ直ぐ前に向けたままだった。廉加海は孫の綿入の両袖が擦れて穴が開いているのに気づいた。転んでつけたようにも思えたが、友だちと喧嘩したんじゃないだろうな、と訊いてみた。呂曠はこちらに顔も向けず、してないよ、と答えた。廉加海は、まだいじめてくるやつがいるのかい、と重ねて訊いたが、呂曠は、そんなのいない、と答えた。廉加海は心中辛い思いがした。呂曠は小さいころ言葉を話すのが早く、廉婕が漢詩を暗記させてもすぐさま覚えてしまった。こんなに聡明な子どもなんだ、大金持ちの家に生まれついたらとは言わないまでも、ごく普通のレベルの家庭なら、これからの人生の道がどんなによかったことだろう。こんなこと言ってもどうしようもない、どういう家に生まれつくかは天の定めだ、いずれにしても最後は自分がどうするかにかかっているんだ。廉加海は酒のゲップが出かかったが、グッと堪えて呑みこみ、こう言った。曠曠《クアンクアン》［子どもの名前の愛称］、もし我慢できなくなったら殴り返してやれ、幼くたっておまえは立派な男子だ、爺ちゃんはよくわかっているさ、と。呂曠はようやくこちらを振り向いたが何も話さず、すぐまた振り返って前を見つめ、吹きつける風に顔を真っすぐ向けていた。

　王秀義との三度目の出会いは、廉加海自身が勝ち取った。新学期が始まってまだいく日も経たないときに、中医薬学院の食堂からガスボンベの注文を受けたのだが、彼は納品の時間をわざわざ昼の十二時半と指定した。食堂は人でいっぱいだったから、運びこむには、大きなボンベを斜めに傾けてゴロゴロ回し、左右の人混みを避けながら進むしかなかった。すると厨房の若いのが出てきて手伝ってくれ、二人がかりで持ち上げて運びこむことができた。若いのが彼に、なんでわざわざこんな時間に来たんだい、と訊いた。廉加海は、俺だって仕事が詰まっていて、この時間しかなかったんだ、今後はいつもこの時間になってしまうよ、と言った。若いのは、こんなに人が多いんだぞ、誰かにぶつかって怪我でもさせたら、あんたの責任だからな、と言った。廉加海は、俺が十分気をつけておけばいいだけさ、と言った。ガスボンベを交換し終えると、今度は一人で空のボンベを転がしながら出てきたが、廉加海はわざと遠回りして二回角を曲がって、王秀義のカウンターを偶然通りかかったふりをした。そこで顔を上げて見ると「食券売り場」が「食券カードカウンター」になっていて、空気銃が大砲に変わるほどレベルアップしていた。カウンターの外では食券カードを手に持った人が次々とチャージ機にカードをタッチさせており、王秀義がカウンターの中で現金を受け取ってピッと音がすると、もうすべて終わっている。王秀義はカウンターに来る一人一人に微笑みかけ、顔見知りの客には声をかけて挨拶もしていて、まったく人を喜ばせる接客ぶりだった。彼は人が途切れたときを見計らい、勇気を振り絞ってカウンターの前に立った。王秀義がお金を受け取ろうと手を差し出したとき、彼は懐からあの二セットのインソールを取り出し、カウンターから中に押しこんで、あんたに買ったんだ、と言った。王秀義は二秒ほど固まっていたが、あら、お兄さん、あなたなのね、と言ってまたにっこり微笑んだ。廉加海は微笑み返すのも忘れて、一足は大きめ、もう一足は小さめなんだが、あんたに合えばいいと思って、と言った。王秀義は視線を走らせ、廉加海の後ろに人が並んでいるのを見ると、そのインソールを受け取って、どうもありがとうございます、と言った。廉加海は、それじゃわたしはこれで、と言ったが、王秀義は立ち上がって彼を呼び止め、お兄さん、よかったら下で待っていてくださらない、二十分で勤務が終わるから、と声をかけた。廉加海は頷いて、階段を降りようとしたが、もう少しで空のボンベをその場に置き忘れていくところだった。

もう一時半になろうというころに王秀義がようやく下に降りてきた。廉加海は建物の外に立っていたのだが、凍えてただひたすら足踏みをしていた。王秀義は小走りで駆け寄り、あなた、どうして一階のホールで待っていなかったんですか、本当に生真面目《きまじめ》な人ね、と言った。廉加海は、大丈夫なんでもありません、と言った。王秀義は、今日は早く終われると思っていたのに、ごめんなさいね、と言った。廉加海は、大丈夫です、と言った。王秀義が、コーヒーでもいかがですか、ご馳走します、と言うと、廉加海は、はい、それもいいですね、と答えたが、続いて口をついて出たのは、そこは遠いんですか、だった。近ければ歩いて行けばいいけれど、遠かったらどうする、何がなんでも自分の三輪リヤカーに乗せるわけにはいかない、そうなったらタクシーで行くしかないだろう。そんなことを思っているうちに、王秀義が、近くですよ、あたしの車で行きましょう、と言った。

共産党市委員会の向かい側にある避風塘《ビーフォンタン》［風よけの堤。避難場所、隠れ家の意も］は廉加海がいつも通り過ぎるカフェで、若い連中が店内で恋人探しをするようなところだから、自分では一度も入ったことがなくて、椅子に腰を下ろしても居心地が悪かった。王秀義がコーヒーを二杯買ってきてくれ、廉加海はそれを一口飲んでみたが、なんと言っていいかわからなかった。王秀義は、飲みにくいかしら、と言ってまた笑った。廉加海は、初めて飲んだ、と言った。あなたって本当に正直ね、と王秀義が言った。廉加海は黙ったままだった。うちの息子から、あの日あなたがうちに来てガスのホースを直してくれたのに、お金も要らないとおっしゃったって聞きました、と王秀義が言うと、廉加海は、ほんの気持ちですから、と言った。王秀義は、あたし、まだあなたのお名前も伺ってないわ、と言った。廉加海が、廉と申します、清廉潔白の廉です、と答えた。王秀義が、どうしてあたしにインソールを？　と訊いた。廉加海はまた口が思うように回らなくなり、しどろもどろに、テレビで言ってたんです、保温効果がいいって、ナノテックで発熱するんだそうで、女の人にはいいらしい、と言った。王秀義はまた笑った。なんで笑うんです？　と廉加海が訊くと、王秀義は、だってもう三月ですよ、と言った。廉加海は、それもそうだ、もう時期遅れでした、と言った。王秀義は、いえいえ、冬はまた来ますからね、来年使わせていただきますよ、と応じた。廉加海は頷いてまた一口コーヒーを飲んだが、本当に飲みにくかった。王秀義は、あたしサイズが三十六なんで、三十八のほうはお持ち帰りになって奥様に使っていただいたらいかが、無駄にしたらもったいないもの、と言った。廉加海は、別れてもう何年にもなります、と言うと、彼女は、あら、あたしたちおんなじ身の上ですね、と言った。廉加海はもう少しで、わかってますよ、と口を滑らせるところだったが、遠回しな言い方で、親一人子一人、私らはおんなじ環境です、娘は私が育て上げました、と言った。王秀義は、息子はあたしの命です、と言った。あんたの息子は本当によく勉強ができるんですね、なかなかできることじゃない、と廉加海が言った。王秀義は、正直に言えば、あの子は生まれつきそうなんです、と言い、廉加海は、本当にそうだ、まったく、と言った。

　二人が避風塘にいた時間は三十分にもならなかった。王秀義はまた車で中医薬学院に三輪リヤカーを取りに戻ってくれた。その車がなんというのか、廉加海にはわからなかったが、燕のようなマークが付いた馬《マー》なんとか達《ダー》というやつ［馬自達。日本車のマツダ］だった。鮮やかな赤い色で、彼女にとても似合っていた。車は郝勝利に買ってもらったのだという。廉加海はこのことをしっかり記憶した。王秀義は彼に二回も強調した――あの人はあたしに良くしてくれるんです。この言葉はそれ以後廉加海の耳に隙間風のように音を立てて吹きわたり、他の言葉はみんな抜け落ちていった。もともと彼女は何年も前から郝勝利と付き合っているのだ。郝の頭蓋にはスチールの板が嵌《は》め込まれていて、それは彼女のために命懸けのことをやってそうなったのだという。もうそれ以上話すことなどなかった。彼女の言いたいことははっきりしているんじゃないのか？　どうしてわざわざ出てきてコーヒーなんか飲んで話さないといけなかったんだ？　彼女はちゃんと計算していたんだ、相手の面子《メンツ》を潰さずにステージを降りてもらえるよう、道筋をつけてくれたわけだ、彼にはよくわかった。王秀義は故意に話の流れをこの話題に向けようとして、そうとう気を遣っていたのだ。車に乗ったときむせるような匂いがして、先ほど数口飲んだコーヒーにも参っており、廉加海はひどく気持ち悪かった。もっと話したいこともあったが、胸の内に抑えこんで、みんな忘れることにしようと思った。

気候はいきなり暖かくなったが、一幕の春の夢も終わるときが来ていた。始まりも終わりも慌ただしい。三月のある日、廉加海はガスボンベを担いで階段を上っていて腰を痛めてしまった。家で二、三日休んでいたが、娘と婿には話す気にもならず、別な用事で忙しくなったと嘘を言って、子どもの迎えは彼ら二人にやってもらうことにした。腰をやってしまったのは初めてではなかったが、今回ばかりは自分もずいぶん老け込んだものだと感じた。老いというのは、希望の扉がわずかな隙間を開けたと思ったとたん、すぐにピッタリと閉じてしまう、そんな感じだと思った。そもそも希望というやつは、人を見てからどんな料理を出すか決めるようなものなんだろう。その二、三日、ベッドに寝てテレビばかり観ていたが、電話を二回はかけた。一本目は藺姐で、会費の徴収具合を訊いたところ、案の定、素知らぬ顔で金を納めない者がいると言う。その気持ちもわかる、もう二度と騙したり騙されたりしたくないからに違いない。二本目は「万里大造林」プロジェクトの問い合わせホットラインで、植林をするためにはどんな条件が必要なのか訊いてみた。受け答えの雰囲気から若いお嬢さんのようで、とても丁寧で親切だった。いつお越しになっていただいてもかまいません、基本的な労働の能力がおありになれば問題なく、そのほかには何も必要ありません、と説明し、最後に廉加海の携帯番号を控えておしまいだった。

ベッドを離れた最初の日は日曜日で、廉加海が中医薬学院にガスボンベの配送に行ったところ、隣の宿舎の入り口に警察車両が停まっていた。まさにあの王秀義の住んでいる宿舎だ。うまい具合に警官の一人は彼の顔見知りだった。廉加海は車から降りてきた若い警官に、鄭羽《ジョン・ユィ》じゃないか、と声をかけた。相手はしばらく目を細めてこちらを見つめてから、ようやく誰だかわかったようで、廉叔《リエンシュウ》［廉おじさん。親しみを込めた呼称］？　あなたはどうしてこんなところに？と訊いた。廉加海は、ここの三棟はわたしの管轄なんだ、と答えた。そうなんですか、と鄭羽は頷いた。事件なのかい、と廉加海が訊くと、そうなんです、と鄭羽が答えた。廉加海は気を利かせて、それじゃ、任務に戻りな、と言った。だが鄭羽は話を続け、廉婕は元気なんでしょう、結婚したそうですね、と訊いた。廉加海は、子どもがもう小学生なんだよ、とても元気にしてる、と答えると、鄭羽は頷いて、それはよかった、それはよかった、と言った。廉加海は、おまえのほうはどうなんだい、と訊き返した。鄭羽は、僕も結婚しました、と答えた。子どもは？　と廉加海が訊くと、妻は今ちょうど妊娠中で、と鄭羽が言った。それはおめでとう、と廉加海が祝うと、鄭羽は、ありがとうございます、いずれ近いうちにお宅にご機嫌伺いに参上します、と言った。そう言い終わると、年上の警官に促されて建物の中に入っていった。廉加海は、鄭羽の最後の言葉は社交辞令だとわかっていたが、それでも胸が熱くなるのを感じた。鄭羽はいいやつだ、あいつが上手くいっているのも当然だ、と彼は思った。

鄭羽は廉婕の初恋の相手だった。この二人も廉加海が強引に仲を取り持ったのではあったが、もともと小学校の同級生同士で、娘にも以前からその気があり、彼は焚きつけたに過ぎない。鄭羽の父親の老鄭《ラオジョン》と廉加海とは一緒に入隊した古い戦友だったこともあり、両家は気心の知れた親しい関係だったので、二人の交際を老鄭も反対などしなかった。廉婕と鄭羽が二十歳になった年、二人は三度デートを重ねて正式に付き合うことにしたのだが、当時鄭羽はまだ警察学校に通っていた。付き合うようになって半年経ったある日、廉婕が帰宅して廉加海に、鄭羽が小さいころからあたしのことを好きだったと言ってくれたんだけど、まだとても信じられない、と語った。廉加海は、なんで信じられないなんてことがあるんだい、鄭羽は嘘をつくような子じゃないよ、と言った。このように本来はとてもいい縁だったのだが、それから半年たって鄭羽が廉婕を自宅に呼んで両親と会食した際、母親が、死んでも絶対に嫌だと同意せず、包丁を自分の首に当てて二人に別れなさいと迫ったのだ。廉婕は自宅に戻って半月もの間、泣いて暮らした。彼女が呂新開と結婚する前、鄭羽とのことがただ一度きりの恋愛だった。結婚してから廉婕は呂新開にこのことを話した。呂新開は狭い了見の持ち主ではなく、逆にこんなことを言って廉婕を笑わせた。孤児には孤児なりの良さがあるんだよ、人生の大事をみんな自分で決められるからな、誰からも嫌なことなんか言われやしないのさ、と。呂新開がこの話をしたとき、廉加海もその場にいて、心中密かに思った、やっぱりこの婿どのを自分は見誤ってはいなかった、天の神さまは俺たち父娘《おやこ》に結構よくしてくれている、と。

廉加海は王秀義の宿舎の下に立って突然ある直感が働き、それが正しいかどうか知りたくなって、ボイラー室に入っていった。衛峰はスコップを振るってボイラーに石炭をひと鍬《くわ》ひと鍬くべているところだった。廉加海が入ってきたのを見て、もう二回ばかり鍬を入れると、ボイラーの蓋を閉めた。石炭の燃え殻が彼の体の回りを漂っていた。廉加海は、忙しそうだな、と声をかけた。今日はどうしたんだい、と衛峰が言った。警察が来てるようだな、と訊くと、衛峰はスコップを置いて、また来てたのか、と言った。廉加海は、事件はどこの家なんだい、と訊いた。衛峰は、王秀義のところさ、と言った。廉加海はとっくに自分の直感が当たっているとわかっていたので、それほど意外には感じなかった。彼女がどうかしたのか、と訊くと、衛峰は、郝勝利が失踪したんだよ、やつの女房が通報した、学院中の誰でも知ってる、と言った。廉加海はちょっと驚いて、郝は女房持ちだったのか、と訊いた。息子はじき大学生だ、と衛峰が答えた。廉加海は、失踪って、いったいどういうことだ、と訊いた。衛峰は、姿を消して一週間も経ってるんだよ、やつの女房は警察に、王秀義が誰かに誘拐させたに違いない、としつこく言い張ってるってことだ、と言った。廉加海が、本当のところはどうなんだい、と訊くと、衛峰は、そんなこと知るものか、こんちくしょう、と言った。

三月末のある日、たぶんその月でいちばん天気の良かった日に、廉加海は朝いちばんで「万里大造林」のホットラインに電話をかけ、午後に現地を見にいく約束をした。その土地──正確には二カ所にわたる区画は、中間に国道を挟んでおり、大型のバスやトラックが行き交うほかは、見渡す限り何一つなかった。廉加海は一目でその場所が気に入った。そこは不思議と、彼に兵士だったあの数年のことを思い出させた。彼は山地に駐屯しており、歩《ほ》哨《しょう》に立ったとき見えるのは、どこまでも原野ばかりだった。野草が一面に生え広がり、ひっきりなしにイタチやイノシシが現れたが、やつらはたまに足を止めて、廉加海をジロリと見ることもあった。営業の若いお嬢さんが廉加海に訊ねた。お爺さん、あなたお身体は大丈夫なんでしょうね、と。廉加海は、まだまだ問題ないよ、と答えた。その娘は、ここに住まないといけなくなると思いますよ、と言った。そりゃ好都合だ、と廉加海が言った。彼女は、他に何かご質問ありますか、と訊いた。廉加海はちょっと考えて、管理職みたいな人が検査に来たりするのかい、と訊いた。彼女は笑いながら、それはないです、と答えた。それじゃ、わたしが木を植えたら誰に見せるんだ、と訊くと、彼女は、お爺さん、モデルルームって知ってますか、と訊いた。廉加海が、知ってるよ、と言うと、彼女は、あたし以前は不動産の営業だったんですけど、たとえて言えば、お爺さんが十畝《ムー》［一畝は約七アール］の土地に植林したとしましょう、それはつまりモデルルームみたいなものなんです、建物全体が完成してなくても、もし誰かが部屋を見たいと言ったら、あたしたちはそのモデルルームに連れて行くわけです。これはつまりその十畝の植林と同じこと、一本の木を植えたら、その後ろには百本の木があることになるんです。百人の人が一斉に植えたら、その背後には大森林が広がっているってことですね、おわかりでしょうか、と言った。廉加海は、わかったよ、点を面に広めるわけだな、と言った。その娘は、お爺さんはとっても頭がキレるんですね、もしこれで問題なければ、いつこちらに移ってこられても結構です、来週には車一台分の苗木が届きますよ、と言った。

　三輪リヤカーで市内に戻っていくとき、廉加海は腰の痛みがひどくなり、ここまで来るのに小型の乗合バスを使えば良かったと後悔した。きっと帰りは営業の若い娘が車で送ってくれたに違いないのだし。廉加海は思った、こうして植林の仕事をすると決めた以上、いっそこの三輪リヤカーは売ってしまおう、ガスボンベの配送は今週やり終わったらキッパリ辞めて、リヤカーは一切使わないことにするんだ、と。それからまた思った、そうなるとこれから先、王秀義に会うこともできなくなるな、あの郝勝利はいったいどこに行ってしまったんだろう、彼女は本当に辛い定めの女の人だ、でも残念ながら自分には力がない、女の人を支えてやれないような男は、愛だの恋だの語ってはだめなんだ、と。廉加海はやっと諦めがついたと思った——しかし、もし独りよがりでなかったら、王秀義に最後のお別れを告げに行こうなどとは考えもしなかっただろう。

廉加海が勝手に最後の別れと決めた日は、四月十一日だった。この日にちに特別な意味はなかった、ぐっすり寝て目覚めたときに急に王秀義のことを思い出し、まだ完全に頭が働き始めないうちに大胆にも電話をかけ、彼女がその日ちょうどシフトの休日で家にいると聞いて決めたのだ。電話で彼は王秀義にこう話した。自分は今後お宅にガスボンベをお届けできなくなりました、街のずっと向こうで植林の仕事をすることになったんです、今ちょうど手元に満タンのガスボンベが一本残っているので、これまでのお礼の気持ちということでお届けしたいのです、お金は要りません、と。王秀義は断らなかった。廉加海は慌ててベッドから起き上がり、顔を洗うとようやく本当に目が覚めた。彼は鏡に向かって、なんでもう一度会おうなんて決めちまったんだ？　思い出として心に残しておくだけでよかったんじゃないか？　と問いかけた。しばらく考えたあげく、彼は自分の気持ちにまだ言い残したことがあるようにも思え、それは愛情などとはまったく無縁なのだと自分を納得させた。

　道すがら、廉加海は深い感慨に耽った。その日は日差しがやわらかく、薄曇りで穏やかな風の吹く、なんとも具合のいい天気だった。リヤカーに載せた唯一のガスボンベは、廉加海が自分の記念にと思って取っておいたものだった。王秀義の宿舎の下に到着し、ボンベを五階まで担ぎ上げていくと、家のドアが大きく開いていて、中で二人の作業員が床板を剥がしているところだった。廉加海が入り口に立っていると、王秀義が彼に向かって笑いかけた。廉加海は、まずいときに来てしまいましたね、床の修理ですか？　と訊いた。王秀義は、かまいませんよ、お入りください、と言った。廉加海は爆撃を受けた跡のようなリビングを通り越し、厨房に入ってボンベを交換した。古いボンベの重さを見てみると少なくとも半分はまだ残っている。こちらのボンベも残しておきましょうか、と廉加海が言うと、王秀義は、持っていってください、ここには置いておく場所もないから、と言った。息子さんは？　と訊くと、あと二カ月ばかりで大学受験なんです、学校の宿舎に泊まったほうが落ち着いていて都合がいいですからね、息子がいない間に床板の張り替えをしようと思って、と彼女が答えた。あの人はまだ見つからないんですか？　と訊くと、人探しは警察のお仕事、あたしは探すのをもうよしました、出ていきたい人はどうやったって止めることなんかできないんですもの、と答えた。廉加海は、担当の警官は鄭という言う人でしょう、と言った。王秀義は目を大きく見開いて、え、ご存じなんですか？　と訊いた。廉加海は頷いて、昔の知り合いです、今までお話ししていませんでしたが、わたしも以前は警官でした、と言った。彼女は、確かに聞いたことなかったわ、と言った。廉加海は、前のときは胸にしまい込んで言わずにいたことを、散々迷ったあげく、言ってしまうことにした――郝勝利はあなたの息子さんを殴ってましたよ、あなたは知らないふりをしていたんですか、それとも本当に知らなかったんですか？　と。王秀義は前髪に手をやり、廉加海のもっと向こうを見つめて、息子はあたしの命なんです、と言った。廉加海にもう話すことはなかった。知らねばならぬことはすべてわかった、最後に一言、もう二度とお会いすることはないでしょう、どうぞお気をつけて、と言い残し、王秀義がさようならと言うのを待たず、さっと背を向けて階段を降りていった。

王秀義に最後の別れを告げてから、廉加海はガスが半分残っているボンベを担いで宿舎の建物を出て、三輪リヤカーに載せる最後のひと踏んばりのところで、腰をまたやってしまった。今度はグギッという音が聞こえ、痛みが心臓に突き刺さるようで、思わずシートにしがみついて堪えるしかなかった。身動きひとつままならず、その場でしばらく考え込んだが、とりあえずボイラー室に行ってしばらく休ませてもらおうと思った。廉加海はボイラー室に入って、二度ほど衛峰の名を呼んだが応答はなく、痛みを堪えてそろそろと奥に進み、つま先であたりをつつきながらあの学生用の腰掛けを探した。ボイラーの前を通るとき、ずっぽりと掻き出されたボイラーの灰に足を踏み入れてしまった。あたりを見渡すと、スコップが倒れており、もう一度声をかけたが、反応はなかった。いましがた、何か銀色に光るものが目に入ったような気がして、廉加海は左手を腰に添えて体をゆっくりかがめ、右手でそのへんの灰を探ってみた——最初ははっきりしなかったが、どうもやかんの蓋のような、あるいは大きめの厚いプルトップのような——いや違う、これはそんなものよりもずっと火に強い金属だ。明かりが暗すぎてしばらく判別できなかったが、かがみ込んだ姿勢のまま、立ち上がるのも難儀だった——衛峰が自分を見つめている、彼はその眼差しで一瞬のうちに思考を切り替えた——いつ入ってきたのだろう。衛峰はボイラー室の隅から突然姿を現したようだが、その顔色は赤黒く、ボイラーの火に炙られたせいなのか、今まで酒を飲んでいたからなのかはわからない。おいあんた、そんなとこにしゃがんで何やってるんだ？　衛峰は半分かがみ込んだままの廉加海をじっと見すえて問い質《ただ》した。廉加海は、なんだか忙しそうだな、と訊き返した。衛峰は、暖房の供給を停止してけっこう経ったんで、ボイラーの灰を始末しようとしてたところだ、と答えた。廉加海は、ちょうどあんたにこれを少し分けてもらおうと思ってな、と言った。衛峰が、こんなもの何にするんだ、と訊いた。俺は今度植林の仕事をすることになったんだ、ボイラーの灰は土を肥えさせて、木の成長を速めるんだそうだ、と廉加海が言った。

　衛峰はたっぷり灰を詰めた大きな頭陀袋《ずだぶくろ》四つのリヤカーへの積み上げを手伝い、うまく荷台のバランスを取ってくれた。廉加海は歯を食いしばって三輪に跨ったが、腰はもはや自分のものとは思えなくなっていた。衛峰が、あんたのその格好、本当に大丈夫なのか、と訊いた。廉加海は、大丈夫だとも、もう戻ってくれていい、と言った。衛峰はボイラー室に入らず、その場に立って彼が学院の南門から出ていくのを見つめていた。衛峰は三輪が街に入ってようやく車を道端に停め、腰を揉みながら荒い息で大きく喘《あえ》いだ。先ほどこっそりポケットに忍び込ませたとき、布地を隔てた感触で彼は気づいていた——これは普通のスチールの板ではない、チタン合金、それも医療用だ、以前廉婕の爺ちゃんを火葬にし、焼いたお骨《こつ》が上がったときに、手術で腰に入れていた人工骨がこんな鈍い銀色をしていた、それがそのまま焼け残って手に取るとフワッと軽く、スチールの半分ほどの重さしかなかった。廉加海は先ほど自分が拾い上げた現場を衛峰が見ていたかどうか定かではなかったし、彼自身深く考えるゆとりもなかったが、かつての職業病は自分に、言わねばならないことは何としても言わねばならない、と告げていた。そこで彼は携帯を取り出し、鄭羽に電話をかけたのだが、あいにく繋がらなかった。もしかしたら番号を変えたのかもしれないとも思い、ショートメールだけは送っておいた。それからお茶を腹に流し込んで、歯を食いしばり、また三輪のペダルを踏みはじめた。

彼の腰は巨大な手によって断ち割られたようだった。廉加海はこの先どこまでペダルを踏んでいけるか自信がなくなり、最初のバス停を越えて敬康《ジンカン》マッサージ院に差しかかったとき、思い切って三輪をそこに停めた。奥に向かって二、三度廉婕の名前を呼ぶと、一、二分で扉が開き中から娘がゆっくりと歩いて出てきた。廉婕は、お父さんどうしたの？　と訊いた。廉加海は、ちょうど通りかかったから顔を見に寄ってみただけだ、と言った。あたしは順調よ、と廉婕が答えた。忙しいかい、と言うと、まあまあね、今ちょうどケンタッキーに行って曠曠にチキンでも買ってあげようと思ってたところなの、と言う。廉加海は、ちょっとおまえに頼みがあるんだが、と言うと、廉婕は笑って、なんなの、そんなに遠慮しちゃって、と言った。廉加海はポケットからあの合金の板を取り出し、廉婕の手を引き寄せると、その掌にそれを押し当てた。廉婕はよく見えず、これなぁに？　と訊いた。廉加海は、おまえ、鄭羽のことを覚えてるだろう、と言った。突然何を言い出すのかと思ったら、もちろん覚えてるわよ、お父さん彼と何かあったの？　と訊いた。廉加海は、さっき鄭羽にショートメールを送って、用事があるからそちらに会いに行きたいと書いたんだけど、急用ができて行けなくなってしまった、おまえ、父さんの代わりにあいつにこれを届けてくれないか、警察の瀋河《シェンホー》分署がどこにあるか知ってるだろう、青年公園から遠くない場所だ、タクシーで行ってくれ、と言った。廉婕は、お父さん、まさか面倒なことに巻き込まれたんじゃないでしょうね、どうして鄭羽に連絡をつけないといけないのよ、と訊いた。廉加海は自分の腰がもうだめになったように感じて、口を尖らすようにして、あいつが担当している事件のことでちょっと父さんに助言を求めてきたんだ、ついでのことで大したことではないよ、と言った。廉婕は笑いながら、そんなの信じられない、嘘でしょ、と言った。廉加海は、嘘なんかじゃない、後で絶対にタクシーを拾って行くんだぞ、と言った。廉婕は俯き加減に、お父さんたちはいったい何を企んでいることやら、あたし、もうずっと彼には会ってないのよ、と言った。廉加海は娘の言葉を聞きながら、頭の中では、娘が仕事場に戻ったら、三輪リヤカーをこの路地のどこかに駐輪し、タクシーで整形外科に行き、X線写真を撮ってもらおう、と考えていた。彼はもうこれ以上ペダルのひと踏みもできそうになかった。廉加海は娘に自分のことを話しだした。彼はこう言った、今日はもう曠曠を迎えに行けない、そして、これから先、あの子を迎えに行くのはよそうと思う、あの子が独りでバスに乗ればいいんだ、曠曠はあんなに利口だし、家からもそれほど遠いわけじゃない、あの子は迷子になんかならないさ、と言った。廉婕は目をぱちくりさせて、お父さん、いったいどうしたのよ？　と訊いた。廉加海は、父さんもあの子のことをもっと考えてやらないといけないとは思ってるんだ、あの子に恥ずかしい思いをさせてるからな、と言った。

四　娘

どんな木でもその誕生日は春にあるのだろうか、わたしにはわからないし、はっきりさせようもない。一本の木の誕生した日がいつなのか、どう計算したらいいのだろう――仮に土に根が植え付けられた日から起算するなら、わたしの誕生日は二〇〇六年四月十九日となる――廉加海《リエン・ジャーハイ》の娘、廉婕《リエン・ジエ》が世を去ってから八日目。まさに春だった。

あの日、廉加海の小さな煉瓦の家に訪ねてきたのは、鄭羽《ジョン・ユィ》という若い警官だった。彼は私服で、手に脳白金《ナオバイジン》［メラトニン含有の保健食品。細胞を活性化させ胃腸や心臓にも良いとされる］を二箱と虎骨酒《フーグージュウ》［虎の骨と漢方の薬草を白酒に漬けた薬酒。強壮滋養に良いとされる］を一本提げて訪れた。そのころ廉加海は腰を無理やり突っ張らせているしかなくなって、歩くときにはひどい猫背のように両手を腰の後ろに当てて押さえていた。その数日前、彼はやっと自分のいくらもない家具類――ガラクタと言っても大差ない――をこの煉瓦の家に運び終わったばかりだった。彼はただ独り、必死の思いで三輪リヤカーを漕ぎ、市内から二往復もしたのだ。煉瓦の家は道の北側四畝《ムー》の土地の西北角に建っていて、最初の苗木が到着していたから、家の周囲の半分は何列もの苗木に取り囲まれていた。廉加海は当初まったく気にする余裕もなく、毎日わたしたちの上を跨いで行き来して、小さな家の整理に忙しかった。

壁いっぱいに賞状が貼り出されていたが、それらは皆かつて彼が警察で勲功をあげた証明だった。鄭羽はわたしの上を跨いでドアを開けた瞬間、壁が真っ正面から目に入ったので驚いた表情を見せた。どうやら廉加海が彼と同じ警察の一員だったことなど、とうの昔に忘れていたようだ。

家の中はまだ片付いていなかったので、廉加海は鄭羽を土炕《トウカン》［土を固めて坑道を作ったオンドル］の縁に座ってもらうほかなく、脳白金と虎骨酒もオンドルの上に並べられた。廉加海は鄭羽に、こんなに遠いところまでわざわざ来てくれて、しかもそんなに高い品まで持ってきてくれて、まったく恐縮しちまうよ、いったいどうしたんだい、と言った。鄭羽は、これは以前ちょっと世話してやった人がくれたもので、金がかかってないから気にしないで、虎骨酒のほうはけっこういいものです、骨の再生に効果があるらしいから、是非試してみてください、と言った。廉加海は、気を遣ってくれてありがとうな、と言った。鄭羽は、腰のことはいい加減にはできませんからね、骨折でもあったら病院に入院しないと、と言った。廉加海は、骨折はしてないんだ、医者によると骨にひびが入ってるってことだ、養生してればいい、と言った。鄭羽は、そんならもう植林の仕事なんてしないほうがいいんじゃないですか、と言った。廉加海は、もともと急ぐ仕事じゃない、一日に一本苗木を植えるだけでも、いずれそのうち終わる日が来るよ、と言った。鄭羽は、廉叔《リエンシュウ》、小婕《シャオジエ》のことは、最初に僕に話して欲しかった、僕は葬儀に出るべきでした、と言った。廉加海は、あまりに突然のことで、何の用意もできやしなかったんだ、と言った。鄭羽はこのとき急に気づいたように、ポケットから二千元を取り出した。しかし話もしないうちから、廉加海にその手を押さえられてしまった。廉加海は、おまえが会いにきてくれただけで、もう十分にありがたいことだと思ってるよ、これは持ち帰ってくれ、と言った。鄭羽は金を渡そうとして力を込め、争いながら、これは僕の両親からなので、受け取っていただかなくてはなりません、と言ったが、その言葉が終わらないうちに、廉加海は金を奪い取るようにして無理やり鄭羽のジャケットに押し込み、絶対に受け取れない、家に帰ったらご両親に、わたしがお気持ちだけ受け取ったと伝えて、代わりにお礼を申し上げてくれ、と言った。鄭羽はこう言われて急に力が抜けたのか、倒れるように座りこみ、もしあのとき僕の母親のことがなかったら、今あなたを廉おじさんなどとはお呼びしてなかった、そうでしょう、と言った。廉加海は、あれはおまえのお母さんのせいじゃない、縁というものがなかったんだよ、と言った。それからまた、おまえは今とても順調なようじゃないか、小婕は空の上から見守っていて、きっとおまえのことを喜んでると思うよ、と続けた。言い終わったとき彼は、俯いた鄭羽が泣いているようだと思った。

鄭羽は目頭と鼻筋を擦ってまた顔を上げ、廉叔、僕にショートメールを送ってくれた日は、ちょうど小婕が事故に遭った日ではありませんか、と訊いた。廉加海は、そうなんだ、四月十一日だ、と答えた。鄭羽は、あの日会議があったので、ショートメールを読んだのはその後になってしまったんですが、昼には部署に戻ってあなたが来るのを待っていました、それからまたあなたに電話をおかけしましたが繋がらなかった、と言った。廉加海は、わたしは昼に病院に行ってレントゲンを撮ってもらっていたので、携帯は手元になかった、と言った。鄭羽は、そういうことがみんなこの日に起こったんですね、と言った。廉加海は、不運が重なった、と言った。鄭羽は、あなたは僕に何か知らせようとしていたんでしょう、と言った。廉加海は身体の角度を少し変えて腰を下ろし、腰の痛みがいくらか和らぐのを確かめて、いや実は知らせるというほどのことじゃない、王秀義《ワン・シュウイ》の家のガスボンベはわたしが配送していたことは知ってるよな、と言った。鄭羽が、知ってますが、それがどうしました？ と訊いた。廉加海は、あの日彼女の家に入ったら、彼女は床板を全部剥がしていたんだ、これはあまり正常なことじゃないなと思ったよ、と言った。鄭羽は、ええ、その状況は僕らもわかってました、王秀義が言うには水漏れがあって床板が水浸しになってしまったとのことだったんですが、その後、階下の部屋の人たちに聴取してみたら、水漏れなど全然なかったというじゃないですか、と言った。廉加海は頷いた。

鄭羽はタバコを取り出し、廉加海にも勧めて火をつけた。廉加海は一口吸って、確かにおかしい、と言った。鄭羽は頷いて、廉叔、僕はあなたがどう考えているかわかりました、僕がこの仕事に入ったばかりの年にある事件を担当したんです、それは男が女房を斧で叩き切って殺した事件で、血が床板の隙間に流れ込んでいくら洗っても落ちなかったから、男は床板全部を引き剥がしたのですが、現場は一階だったから、初めから防湿のために床板の下にもう一層下敷が敷かれていたんですよ、僕らがもう一度現場に戻ったとき、犯人はその下敷を剥がすまでは手が回らなかったらしく、僕らはその上に血痕を発見しました、あなたもこういうことを考えたんじゃないですか、と言った。廉加海はタバコを吸いながら頷いた。鄭羽は、知らせたかったのはこういうことですか、と訊いた。廉加海は、そういうことだな、と言った。鄭羽は、廉叔、やはりあなたは老練ですね、と言った。廉加海は、首を振りながら、単なる憶測だよ、と言った。鄭羽は、それなら電話でお話ししてもらってもよかったのに、と言った。廉加海は、あのときは重大なことだから直接会って話すべきだと思ってな、と言った。鄭羽はタバコを吸うスピードが速く、足元で踏み消すとすぐ次の一本に火をつけて、こう続けた。問題は、郝勝利《ハオ・ションリ》が失踪した日から、やつの車がずっと自分の家の階下に駐車してあったことなんです。廉加海もタバコを踏み消して、あいつは本当に逃亡してしまったのかもしれんな、と言った。鄭羽は、郝勝利の人間関係はかなり複雑でして――こう言いかけてすぐ中断し、廉叔、これ以上お話しするのは控えます、と言った。廉加海は、よくわかってるよ、と言った。

その日鄭羽が帰るとき、廉加海は両手を腰に当てて、どうしても見送ると言い張った。煉瓦の家のドアの外に立って、鄭羽は苗木が入り口の前にずらっと並んでいるのを目にして、廉加海に、おじさん、ゆっくり休まないといけませんよ、早く実家に戻ったほうがいい、今後暮らし向きで困ったことがあったら、なんでも僕に話してください、僕のことを息子みたいな人間だと思って、と言った。廉加海は、おまえがそう言ってくれただけでわたしはもう十分だよ、と言った。そう言って彼も苗木の列に目をやり、こう続けた。なんなら帰る前に苗木をちょっと植えていってもらおうか、と。

わたしは煉瓦の家の東向きに開いた窓の前に植えられた。作業はすべて鄭羽がやってくれた。廉加海は傍に立っていたが、鄭羽が手を出させなかったのだ。鄭羽が車を運転して帰ってから、廉加海は家の中に戻り、オンドルの隅にあの二千元が置いてあるのを見つけた。鄭羽は彼が奥に水を汲みに行った隙に置いたのだ。午後三時、廉加海はたまらなく空腹を感じた。台所の土で固めた竈《かまど》は引っ越してきたその日に修復できていて、ガスが使えるようになっていた。廉加海はガスに火をつけ、鍋に張った水を沸かして白菜を半分、豆腐を一丁炊き込んだ。そしてそれをよそった丼まるまる一杯をおかずに、大きな餅子《ビンズ》を二枚ぺろっと平らげた。食べ終わってから彼はゆっくり部屋の中を回ると、また外に出てわたしの前に立った。手には壁塗り用の小さな尖った鏝《こて》を持っている。彼はわたしに顔をつき合わせてしばらくじっくりと見回してから、わたしの体に文字を彫り始めた。彫ったのは「婕」という字だった。

その日、太陽が沈むのは遅かった。廉加海はずっとわたしの前に立っていて、まるで静止した彫像のようだった。やがて彼は口を開いてこう言った。小婕よ、子どもには罪がないよな、そうだろう？　あの人の息子はあの人の命だ、おまえだって父さんの命だった、父さんは今死んだも同然だ、だが死んじゃいない、ぐだぐだ生きている、こんな俺は存在していないのと同じなのかもしれないな——この日から毎日、廉加海は陽が沈んだばかりの一時間、折りたたみ椅子を持ってきてわたしの前に腰掛け、なんの脈絡もないことを喋りつづけた。彼はときにはタバコを吸うこともあったが、ほとんどは吸うこともなく、ただ腰掛けていた。彼の話はしばしば飛躍し、自分の家の昔の出来事をまるでよその家族のことのように、思いつくまま喋った。ときには細かなエピソードに留まり、それを何度も繰り返したりもした。またブツブツと目に関する話題を喋り続ける時期もあって、それは算数の問題でも話しているような感じだった。彼はこんなふうに言っていた。昔、我が家では父と娘の二人で二個のいい目があったから、平均すれば一人一個だな、しばらくして婿のことで目が一個犠牲になったけど、彼が我が家に婿入りしたから、三人で三個のいい目が持てて、平均すればやっぱり一人一個だった。それからまた後で、曠曠《クアンクアン》が生まれて家族は四人になり、いい目は五個になった。だからいい目は平均して一人につき一と四分の一個だ。だが今じゃおいぼれの俺と婿と孫の三人になってしまったのに、やっぱり五個のいい目ということになるんだが、俺には計算できないが、平均の値はきっと前より大きくなっているに違いない――もともと我が家のいい目は、これまで徐々に多くなってきているわけだ、理屈から言えば、暮らし向きがますます良くなっていかないといけないことになる、この計算は間違ってないだろう？　彼は計算が終わるたびに、必ず一言、きっと間違っていない、と付け加えるのだった。

数年ののち、わたしはすでにとても高く伸びており、廉加海が定期的に身体にハサミを入れて枝下ろしをしてくれていたから、幹のあちこちには目のような形の大小不揃いな節ができていた。ある日彼はわたしの周りを急にぐるぐる回って長い間観察し、ブツブツと呟いた。小婕よ、おまえ本当はこんなにたくさんの目を持っていたんだな、きっと俺たちよりもずっとたくさんの物事を見てきているんだろう、俺たちの誰も、おまえほど多くのことを見てきちゃいないよ。

煉瓦の家の小さな窓ごしに、壁に掛かった廉婕の白黒写真がちょうどよく見えた。その側には一家四人の家族写真、カラーのものが掛かっている。写真で見ると、彼ら家族の八つの目はすべてなんの損傷もない完全な目に見えたが、その中でいちばん輝いていたのは、あの呂《リュイ・》曠《クアン》という男の子の目だった。

鄭羽の訪問があった翌日の昼、廉加海がわたしに水をかけてくれていたとき、電話がかかってきた。それはあの王秀義という女性からだった。電話で彼女は廉加海のことをお兄さんと呼んでいた。廉加海が彼女に話すときの語気は、普段とはかなり違っていた。王秀義は彼に、近頃どんなご様子かと思って電話したと言った。はじめ廉加海はあまり喋らず、ただ王秀義が話し続けるのをずっと聞いているだけだった。彼女は、郝勝利はたぶん失踪したのではなく、死んでいるのだと思うと言った。最初彼女は自分自身を慰めるような口調だった。この一生は男に捨てられる定めの惨めな命なの、郝勝利もあたしに飽きちゃっただけのこと、もう自分の家に戻ってしまったんでしょ、でも今になってみると、もし本当に郝勝利が死んでいるんなら、かえって胸がスッキリして気分がいいぐらいだわ。彼女はこう言った後、廉加海に訊ねた、あたしのこと冷血な女だと思いますか、と。廉加海は返事もせず黙っていた。王秀義はまた、新聞とかニュースとか見ていないんですか、とも訊いてきた。廉加海は、ここにはテレビはないし、新聞も配達されていないが、半導体ラジオでは聞いたと答えた。

王秀義は、先週さらに二人殺されたんですよ、二人とも郝勝利の取り壊し屋グループのメンバーで、彼の腹心の部下みたいな人だったわ、あたしその二人と一緒に食事をしたことだってあるんですから、と言った。廉加海は相変わらず表情を顔に出さず、そういうことまではラジオのニュースでは言ってなかった、ただ鋭利な凶器で後頭部を強打されていて、死体は渾河《フンホー》の川辺に一つ、もう一体は北駅付近の路地に遺棄されていたということだったと言った。王秀義はこう言った、警察では今怨恨による殺人を疑っている、郝勝利が取り壊しの仕事をやったこの数年、彼がどれだけ多くの人から恨みを買ったか数えきれない、おそらくはそういう人の中の誰か命知らずが頭にきて、一人殺すのも、三人殺すのも同じだと思ってやったことではないか、郝勝利はたぶんその最初にやられた一人で、遺体が見つかっていないだけのことじゃないか、と。

廉加海は問い返した、あなたはいったいどういうつもりで、そういうことを私に話すのか、と。王秀義は、別にたいしたことじゃありません、ただあたしはあなたがあたしのことをとても心配してくださっているってわかっています、そのことをあなたに伝えたくて、そうじゃなかったら、この前、うちにいらっしゃったとき、あなたもあんな話をしなかったでしょ、と言った。廉加海は、いつかこんな日が来ると思っていました、私からお聞きしたいことは何もありません、と言った。王秀義は、こういうお話ができるのはあなた以外に誰もいないんです、と言った。廉加海は最後に彼女に言った、もし自分に本当のことを話したいと思っていないのでしたら、もう電話をお切りください、と。電話を切ってから、廉加海は水やりのバケツを置いて、まっすぐ奥に行ってオンドルに上がり、まだ昼の十二時を回ったばかりだったのに、そのまま翌朝まで寝てしまった。

廉加海を訪ねてきた二人目は、婿の呂新開《リュイ・シンカイ》だった。もう真夜中を回っていたが、バイクでやってきた彼はしたたかに酔っており、バイクの後ろには長い物が括られてた。彼は煉瓦の家の表にバイクを停め、荷物を包んでいた二重のカレンダーの紙を取り除けた。中にあったのは猟銃だった。廉加海は家から出てきて、彼の姿に驚き、いったいどれほど飲んだのかと訊ねた。呂新開は、父さんと一声かけると、怖がらないで、小婕の仇《かたき》を取るのは俺に任せてください、父さんは手を汚すことはないんだ、と言った。呂新開は廉加海に手を引っ張られて家の中に入り、押さえられるようにして腰を下ろしたが、もっと酒をくださいと繰り返した。廉加海は、もう酒はよしな、と言った。すると呂新開はいきなり声を上げて泣きだし、父さん、俺は仇を討ちます、と言う。廉加海は、息子よ、おまえは本当に頭がおかしくなっちゃったんじゃないのか、と言った。呂新開は廉加海に問いただした、父さんは、やったのは衛峰《ウェイ・フォン》だとわかったと言ったじゃないですか、やつはどこにいるんですか、まさかこれで終わりってことじゃないでしょうね、と。廉加海は、昨日電話があったんだ、衛峰は必ずこちらに来るから、今は探さないでくれと言ってきた、おまえはまず、さっさとその銃を返してきなさい、と言った。呂新開は、俺は帰りません、ここであいつが来るのを待ってるんだ、あいつ、来れるもんなら来てみろ、と言ったが、話し終わるとまた泣きだすのだった。廉加海は、衛峰という男は言ったことは必ず実行するやつだ、と言い、そのあと、こう続けた。この二、三日考えてみたんだが、恨みごとの中には、初めから仇などいないということもあるのかもしれないな。わたしの人生のあらゆる恨みごと、それだって、誰が本当の仇なのかなんてわからないんだよ、と。呂新開は涙を拭いながら、父さん、どういう意味なのか俺にはさっぱりわかりません、と言った。廉加海は、とにかくこの件について、二度と手を出してはいかん、わたしが必ずちゃんとやるから、おまえはすぐに飛行場に戻りなさい、と言った。

結局その晩、呂新開は煉瓦の家に泊まることになった。あまりにもひどく酔っていたのだ。翌朝、空がようやく白みかけたころ、彼は出ていったが、その前に、廉加海に向かって跪《ひざまず》き、叩頭《こうとう》して謝った。廉加海は、帰ってよく反省するんだね、そのほかのことは安心して父さんに任せてくれ、きっとちゃんとやるから、と言った。

呂新開がバイクに乗って立ち去ろうとしたとき、わたしはふいに、二人の後ろ姿が同じ人のように見えると気づいた。それから一年後、呂新開が出獄して帰ってきたとき、二人の姿格好がますます似てきたことがわかった。知らない人が見ればきっと実の親子だと思うに違いない。出獄後、彼は毎月呂曠を連れてやってきて、義理の親子二人で酒を酌み交わし、呂曠は野原で一人で遊んでいた。呂曠はとりわけやんちゃで、鉄砲でよく遊び、夏には水鉄砲を持ち出し、手当たり次第に木をめがけて水をかけた。その後、爺ちゃんにプラスチックのおもちゃの拳銃を買ってもらい、おそらくわたしが窓辺の真向かいに立っていたからだと思うが、家の中からわたしばかりに狙いを定めて撃ってきた。ときにはわたしの頭に降りてきたスズメやカラスを狙うこともあった。幸いプラスチックの弾丸だったから、わたしの体に当たってもまったく痛くはなかった。わたしはこの子の姿を見ながら、わたし自身も大きく伸びていったようだ。彼は高校に入るまで、毎年一定期間ここに滞在するようになり、その何年間かは、わたしよりもずっと速く背が伸びた。ある年のやはり春のこと、ふとよぎる思いにわたしは震えた——わたしは廉婕に代わってこの子を見守るために成長しているのではないか。

その年の春、衛峰は廉加海に会いにきた最後の一人だった。廉加海はずっと彼を待っていたのだ。それは四月二十八日のことだ。衛峰がやってきたのは夕暮れで、太陽はまだ山に沈み切ってはいなかった。彼はまず飛行場まで大型の路線バスに乗り、そのあと徒歩で五キロ歩いてここに辿り着いたので、顔も頭も土埃に塗《まみ》れていた。彼と廉加海が顔を合わせたとき、二人は無言で頷き合った。衛峰はタバコに火をつけ、煉瓦の家のドアの前に立って吸いはじめた。廉加海は、おまえをずっと待っていた、なんで来るのがこんなに遅かったんだ、と訊いた。衛峰は、これから先のことをいろいろ手配するのに時間がかかったんだよ、こんちくしょう、と言った。廉加海は、逃げちまったんじゃないかと思った、と言った。衛峰は、どこに逃げられるっていうんだよ、王秀義はあんたに電話をかけてきたんだろう、と言った。廉加海は認めて、電話はあったと言った。なんて言ってた、と衛峰。廉加海は、何も話してはいない、だがな、わたしにはわかっていたよ、と言った。衛峰は、あのことはこんな結末になるはずじゃなかったんだ、あんたは不運だったな、認めるよ、すべて俺のせいだ、と言った。廉加海は、わたしが知りたいのは、やったのは王秀義なのか、それとも息子なのか、どっちだったのかってことだ、と言った。衛峰はタバコの吸い殻を踏み消し、いまさらそんなこと言って何の意味があるんだ、と言った。廉加海は、どうしても知りたいんだよ、と言った。衛峰は、あんたにわかられちまったら、俺がやってきたことがみんな無駄になる、あんたは永遠にわかるはずがねえんだ、あんたに話すわけにはいかねえ、と言った。廉加海は、それじゃ、おまえはどうするつもりなんだ、と訊いた。衛峰は何も話さず、もう一本タバコに火をつけた。廉加海が、おまえ、あの人のことが好きなんだな、と言った。衛峰が、こんちくしょう、あの日、もしも俺がボイラーの灰を掻き出しているところに来合わせなければ、あんたは見抜けなかっただろうよ、と言った。廉加海は、見抜くも何もない、あの人の家の床板が剥がされていたし、張小泉《ジャン・シャオチュアン》「厨房刃物の老舗」のハサミも包丁もなくなっていたからな、半分ぐらいは推測できていたんだ、そうじゃなければボイラー室のおまえのところに行くわけがないだろう、と言った。衛峰は、あんたはちょうど間の悪い時に来ちまったってことだ、こんちくしょう、と言った。

廉加海と衛峰はずっとドアの前に立っていて、太陽も沈んでしまった。衛峰は苛立って、俺たち、こんなところでつまらん話をしていても埒があかない、ぐずぐずしてると俺は気が変わるかも知らんぞ、と言った。廉加海は、おまえは自首したほうがいい、と言った。衛峰は、あの子はもうじき大学受験なんだ、知ってるだろう、と言った。わかってると廉加海が答えた。衛峰は、あの子はきっといい大学に入れる、将来は人の上に立つ人間になると思う、と言った。廉加海は、わたしもそう思ってるよ、と言った。衛峰は、俺は死んでもいいんだ、だがな、自首はできない、と言った。廉加海は、わかった、と言った。衛峰は、俺があんたのいう通りここに来たんだから、あんたも俺に約束してほしい、あの親子二人には金輪際《こんりんざい》手を出さないって、と言った。廉加海が、わたしは誰にも何もしやしないさ、証拠品だってもうないんだし。しかし、わたしの娘に対してだけは、ちゃんとした告白をしてもらいたい、と言うと、衛峰は頷いた。廉加海は続けて、おまえの打った一手はすごくうまかった、警察の目がみんな逸《そ》らされちまったんだからな、と言った。衛峰は、あんたはあの二人のヤクザ者のことを言ってるのか、やつらは王秀義にしょっちゅう色目を使いやがってたんだ、二人にはついでに死んでもらうことになったが、郝勝利は見逃せるわけがねぇ、と言った。廉加海は、いや、おまえは三人も手にかけてるんだぞ、三人の命だぞ、と言った。衛峰はさらにもう一本タバコをつけて、半分ほど吸ってから語り始めた。

あの日俺は自転車であんたの後をつけた、この一件は俺とあんただけのサシの話で解決できると思っていたからな、と言った。廉加海は、それじゃ、わたしのことも殺すつもりだったのか、と言った。衛峰は首を振り、あんなことになるなんてまったく思いもしなかったんだよ。俺は無理やりあんたの娘を押したわけじゃねぇ、あの人は目が見えねえことはわかってたからな、俺はあの人が持ってたビニール袋を奪おうとしただけなんだ。あの人がもし直接警察に行っていたら、その前に子どもに昼飯を届けたりなんかしねえでな、そしたらたぶん、こんなことにはなってなかっただろう、と言った。廉加海は、起きてしまったことは元には戻らんが、あの日は病院になんか行くんじゃなかった、わたしの命なんかどうでもよかったのに、と言った。衛峰は、電話でも言ったとおり、今日は俺のこの命で償おうと思ってここに来た、と言った。そして懐から殺鼠剤を一袋取り出し、ほら、ちゃんと準備はしてある、と。

その晩、夜風が吹きわたった。二枚の葉がわたしの頭上から吹き落とされる。まず一枚、そして続いてもう一枚。二人は煉瓦の家で深夜まで酒を酌み交わし、衛峰が最後の一本のタバコに火をつけるまで飲み続けた。彼はタバコを三箱懐に入れていた。酒の途中で、廉加海は竈に行って、白菜の漬物を入れた鍋を煮込み、脂身の多い豚肉の塊を半分にして鍋に加えた。肉は彼が一昨日の朝、農村の市場に行って買ってきておいたものだ。衛峰は窓に向かって座っており、窓は半分開いていた。外に広がる空き地に、たった一本ハコヤナギの苗木が植えられている。衛峰は窓の外に目を向け、俺をこの窓の下に埋めてくれ、あんたに根性があるなら俺たちはこれからずっと一緒だ、と言った。廉加海は、墓碑を立ててやろうか、と言った。衛峰は、何もいらんよ、ただ覚えていてくれ、俺は死ぬわけじゃねえ、俺は存在しなくなるんだ、誰も会いに来るわけもねえ、と言った。廉加海は、あんたを埋めたところに苗木を植えてやるよ、と言った。衛峰は、窓の外にいるわたしをじっと見つめていたが、あの木はなかなかいいな、あの側でいい、もう植わってるんだし、と言った。廉加海は、あんたの好きにしな、と言った。衛峰はこうも言った。あの木は俺の体の上で伸びていく、そしたら俺はまた存在するようになるんだ、こんちくしょう、と。廉加海は、一年中、どんな季節だってここに存在するんだな、と言葉を付け加えた。

五　瀋陽

山崎川は名古屋の夜桜見物で最もクラシックなコースだ。呂曠《リュイ・クアン》はほとんど欧陽陽《オウ・ヤンヤン》に連れられるまま、この川沿いを二キロ弱は歩いた。桜はこの三日間でとっくに見飽きていたし、しかも先ほどまで居酒屋でたっぷり飲み食いしていたから、呂曠は眠くなっていた。欧陽陽は彼と手を繋ぐのではなく、腕をすっと取っていただけだ。こうすれば親しさを感じられるし、お互いにリラックスしたままでいられる。欧陽陽は聡明な娘で、二人のちょうどいい関係をわきまえており、ベッドに入ったからといってすぐ恋人同士になるわけでもないから、手を繋ぐのはちょっと行き過ぎかなと考えたのだ。

川にかかった橋を渡っているとき、和服を着た若い日本人のカップルとすれ違った。娘は茶髪に染めており、二本の長いおさげを編み込んで髷《まげ》のようにまとめ、手には唐傘を持ち、その唐傘にも一面に桜が描かれていた。呂曠は欧陽陽から腕を放して携帯を取り出すと、橋を降りていくそのカップルの後ろ姿をカメラに収めた。しかしシャッターを押すとき、オートのフラッシュを消し忘れていたので、カップルの周囲を眩《まばゆ》い光がパッと包んだ。二人は揃って振り返り、若い男は明らかに驚愕の表情でこちらを見た。欧陽陽は慌てて呂曠の腕を取り、二人の反対側から橋を降りた。川の向かい側まで来たとき、欧陽陽は、あんなことするなんて失礼よ、日本人は臆病なんだから、と言った。呂曠は携帯をしまって、昔中国を侵略していたときなんか、そんなに臆病とは思えなかったけどな、と言った。欧陽陽はポンと彼を叩き、なんでそんなこと言うの、と言った。呂曠は、日本人って名前をつけるのがうまいよね、と言った。欧陽陽は、なにそれ？　と訊いた。呂曠は、猪肉《ジューロウ》は猪肉とは呼ばずに「豚肉」で、鶏翅《ジーチー》は鶏翅とは呼ばずに「手羽先」だし、河泡子《ホーパオズ》［小さな流れ］だって河泡子じゃなくて「川」なんて呼んでる、なんとなくハイカラでレベルが上な感じがしないか、と言った。欧陽陽は、あんたってほんとにつまらない人、せっかく夜桜見物に連れてきてあげたのに、ムードぶち壊し、と言った。呂曠は、だってこんなの、ちっぽけな河泡子に過ぎないよ、たった一跨ぎで向こうに行けちゃうんだから、と言った。欧陽陽は、もうあんたなんかと話したくない、と言い残し、さっと前を向くと一人でどんどん先に歩きだした。呂曠は彼女の後ろからついていった。桜の花びらが狭くて浅い川面に浮かび、二人の右手をゆっくりと流れている。呂曠は夜見る桜が昼よりも美しいとはどうしても思えず、感激も何もないというのが本音だった。

　小さなアパートに帰って、二人は風呂の後で一回した。欧陽陽の借りている部屋は目測で十五平米ほどの狭いところで、浴室なんて列車のトイレの広さとほとんど変わらない。幅一メートルもないシングルベッドは、二人ピッタリ並ばないと横にもなれない。欧陽陽はもう一度シャワーを浴びに出て、呂曠の胸に戻ってくると彼の手を自分の腰に置き、顔と顔をぴたりと寄せるようにして、あんたの目は本当に素敵、と言った。呂曠は、僕には気になってることがあるんだ、訊いても怒らない？　と言った。欧陽陽は、保証はできないけど言ってみて、と言った。つまるところ君の姓は「欧陽」なの、それとも「欧」なの？　と呂曠が訊いた［欧は一般的な一文字姓。中国には複姓（二文字姓）もある（欧陽、司馬、端木、上官、諸葛など）］。欧陽陽は目を見開いて、噛みついてやる、あんた、本当に知らないの、それとも知らないふり？　と言った。本当に知らないんだ、と呂曠が言った。欧陽陽はヒステリックに、欧よ！　欧なの！　あんたと三年も同じ学校にいたのに、悲しくなっちゃう！　と言った。呂曠は、僕たちは一緒のクラスでもなかったし、君のクラスの子はみんな君のことを欧陽って呼んでたから、僕としては確かめようがなかったんだ、と言った。欧陽陽は、あの人たちはわざとそう呼んでたのよ、と言った。呂曠は、僕が思うに君の両親は敢えてそう名付けたんだろうね、複姓のほうがかっこいいと考えて君にそんな名前を付けた、ミックスして見栄えも聴こえもいい感じだし、と言った。欧陽陽は、あたし、あんたって人が本当にいやなやつだって気づいたわ、これ以上言ったら本当に怒るからね、と言った。呂曠は口を噤《つぐ》んだ。欧陽陽は後ろ向きになって壁に顔を向け、代わりにお尻を突き出すようにして呂曠の腹にぴたりとくっつけた。欧陽陽は、それじゃ、あたしも訊くけど、高校三年のとき、どうしてあたしに口もきかなかったの？　と言った。呂曠は、それはこっちのセリフだろう、あのころ僕なんか透明人間みたいに思われてたんじゃないか、君は優秀だったしね、と言った。欧陽陽は、そんな陰険な言い方しかできないのね？　と言った。呂曠は、だって本当のことなんだから、と言った。欧陽陽は、あんたはもう一度大学受験をすべきよ、と言った。呂曠はフンと鼻先で笑い、大学なんかなんの役にも立たない、君はまだわからないのかい、と言った。欧陽陽は壁に向かってため息をつき、いいわ、もうあんたと話さない、と言った。そして本当にもう話をやめてしまった。呂曠は自分の胸を彼女の背中にぴたりと寄せた。彼女の肌はすべすべと滑らかで、まるで何か小動物の赤ん坊を抱いているような気がして、また下のほうが硬くなってきた。もう一度したいと思って探っていると、細やかな寝息が耳に伝わってきた。呂曠は動きを止め、欧陽陽の後頭部に向かって語りかけた、一つだけ、君に秘密を教えてあげよう、今回僕は日本に来たけど、飛行機に乗るのはこれが初めてだったんだ。

呂曠が高校三年のとき透明人間だったというのは大袈裟だが、平々凡々で目立たなかったのは事実だ。高校は管理が厳しく、学生は一年中制服を着用しなければならなかったから、関心を惹くためには見た目がいいのがいちばんで、次にいいのは才能があることだった。呂曠は自分の顔立ちがごく普通で、取り立てて才能があるわけでもないとわかっていた。七歳で入れられた武術学校では何通りかの武術を学んだが、中一になって文芸発表会でステージに上がったのが最後のパフォーマンスだ。そのパフォーマンスの後、自分でもまるで猿回しみたいだったと感じて、それからは誰から煽《おだ》てられようとも絶対に乗らず、小さいころに武術学校に行っていたことは二度と話さなかった。三年になって、呂曠にはとりたてて親しい友人もなく、集団活動にも参加せず、サッカーもバスケも興味しで、早熟な恋も巡ってくる機会がなかった。いつもしていたことといえば、宿舎で横になって漫画を読むぐらいで、あとは図書館で軍事雑誌を読むのも好きだった。この二つの楽しみは彼のスマホを弄《いじ》る時間を大幅に減少させた。あのころクラスメートの多くはこっそりトイレに集まってスマホゲームの「王者栄耀」に夢中になっていたのだが、呂曠はそういう彼らの両親の嵩《かさ》むスマホ代に同情していた。ごく稀にクラスメートの女の子からラブレターめいたものをもらうこともあったが、彼女らが自分にラブレターを寄越したのは、彼女ら自身も同じように平々凡々でなんの取り柄もない存在だからに他ならない。そんなことは、呂曠にはよくわかっていた。価値の対比を行い、それに応じた資源を分配する、そんなの恋愛じゃなくて交配とでもいうのがふさわしい、呂曠は笑ってしまうほどおかしかった。彼が高三のときたった一つ自慢できたのは、学校の寄宿舎に入りたいという彼の申請を学校側に認めさせたことだ。本来彼の家は学校から近かったので、寄宿舎の入所資格には適合していなかった。しかしクラス担任が彼の家庭環境を理解するようになり、ほぼ同情によるものなのだろうが、特別な配慮で入所を承認したのだ。呂曠は週末だけ家に帰ることになったが、土日は父親が八一《バーイー》公園で鳥を売るのに忙しい二日間で、親子二人が顔を合わせるのはその二日間の夜だけだった。しかし呂曠はそれで十分満足だった。夏冬の長期休暇になると、彼はほとんどの時間を国道脇の祖父の小さな煉瓦の家で過ごした。父親は彼を引き止めもしなかった。二〇一七年になって呂曠は北京に行くことになり、もはやなんの気遣いもなく父親を避けられるようになった。そして彼は、瀋陽をまるごと全部、遠避けてしまったのだ。

呂曠が小さなベッドで目を覚ましたとき、欧陽陽は化粧を半分ほど終えていた。スマホを見ると、もうじき昼の十二時だった。欧陽陽は、午後にはすき焼きのお店に連れてってあげる、それから駅まで送るわ、と言った。呂曠は起き上がり、全裸で欧陽陽の後ろに立って、鏡に映った彼女が化粧をするのをじっと見つめていた。欧陽陽は彼の視線を避けて、あんた何か着てよ、恥ずかしくないの、と言った。呂曠はつまらなそうにバスルームに入り、簡単にシャワーを浴びて衣服を身に着け、カーテンを開けた。階下の通りはとても清潔な感じがした。大通りからは離れており、たまに通行人や車が通るだけだった。

午後のその食事では、呂曠はまだ眠くて胃がちゃんと目覚めていなかったから、小さな鍋から和牛の肉だけを何切れか掬い、欧陽陽が溶いてくれた生卵につけて食べただけだった。呂曠はこの生卵に興味をそそられ、欧陽陽に質問をくりかえした。こうした日本の鶏はどんなふうに育てられたのか、生卵を食べても寄生虫とか大丈夫なのか、中国の生卵もこんなふうにタレみたいにして食べられるのか、と。欧陽陽は、日本では無菌の環境で飼育するのよ、北京に帰ったら輸入品を扱うスーパーに行ってごらん、きっと売ってるから、ちょっと高いと思うけどね、と言い、呂曠に二つのブランド名を覚えさせて、このブランドのものなら大丈夫と教えた。それから欧陽陽は、あんたは食事のときに変なこだわりってない？　と訊いた。呂曠は、変なこだわりってどういうこと？　と訊き返した。欧陽陽は、あたしは香菜《シャンツァイ》は食べないし、ネギもだめ、一食に三種類以上のお肉も食べないの、と答えた。呂曠は、けっこうこだわってるね、僕はケンタッキーは食べないんだ、と言った。欧陽陽は、そんなのこだわりでもなんでもないじゃない、と言った。それから彼女は話題を変えて、呂曠に、あたしの前に全部で何人恋人がいたの？　と訊いた。呂曠は逆に、君は真面目な相手のことを言ってるの？　と訊いた。欧陽陽はソーダ水を噴き出して、じゃ、不真面目な付き合いをした人がどのぐらいいるの？　と言った。呂曠は箸を置いてわざとらしく両方の掌を広げ、左手から右手に数えはじめて、君の手を貸してくれ、と欧陽陽に言った。彼女は騙されて手を差し出し、え？　何？　占い？　と訊いた。呂曠は、僕の十本の指じゃ数えきれないんでね、と言った。欧陽陽は呂曠の両手を思い切り叩こうとしたが、呂曠の反応が速く、左手しか叩けなかった。彼女はぷんぷんと怒ってみせて、高校のときはあんたがそんなに悪い人だとは気づかなかった、と言った。呂曠は、高校のころ君は、はなっから僕になんか気づいてなかっただろ、と言った。欧陽陽は気を取り直してこう答えた。でもあたし、あんたのこと知ってたわ、名前も知ってたしね。あんたは寄宿舎にいて、髪がとても長かった、夕食のときなんか、あんたが寄宿舎から出てくるのをいつも見てたのよ、いつだって髪の毛がしっとり濡れていて、夕陽にあたると金色に輝いてたから、と。呂曠は気にもしないような表情で、どうやらそれは本当のようだね、僕は髪を洗うのが趣味だったから、と言った。

欧陽陽は続けた。こんなことがあったわ、高《ガオ》先生が髪の長さが不合格だった全三年生を男子も女子も講堂のステージに立たせて、ハサミで次々に切っていったの、女子はみんな泣いてしまって、あたしもその中の一人だった、と。呂曠は、僕も立たされた中にいたよ、と言った。欧陽陽は、そう、あんたは最後の一人だった、そして絶対に髪には触らせないと言い張って、高先生はもう少しであんたを殴りつけるところだったわ、それでもとうとう切らせなかったのよ、と言った。呂曠は、そうだった、後で保護者が呼びつけられたんだけど、僕はおじいちゃんに来てもらったんだ、と言った。欧陽陽は、で、結局髪の毛は大丈夫だったの？　と訊ねた。まったく無傷さ、と呂曠が答えた。こう言うと得意になって、自分の髪をさっとかきあげた。欧陽陽は、あんたはまだあたしの質問に答えてないわよ、と言った。呂曠はもう一度大真面目なフリをして、こう言った。真面目に付き合った女子は一人いた、北京郵電大学の学生で重慶《じゅうけい》の人、ティックトックで知り合ったんだ、でも良かったのは一学期だけで、二人とも面白くなって別れちゃった、と。欧陽陽は、その子は綺麗だった？　と訊いた。君ほど綺麗じゃなかったね、と呂曠。欧陽陽は口を尖らせて、嘘ばっか、それじゃ、不真面目な付き合いの子は何人いたのよ、と言った。君をからかっただけさ、僕は極めて真面目なんだからね、と言った。欧陽陽は箸で自分のお椀の半分ほどに入った生卵をかき混ぜながら、俯いたまま、じゃ、あたしのことは真面目なお付き合い？　それとも不真面目なの？　と訊ねた。呂曠は、共に髪を切り落とした革命の友情じゃないか、と言った。欧陽陽は、あんたは髪を切られてないじゃない、裏切り者だわ、と言った。呂曠は箸をおろして、君は、僕が日本まで来たのは誰に会うためだったと思ってるんだい、と言った。欧陽陽は口を尖らせて、知らない、あたしの他にも何人か女の子がいるのかもね、と言った。呂曠は、バカだな、僕は明日の朝六時のフライトなんだよ、と言った。

午後四時、呂曠は大きなバックパックを背負って、欧陽陽に送られて名古屋駅に着いた。欧陽陽は呂曠にJRで最速の列車のチケットを買い、値段もいちばん高かったのに彼から代金を受け取ろうとはしなかった。改札に入る前、彼女はコンビニに走って、ヤクルトの半ダースセットを一つ、スナックを二袋、ミネラルウオーターを一本買ってきた。小学生の遠足みたいだね、と呂曠が言うと、欧陽陽は列車に乗ったらウィチャットしてね、と言った。呂曠は、わかったよママ、と言った。欧陽陽は彼の肩をポンとつつき、二人はちょっと見つめ合って、暗黙の了解のように、キスなしで軽いハグを交わした。

プラットホームに行き列車に乗ったら、車両の座席には乗客が半分も座っていなかった。呂曠は自分の席を見つけた。窓側だった。列車が動き出したとたん、欧陽陽からのウィチャットの着信の振動があり、呂曠はポケットからスマホを取り出した。

陽陽：座れた？

二嘴：すぐに寝れちゃう体勢さ。

陽陽：向こうに着いたらチャットしてね。

二嘴：了解。

陽陽：東京ではホテルをまだ予約してないでしょ、あたしがやってあげようか？

二嘴：僕の身分証ナンバーを手に入れようったって、そうはいかないよ。

陽陽：あたし、真面目に言ってるの。

二嘴：大通りで野宿したっていいんだ。ほっといてくれ。

陽陽：めんどくさい人。誰とでも好きな人と寝たらいいでしょ、浮気者。

二嘴：それも悪くないな、ともかく降りたらチャットする。

陽陽：ハンドルネーム、変えたら？

二嘴：なんで？

陽陽：ダサいから。

欧陽陽がスマホにチャットを打ち込んでいる途中、呂曠からアニメーションが送られてきた。赤い唇のイラストが二つ、キスを何度も繰り返していて、唇の間で小さなハートがふわふわ飛び出している。
二嘴：「二嘴」ってこんな意味だとしたらどう？　まだダサい？
陽陽：ねえ、あたしのことほんとに好き？
呂曠は顔の表情を集めたスマホのスタンプを探していたが、ついにあの小さな女の子が男の子の胸に飛びこんでいくアニメーションを見つけた。宮崎駿の『崖の上のポニョ』だ。それを送信しようと思ったとき、欧陽陽のチャットに邪魔された。
陽陽：もういい、訊かないことにする。
呂曠はやはりそのアニメーションを送った。三十秒ほどで欧陽陽は同じアニメーションを送り返してきた。
陽陽：宮崎アニメはみんな女の子が積極的なんだからね。もういいわ、あなたも少し寝たほうがいい。ここ数日ちゃんと寝てないでしょ。
呂曠の指は宙で数回さまよったが、結局ウィチャットをスワイプして閉じた。それからネットのクラウドミュージックを開くと、コードレスイヤホンを取り出して耳に付けた。

東京駅に着いたのは六時を少し過ぎたばかりで、列車を降りたとたん、呂曠は目が点になってしまった。周囲に押し寄せる人の波で、自分がまるで触角を失った蟻になったみたいだった。彼は大人になるまでこれほど多くの人間を一度に視界に入れた経験はなく、四方八方から湧いてくる人が、またあらゆる方向に去っていき、その夥《おびただ》しい呼吸の波に囲まれて溺れ死にしそうだった。呂曠は駅の中で少なくとも三十分は呆然としており、道を聞こうにも言葉がだめだったので、いっそのこと目を瞑《つむ》ったまま適当な方角に流れる人の群れに身を任せてみた。そのうちなんとか上にいくエスカレーターに辿り着き、先に薄ぼんやりとした空が控えているのが見えた。外に出て呂曠は思い切り深呼吸したが、方向感覚はもはや存在せず、引き続き蟻のように元の位置から三百六十度ぐるりと回って、ようやく自分が駅前の広場の一角にいて、後ろに東京駅の赤煉瓦の建物があるのだと理解した。呂曠はスマホを取り出し、そのまま一枚写真を撮った。それから自分のすぐ近くの道路を横切り、また新しい人の波を追いかけた。

翌朝三時半、呂曠はホテルのマイクロバスで成田空港に向かった。瀋陽行きのフライトは六時半で、航空会社のカウンターがちょうど開いたばかりだったから、呂曠は搭乗手続きの一番を取った。カウンターで担当の若い娘は下を向いてこっそりあくびを噛み殺していたが、そのときちょうど呂曠が目の前に立ったので、さっと身構えるとすぐに会釈をして何か日本語を話した。呂曠は何を言っているのかわからなかったが、どうやら謝っているらしいということはわかった。呂曠がパスポートを渡すと、娘はきびきびと動き、コンピューターでチケットを打ち出して、手を下のほうの荷運びコンベアベルトに向け、二言ばかり何か言った。呂曠のほうでも無駄な反応はせず、すんなりとバックパックを肩から下ろしてコンベアベルトの上に放り出し、託送荷物のタグが貼ってあるチケットを受け取った。呂曠は自分のバックパックが送られていくのを目で追いながら、このときになって気がついた。飛行機で北京を発《た》ってから背中にはバックパックがずっとあったから、急に背中に何もなくなってしまうと、なんとも心もとない感じだ。

安全検査が済むと、呂曠は空腹を感じた。搭乗口に向かう通路では洋食の店が何軒か営業していたが、入る気にならず、そのまま歩いているうちに搭乗口に着いてしまった。面倒だから搭乗口にいちばん近い窓辺の椅子に腰を下ろした。巨大なガラス窓越しに、垂れ込めた雲を透《とお》して朝日が差し、とても美しかった。天気は悪くなさそうだ。呂曠はイヤホンをつけ、リラックスして目を閉じた。

半ば眠ったような状態で、呂曠は慌ただしく過ぎてしまった昨夜のことを思い返していた——記憶では、バックパックを背負って彼はずいぶん長く歩き、ようやく人ごみのない、比較的落ち着いた街並みにやってきた。通りにあまり大きくないビジネスホテルがあり、値段を確かめスマホで換算してみるとシングルが六百元ほどで、東京では安いほうだとわかった。チェックインを済ませても彼は直接部屋に上がらず、いったんホテルを出て、さっき歩いた街角のコンビニに引き返し、キリンビールを四缶買った。ビールはとても冷えていたから、ジャケットの胸に包むようにして部屋に持ち帰り、バックパックを下ろして小さなソファーに座り、欧陽陽が買ってくれた二袋のスナックを肴《さかな》にして飲みはじめた。きっちり真四角なはめ殺しの窓の向こうは東京の夜景で、東京タワーが赤と白のストライプになったかと思うと青と緑に変わったりして、とても美しかった。今回日本に来るのはそれなりに大変なことだったのに、東京とは窓ガラス一枚隔ててちょっと眺めるだけの関係で終わってしまう、さすがに行き当たりばったり過ぎたかもな、と彼は心の中で思った。彼はアルコールがそんなに強くないので、ビールを四缶も飲むとかなり酔いが回ってしまい、服も脱がずにベッドに上がり、そのままゴロンと寝転んだ。欧陽陽のウィチャットが着信していて、ホテルを見つけられたかと訊いていた。彼はこのときようやく無事到着のチャットをまだ送ってなかったと気づき、返信のついでに先ほど撮ったばかりの東京駅を添付してやった。欧陽陽はすぐ、これ、見たことがある場所だと思わない？　と返信してきた。彼は、見たことがあるってどういうこと？　とチャットした。欧陽陽は返信で、東京駅はね、瀋陽駅と造りがそっくりなのよ、と言ってきた。彼はスマホを置いてじっくり考えてみた。建物の感じは似ているような気もするが、あらためて百度《バイドゥ》［ネット検索エンジン］で調べて比較するのも面倒だったから、頭の中で、造りがおんなじなんて、そんなことあるのかなと考えているだけだった［一九一〇年に竣工された瀋陽駅は、元・旧満洲奉天駅。二階建ての赤煉瓦造りで、東京駅を設計した辰野金吾の弟子が設計した］。なんだ、瀋陽は自分と一緒に東京に来ていたのか。こんなことを考えているうちに、寝入ってしまった。

呂曠がトントンと叩かれて目を覚ましたのは、五時半だった。安全検査の制服を着た二人の日本人の男が、彼の前で中腰になってしきりに話しかけている。呂曠はイヤホンを外し、しばらく何が何だかわからなかったが、この人たちは立ってくれと言いたいのだと気がついて、ようやく立ち上がった。年上のほうのメガネをかけた男が、片言の英語で手振りを交えて呂曠に話しかけているのだが、英語というより広東《カントン》語か閩南《びんなん》語のようにしか聞こえず、「ｙｅｓ」と「ｎｏ」の他は何一つ聞き取れない。二人の男は焦り出し、呂曠はなおさら焦った。二人は手を伸ばして彼を連れて行こうとしたから、呂曠は頑としてその場を動かなかった。年上のメガネの人が手でしきりに「八」の字を示し、口から怪しげな擬声を繰り返すので、呂曠は笑いたくなってきた。二人の日本人は二十分もそうしていたが、間もなく搭乗が始まりそうだから、切羽詰まった呂曠は欧陽陽に音声チャットを二度送ってみた。返信はない、きっとぐっすり眠っている時間だろう。ちょうどそのとき、クリーム色のコートを着た男の人が搭乗口から出てこちらに近づいてきた——その人は搭乗口に立ったときからずっと呂曠のほうを見ていた。背が高く、ツーブロックの髪型をきちんと整え、ハーフコートの下にコットンの白いシャツと紫がかった紺のクロップドパンツを着込み、純白のスニーカーからくるぶしを見せて——なにからなにまで、たった今MUJIの店から出てきたばかりといった姿だった。その人が流暢な日本語でしばらくあの二人と話した後に、呂曠に中国語で話しかけなければ、呂曠は完全に彼を日本人だと思いこんでいた。話す口調まで日本人みたいに優しく穏やかだったのだ。その人は呂曠に、あなたの託送手荷物の中に銃は入っていませんか？　と訊ねた。呂曠は一瞬仰天《ぎょうてん》し、銃なんかありませんよ！　と答えた。その人は、よく考えてみて、おもちゃの銃とかもないですか？　と言った。呂曠は冷静になって、気づいた——しまった、さっきの年寄りのメガネが手振りで示していたのは「八」じゃなくて「ピストル」だ［中国の数字の指文字「八」は日本の「指鉄砲」と同じ形］、そして怪しげな擬音は「バン、バン、バン」だ！

　拳銃はゴールドのデザート・イーグル。鋼《はがね》の銃身、サイズも口径も重量も本物の銃とまったく同じで、もはやモデルガンの範疇を遥かに超えた本物のコピーとでもいうべき逸品だ。——銃は欧陽陽からのプレゼントだった。京都から名古屋に着いた最初の晩、欧陽陽が彼を連れて街をぶらついていて、軍事玩具の店の前を通ったとき、呂曠はそのショーウィンドウに魅せられてしまった。呂曠は銃が大好きで、多くの人がスマホの対戦型ゲームを始めてやっと武器の型式やモデル名を口にし始めるのとは違って、小学校に上がるころから軍事雑誌にのめり込み、武器については大切な家宝でも数え上げるように詳しかった。彼が夢中になっていたのは拳銃で、中でも特別に製作された型式のものは、銃身がゴールドやシルバーの光沢に輝き、精巧な彫り物まで施されていて、まったく芸術品そのものだった。こういう趣味が高じて彼は軍隊に入ろうと思ったこともないわけではない。ショーウィンドウのそのデザート・イーグルと真正面から対峙した呂曠の眼差しに、欧陽陽は嫉妬心を覚えた——生きた生身《なまみ》の欧陽陽が死んだ物体に劣るというの？　嫉妬心に突き動かされた欧陽陽は、呂曠に訊きもせずにいきなりそれを買ってしまったのだ。

善意から呂曠を助けてくれたこの男性は、姓は王《ワン》、王放《ワン・ファン》といって、やはり瀋陽の出身者、東京で暮らしていた。王放はそこからずっと呂曠と一緒にいてくれて、安全検査を済ませると、検査場を出て小さな部屋に入ることになった。部屋には日本の警官が二人も来ていて、さらにあの検査の係官が二名、都合男六人が揃って呂曠の荷物が届けられるのを待っていた。王放は呂曠に、そのおもちゃの箱とか説明書とか、みんな捨てちゃったんですか？　と訊いた。呂曠は、そうなんです、荷物の場所をとるから捨てちゃった、と答えた。それから補足してこうも言った、いや、おもちゃじゃないんですよ、実際射撃できないだけで、本物と寸分違わず造られてるんだから、と。王放は彼をじっと見つめて笑ってしまい、こんなときにそんなリアルに言うことはないでしょうに、と言った。四人の日本人は目の前で世間話をしているらしい二人の瀋陽人を見ながら黙りこくっていて、一人一人の表情は当事者より緊張していた。呂曠は王放に、兄さん、今日は本当にありがとうございます、もし兄さんがいなかったら、僕は徹底的にやられてわけがわからなくなっていたと思います、と言った。王放は、同郷のよしみじゃないですか、礼には及びませんよ、あなたはお年は？　と言った。呂曠は、一九九九年生まれで二十歳になったばかりです、と答えた。王放は、若いねぇ、卯年でしょ、と言った。呂曠が、そう、と答えると、僕はちょうど一回り年上ということになるね、と言った。このとき、欧陽陽が音声チャットを送ってきたが、呂曠は返事するのが面倒でスマホを切り、時間を見ると、もう八時になろうとしていた。呂曠は、兄さん、僕のせいで兄さんの飛行機に間に合わなくさせてしまいました、本当に申し訳ありません、と言った。王放は、言葉が通じないせいで君がまたトラブルに巻き込まれるんじゃないかと心配だったし、別に急いで帰らなくちゃならないわけじゃなかったから、それにチケットはどうせ会社持ちだしね、と言った。呂曠は、チケット代は僕に払わせてください、と言った。王放はこのとき急に目を細めてじっと呂曠の顔を見たかと思うといきなり、君のネットのハンドルネームって――二嘴《アルズイ》っていうんじゃないの？　と言った。呂曠は唖然として言葉がなかった。

王放は続けて、僕は君のライブ配信を見たことがあるんだ、いや、ほんとのことを言うと、最初に見かけたときから君のことはわかってたんだよ、と言った。

一人の女性係官が呂曠のバックパックを持って部屋に入ってきて、二人の会話を中断させた。呂曠は、その場で荷物が開けられ、汚れた衣類や洗面道具、チョコレート二箱、スマホの充電器、アダプターなどが次々に卓上に晒《さら》され、最後に黒いTシャツに包まれてバッグのいちばん下に埋まっていたあのゴールドのデザート・イーグルが取り出されるのを見ていた。その銃はまず二人の警官に手渡されて厳重に検査された。その後、安全検査の係官三人がそのほかの持ち物を一つ一つ手に取って確認し、彼ら五人は小声で何か言い合っていたが、やがてあの年上のメガネが王放と呂曠に向かって頷いた。それから後の二十分間、王放は呂曠のために少なくとも五枚の申請用紙にびっしりと書き込み、呂曠はただそれに署名をするだけだった。王放は、銃は差し押さえなければならないそうだ、もしどうしても欲しいというのなら、彼らが代わりに保管しておき、君が次に東京に来るときに渡すか、あるいは、誰か日本の友人のところに郵送してもいいということだ、と言った。呂曠は、それはもういりません、と言った。王放は、君がいらないとなると、さらにもう一枚申請書を書かないといけないみたいだよ、と言った。呂曠は業《ごう》を煮やして、日本人っていうのはどうしてこうも面倒なんだろう、と言った。

二人がその部屋から釈放されたときには、すでに朝の八時を回っていた。呂曠は王放に、兄さんの荷物はどうなったんですか、と訊いた。王放は、一歩先に瀋陽に行っちゃったってことだね、さきほど話は通してあるんだ、僕が瀋陽に到着したら係の人から受け取れることになってる、と言った。呂曠は、兄さんには本当に大きな借りを作ってしまいました、と言った。王放は、やっぱり先にチケットを買っておこうか、午後一時にもう一便瀋陽行きのフライトがあるんだ、と言った。

チケットを入手して呂曠はもう一度バックパックを背負い、もう一度王放と一緒に安全検査を通った。大変な目に遭って戻ってきたわけだが、時間はもう十一時になろうとしていた。呂曠は王放に食事をご馳走させてほしいと申し出ると、王放は遠慮することなく、日本風ラーメンの店を選んだ。呂曠はさらに、一杯やりましょう、と誘い、王放は頷いた。二人はかなり空腹だったので、二杯のラーメンをまず平らげ、それからゆっくりビールを飲み始めた――呂曠はこんなに上品に食事をする男性を見るのも初めてだった。ラーメンを食べるとき、左手に箸（彼は左利きだった）、右手にレンゲを持って、右手の掌にはナプキンを一枚添えてもいて、食べているうちに額に汗が滲んできたらそのナプキンで静かに拭うのだ。冷えたビールを飲みはじめると、またナプキンを取って細長く折りたたみ、それでタンブラーの下のあたりを包みこんで、手に持ったときに水滴で濡れないようにしている――かつて呂曠はこういうやり方をナヨナヨしすぎだと感じていたが、目の前の男性の手にかかると、ハイセンスな仕草に思えてきた。王放は彼に、最近、日本へのフリー旅行はかなりイージーになったんじゃないの？　と訊ねた。呂曠は、そう、すごく簡単でした、僕は定職がないからビザを取るのが面倒だったんだけど、ネットで三千元出せばちゃんと入手できて、本人が領事館に出向く必要もないんですよ、と答えた。王放は、君はなんで大学を受けなかったんだい？　と訊いた。呂曠は、勉強したくなかったんです、兄さん、たくさん本を読んだからって、何か役に立つと思いますか？　と言った。王放は、勉強は必ずしも学校でしかできないってもんじゃないけどね、勉強自体はきっと役に立つよ、と答えた。呂曠は、兄さん、高校はどこの学校だったんです？　と訊いた。省の実験学校だよ、と王放。呂曠は、エリート中のエリートだ、凄すぎる、そこから日本の大学に入ったんですか、と言った。王放は一口ビールを飲んで、大学受験の年にちょっとまずいことが起こって、入学統一試験の成績が伸びなかったんだ、第二志望で大連外国語大学に回されてね、そこで国外の大学との単位互換のカリキュラムがあったので、三年のときにようやく東京に来られたのさ、と言った。呂曠は、僕の友だちも大学二年のときに来たんです、と言った。王放は笑って、恋人かい、と訊いた。そんなんじゃないです、高校のときのクラスメートで、名古屋大学にいます、兄さん、今どんなお仕事をしてるんですか？　と言った。王放は、大学の専攻が日本文学だったんで、卒業してからは出版社やら広告会社やらで働いてたこともあるけど、今はアニメの制作会社で仕事をしてる、もう五年になるな、と言った。呂曠はそれを聞いていきなり興奮しだし、大きく口を開けて叫んだ、すげえ！　僕、日本のアニメが大好きなんです、マジで！　今ウィチャットを交換してみたらわかりますよ、僕のアイコン画像は「自来也《じらいや》」〔『NARUTO』の登場人物〕なんだから！　――ちょっと興奮が収まると、自分が人前でまるでガキみたいにはしゃぎすぎたと思ったが、我慢できずにもう一言付け加えた、僕がサインに使ってるのは「游龍当帰海」ってフレーズなんですからね、――まったく予想外だったのは、王放がその続きを言ってのけたことだ――「海不迎我、自来也」と〔呂曠のお気に入りのフレーズ「さすらいの龍は海に帰る」を受けて王放は「海が迎えてくれなくても俺はやるさ」と答えた。中国のNARUTOファンの間では、「自来也」で結ばれるこういった漢詩風の言い回しが合言葉のように使われることがある〕。呂曠はこのとき突然、会うのが遅かったと言われる出会いの意味を深く体得した。彼は心を鎮めて、ようやく一言訊いた、兄さん、あなたのような人がなんでまた僕のライブ配信なんかを見たりしたんですか、と。王放は逆に訊き返した、僕のような人って、いったいどんな人のことを言ってるわけ？　と。

　呂曠が動画アプリの「快手《クワイショウ》」で遊び始めたころは、適当なプロットを動画にしてアップしていたのだが、誰からも見向きもされなかった。しばらくしてバイク便の仲間何人かと北京郊外でバーベキューをして一日遊んだことがあり、偶然、何年も廃棄されたままの小さな一軒家を見つけた。呂曠は酔っていたこともあり、夜陰に乗じてその建物に潜り込み、階上階下あちこちを撮影し、幽霊屋敷と称してアップしてみたら、なんとその動画が大好評を博し、五万回もの「いいね」が付いた。その後、批評家に言われてその気になり、思い切って自分のブログを「幽霊屋敷探検」とすることにした。週末には北京周辺の「幽霊屋敷」と言われているところを探し出しては動画を撮影し、かの有名な「朝内八十一号［「北京四大兇宅」の筆頭とされる洋館］」にも行ったことがある。もっともそのときは夜警にどやしつけられて追い払われたのだが、もっと遠くまで足を延ばし、天津《てんしん》や河北《かほく》の農村まで行くこともあった。彼は怖いもの知らずで、小さいころ外祖父と一緒に荒れ果てた郊外の土地で暮らした経験が役に立っていたのだ。彼のフォロワーは次第に増えていき、週に四日はオンラインのライブ配信をやって、「いいね」に付けられたご祝儀で月に八千元、一万元と稼げるようになった。稼ぎはバイク便と比べて多いとは言えないが、朝早くから夜遅くまであくせくする必要はなくなり、愉快に遊びながら日々を過ごすことができるようになったので、二十歳になったら、と思い描いた生活に近づいた気がしていた。現在彼のブログのフォロワーは二十七万人、ティックトックのほうでも四万人に達したが、商売的には大きく下降線を描いていて、金はそれほど稼げなくなってきている。自分が遊び心でやっているようなものなど、ショートムービーの領域では珍しくもなくなっているということが次第にわかってきていた——こんな状況にあることは、王放が彼に速やかな方向転換、ウェブサイトを作って「ｕｐ主（アップローダー）」になることを勧めた理由でもあった。高画質で長尺の動画を配信すれば、引き続き幽霊屋敷探検を進めることができるし、さらに神秘的な事件や都市伝説などに発展させ、音楽や編集のプロを雇って内容的にも一段階上のレベルで勝負していけるだろう。王放は呂曠の才能がずば抜けていて、こういう道を歩むのにふさわしいと感じていた。王放は、最初に君のライブ配信を観たときから、僕はそう思っていたんだ、と言った。呂曠は、でも、サイトを作るだけでこれまでのようなライブ配信をしないとしたら、お金はどうやって稼ぐんですか、と質問した。王放は、こういうことは長い目で見ないといけない、金が稼げるかどうかは後からついてくる話で、将来的には内容が優れたものしかコンテンツの王様にはなれない、きちんとした内容のある人には勝てないんだよ、そうやって生き残っていけば、金はその人に忠実についてくるのさ、と言った。――呂曠はしばらく考えこんでしまった。今ここで王放の話がすべて正しいとまでは思えなかったが、彼が聡明な人であることは確信できた。呂曠は、王放の言葉に東北の訛りがなく、とても標準的な北京語だということにも気づいていた。彼は王放に、兄さんはどうしてそういうことに詳しいんですか、と訊いた。王放は、Ｂステーション［総合情報サイトBiliBili（ビリビリ）の愛称］って知ってるでしょ、と言った。もちろん、と呂曠。王放は、あの会社が僕を上海《シャンハイ》総本部に引き抜いたんだ、僕は今回瀋陽に帰って母の顔を見たら、すぐ上海に行って入職の手続きをするつもり、と続けた。

二人でビールを七杯飲み干したが、ほとんどの時間呂曠が喋り続け、王放は聞き役だった。しかし王放は極めて真剣に聞いており、それは全神経を集中させていると言ってもよいほどで、東北の言葉で言えば「走心《ゾウシン》」だ［北京語では「気が散る」、東北では「無我夢中」の意味となる］。母親が盲人で、祖父は隻眼《せきがん》だったから、呂曠の一家にとって目はとても貴重な器官だった。だから呂曠は、小さいときから他人の目の表情にはことのほか敏感になっていた——自分がこんなに長いこと話し続けているのに、王放の眼差しはわずかな時間も自分から逸《そ》れていったり、こっそり宙を漂ったりすることはなかった。王放には輝く大きな目があり、長いまつ毛がすっきり整った顔立ちに映《は》えて、なおさら引き立って見えた。呂曠は幼年のころのこと、祖父のこと、父母のことなどを、とめどなく喋り続けた。話の合間に、王放もしばしば彼自身のことを一言二言挟み込んだ。幼いころから片親の家庭で、実の父親の顔も知らない、姓は母方のほうにしてある、東京に来て十二年になり、先ごろ日本の永住権を入手した、日本人の妻を娶り、娘が昨年生まれたばかりだ、などなど。母親の話題になったとき、王放は明らかに言葉が多くなった。彼は、母親はとても善良で穏やかな人だと語った。かつて学校の食堂で食券を売っていたとき、毎日使用済みの食券が一袋分も出たから、ボイラー室に持っていって焼却処分しなければならなかったのだが、母親はこっそりボイラー係の男の人に手渡していたので、何年もの間、その人は食事に一銭も使わないで済んだということだ。

空港のアナウンスが呂曠と王放の名前を二回呼んだとき、二人は時間をすっかり忘れていたことに気づいた。幸いスーツケースは持っていなかったから、小走りで搭乗口に駆けつけ、なんとか間に合うことができた。フライトはほぼ満席で、皆日本に桜の花見にやってきた東北の旅行客らしく、話し言葉の訛りからすると大半は瀋陽の人間だ。呂曠は前方の座席で、王放は後方窓際の席だった。離陸の前に欧陽陽からウィチャットの着信がまたあり、瀋陽に到着したかどうか訊いてきた。呂曠はこの妙ちきりんな夢にしか思えない午前中の出来事を説明するのも面倒で、もう着いた、と適当に返信した。欧陽陽からはすぐまた着信があり、例の二羽のコウライウグイスの写真を忘れずに送るように言ってきた。そんな小鳥が二十年も生きていられるなんて信じられない、という。呂曠は煩わしくなってスマホを切ったが、こいつもあんまりおつむが良くないな、写真を見ただけで鳥の年齢までわかるとでも思ってるんだろうか、送れば本物だと思い込むんだよな、と心の中で考えた。彼は自分自身に警告した、桜の花の罠に嵌《は》まってはいけない、どんなに美しい景色だって欧陽陽が俗人に過ぎないという事実を覆い隠せはしないんだ——もしも自分がネットで少しばかり有名になっていなかったら、欧陽陽が高校のウィチャットグループに好き好んで参加したりするわけがないじゃないか、つまんねぇ、まったくつまんねぇ、と。

飛行機が上昇していくとき、呂曠は酔いが回ったような気がして、目を閉じ、しばらく眠ろうとしたが、何故かぜんぜん眠れそうになかった。王放と話したいことがまだまだたくさんあったのにと思うと、もの足りない感じで口元も心もむず痒かった。安定飛行になったとき、呂曠は立ち上がって後方の座席に行き、王放の隣に座っていた瀋陽出身らしい男の人に座席を交換してほしいと頼みこんだ。その人はあまり気乗りがしないようだったが、結局席を譲ってくれた。呂曠はその席に座り、兄さん、さっきの続きで飲みませんか、と王放に言った。王放は微笑んで頷いた。呂曠はキャビンアテンダントにビールを二缶注文し、王放はプラスチックのコップを頼んだ。王放はコップのビールをちびちびと飲んでおり、呂曠はそれを見て、兄さんはもうかなり酔っているらしい、酒は自分よりも弱いんだな、と思った。呂曠は無理やり話の糸口を見つけて語りかけた、僕はさっき兄さんに昔武術を学んでいたことを話しましたっけ、と。王放は、うん、聞いた、一年間だったね、と言った。呂曠は、僕は自分がもう李小龍《ブルース・リー》みたいになったと思ったんです。僕は武術学校を出た後、小学校を変えてね、大西《ダーシー》三小ですよ。でも僕は二経《アルジン》三小に戻って恨みを晴らさないといけないと思ってた。元のクラスでいちばん背が高かった余斌《ユー・ビン》っていうやつ、前にいつも僕をいじめてたんです。ある日の放課後、僕は二経三小の正門で待ち伏せし、絶対にぶん殴ってやろうと思ってた。

ところが余斌が出てきたら、やつは前よりずっと大きくなっていて、僕が技を繰り出すまでもなく、またやつに散々打ちのめされちゃったんです。あとで僕は考えましたよ、たとえものすごい忍耐や努力をしたとしても、絶対的な力の前では全部無駄になっちゃうんだ、だから僕は思うんだけど、李小龍が生きていたとしても、マイク・タイソンには敵わないだろうし、たぶんドウェイン・ジョンソンにだって負けてしまうんじゃないかな。王放は、もう聞いていないようだった。呂曠はなんだかがっかりしたが、また無理やり話しはじめた。僕の父さんがこんなことを話してくれました、父さんは昔、鳥の捕獲係をやっていたことがあるんですが、鳥を駆逐するために飛行場にカカシを立て、スピーカーで大音量の騒音を流したんだそうです。でも経験を積んだ鳥たちはそのカカシの頭に糞をしたり、スピーカーの上に止まったりして騒音を楽しんでいるみたいで、まったく逃げたりしなかったそうです、だから銃で撃つしかなかったというわけですね。王放は、今度は反応して、人間は苦しみの経験をたくさんすると、苦しみに対する免疫が自然に備わってくると言うよ、鳥も同じなんじゃないだろうか、と言った。呂曠は王放が故意に口調を変えているように聞こえた。彼はまた話題を変えて、兄さん、女ってのはみんな見栄を張りたがるものなんですかね？　と訊ねた。王放はついにこちらに顔を向け、彼をじっと見ると、呂くん、君はまだ若い、生きていくことについての見方がどうしても偏《かたよ》りがちだ、僕ぐらいの年齢になったら自然に偏りのない考えが持てるようになるさ、と言った。呂曠は一瞬言葉を失った。王放は続けて、僕は眠くなった、少し寝るよ、と言った。

北京から京都へ向かうフライトでは飛行機が揺れっぱなしで、呂曠は自分がどうやら飛行機恐怖症だと気づいたが、幸い、今回瀋陽に帰るフライトはずっと穏やかで安定していた。彼は王放が寝入ってしまったのを見て、キャビンアテンダントにもう二缶ビールを頼み、自分もいい加減酔って眠りに落ちた。そうして目が覚めたとき飛行機は下降を開始していて、スマホを見ると二時間近く寝ていたことがわかった。王放は頭を窓に凭《もた》れかけていて、まつ毛がピクピクしていたが、目が覚めているのかどうかは見てとれなかった。呂曠は独り言のつもりで話しはじめた。兄さん、僕は真剣に兄さんが話してくれたことを考えてみたんですけど、とても正しいと思いました、金を稼ぐのは焦ってはいけない、もっと長い目で先を見つめること。それに僕はもうすぐお金にまったく困らなくなるんです——彼はもう一度王放のほうをチラッと見たが、依然として反応はなかった——僕が今回帰省するのは、実は僕の大伯母さんのことで、つまり父さんの伯母さんに当たる人なんですけど、その人が今月初めに亡くなりました。僕は一度もこの大伯母に会ってはいません。彼女はだいぶ前に彼女の夫と海南島に行って、それから離婚し、子どももいなかったんです、彼女が亡くなったあと、弁護士が父さんに電話をよこして、遺言状に書いてあったのは父さんの名前だと言ってきました。大伯母は三つの邸宅を残したんです、三亜《サンヤー》に二軒、海口《ハイコウ》に一軒〔三亜、海口ともに海南島の観光都市〕、訊いてみると少なく見積もっても一千万元以上は確実だそうで、これがみんな父さんのものになったわけです。

このとき、下降を始めるという注意喚起の機内アナウンスがあった。王放はようやく目を開け、座席のテーブルを畳んで背もたれを直すと、意味ありげなあくびをした。呂曠は彼が今しがた自分の話していたことを聞いていたかどうかわからなかった。飛行機の降下は速く、王放は顔をずっと窓の外に向けたままだったが、君はお金ができたんだね、それでこの先どうするつもりなんだい？　と訊いてきた。呂曠は、正直、なんだかふわふわした感じで落ち着かないんです、僕は子どものころからいつだってクラスでいちばん条件が悪い部類だったのに、二十歳でいきなり金持ちの御曹司になっちゃった、ハハハ、と言った。呂曠は冗談めかして話したのだが、王放はにこりともせず、窓の外を眺めたままで、彼に、それで君は君のお父さん、そしてお爺さんと一緒に海南島に移るつもりなの？　と訊いた。呂曠はため息をついて、こう言った。問題はそこなんです、電話で二人に訊いてみたら、二人ともまったく同じ口調で、絶対に引っ越しなんかしない、金輪際ここを出ていかない、と言い張るんですよ、で、今回僕が帰省するのは、父さんたちとじっくり相談するためなんです。瀋陽から離れるつもりがないならそれでもいいんだけど、少なくとも海南島の邸宅一軒は売却して生活を改善すべきだろうと思ってます。僕の爺ちゃんはもう七十になるわけで、生涯苦労してきたんだから、せめて残りの日々は楽な暮らしをさせてあげたいなと思うんで。呂曠の言葉はまだ終わっていなかったが、王放は小さな窓を指でつつきながら呂曠に、ほらほら、見てごらん、あれ、なんだか「呂」の字に似てないか、と注意を向けさせた。呂曠はわけがわからず、顔を窓に近づけ、王放の指が指しているあたりを見渡した――飛行機と地面の距離が近づき、細く見えた一本の道路がぐんぐん太さを増していくと、その道路を挟む形で、緑樹で縁取られた「口」の字が二つ見えてきた。一つは大きくもう一つは小さい。呂曠は瞬時に悟った、あれはハコヤナギだ、枝振りも豊かに茂っていて、艶やかな緑葉はまるで漆のようだ。呂曠はもう驚きはしなかったが、無意識のうちに住み慣れた煉瓦の家を探し求めていた。王放は、若い君に言っておくけど、僕は、君も瀋陽から離れられないと思うよ、と言った。――呂曠は王放がひどく酒臭いのに気づいたが、彼が続けてこう言うのを耳にした――誰かが君のことをこの土地に植えつけたんだね。

日本の読者のみなさんへ　鄭執

私がみなさんへこの挨拶を書いているのはちょうど「年三十」と呼ばれる農暦十二月三十日で、中国人の最も重要な祭日「春節」の始まりです。この夜を過ぎると明日からは新しい一年です。過去の一年のあらゆる良いことや悪いこと、叶えられた願いも失われた望みも、人為的に区切られた時間において、すべて過ぎ去っていきます。古きものたちが「過ぎ去って」いけば、新しく来るものはきっと素晴らしい、人はいつもそう信じてきました。しかし現実には、「過ぎ去って」くれるはずの苦境は、片時も離れることなくまとわりついており、そこから脱却する術《すべ》など誰も持ち合わせてはいません。「過ぎ去ってしまう」というのは、集団が造り上げた虚妄に過ぎないのです。三篇の小説からなるこの作品集についても、たいへん大雑把にまとめれば、「過ぎ去ってしまった物語」と言っていいと私は思っています。過ぎ去った人、過ぎ去った時間、過ぎ去った記憶、そして過ぎ去ったすべてについての物語です。

あらゆるものが過ぎ去るのだとしたら、自分自身に対してどう向かい合えばいいのでしょう。この問題は長い間私を怯えさせていました。幼いころから少年になるまでの年月、私は故郷の瀋陽をほとんど離れたことがありませんでした。作品の物語も基本的にこの地で起こったことです。瀋陽は私にとって、今もなお帰郷するたびに、現実と虚構、過去と未来、それらが混じり合ってわからなくなってしまう場所なのです。これらの間には、どうやら神秘的な境界線が存在しているようですが、私にそれは見えません。しかしながら、私の人生はいまだにその境界線の上を辿り続けており、ときに踏み外したり、時間と空間の迷宮に入ってしまったりしているのです。

私にとって小説を書くことは、天空から投げ下ろされたロープにすがるようなもので、私はそれをしっかり握りしめて、必死に這い上がっていくしかありませんでした――自分自身を救う、これが小説を書くという行為の、私にとっての最初の意味だったのです。一本のロープによって、空虚と恐怖の只中《ただなか》から私自らを救い出すのです。十九歳になり、私は香港、台湾などの地を巡って、学び、働き、放浪のうちに青年時代を過ごしました。そのころには小説も次第に別なものに変化していきました。暮らしの糧《かて》です。私は小説の執筆を生涯の仕事と定め、これによって身を立て、これを心の拠り所にしようと決心しました。だからそれ以後は本当にいい作品を書かねばならないと念じてきました。しかしながら恥ずかしいことに、もう中年の域に足を踏み入れているというのに、十数年間の執筆生活において、心から満足できる作品は決して多くありません。そうであっても、このたび日本語版に収録された三篇の小説は、恥を承知で図々しく言わせていただくなら、ここ数年の中でかなり満足のいく作品であり、少なくとも作家として名を汚すものではないはずです。目の肥えた日本の読者の厳しい批評に応えることができれば、望外の幸せです。

日本の文学作品は、私の青年期における読書経験を構成する重要な要素であり、川端康成、三島由紀夫、芥川龍之介、太宰治といった大家から、私は文学的審美意識を醸成するうえで非常に深い影響を受けてきました。また近年、私自身も何度か日本を旅しており、日本は私にとって決して見知らぬ異国ではありません。本書の最後の作品「森の中の林」では、主人公が東京から瀋陽に向かうフライトの中でエンディングを迎えており、日本と浅からぬ縁《えにし》があることがわかっていただけると思います。とはいえ、私が最も愉快だった日本の旅は去年の五月のことで、そのとき私は東京で本書の翻訳者である関根謙さんと初めてお会いしたのです。関根さんは私よりずっと年上なのですが、仕事へのとても謙虚な姿勢や、私のような若い作家に対しても敬意をもって接する態度に、私は以前から感服していました。関根さんとはそれまで半年にわたりインターネットを通して交流をしてきましたが、ついにその日、日本料理の店で顔を合わせることになったのです。話が弾んで私の最も敬愛する中国人の作家、亡くなった史鉄生《してつせい》のことに及んだとき、この史鉄生こそ関根さんが中国で最も敬意を抱いた作家で、深い親交を結んだ友人でもあったということがわかり、二人とも目頭が熱くなるのを禁じ得ませんでした。そしてこの瞬間、私にとって「小説を書く」ことの意味が、もう一度、新たな内容に変貌したのです。橋です。それは、未だかつて連想を結んだことのない人やものと私とを貫いて一つに繋いでいました。——故郷から異郷へ、中国語から日本語へ、過ぎ去ったものの回憶から今日《こんにち》の友情へ——あらゆるものが新たな意義を帯びていきました。たとえ、私の生命を含めてすべてのものがついには過ぎ去っていくとしても、小説には、文学には、何かを留める力があるのです。だから私はこのとき、もう一度「小説を書く」ことを生涯の仕事にすると固く心に刻みました。

この機会を借りて、本書の翻訳者であり私の尊敬する友人、関根謙さんに再度鄭重な感謝の意を表します。彼にはこの翻訳に並々ならぬ精力を傾けていただきました。同時に、本書刊行に関わった中国と日本の出版社の方々にも感謝いたします。最後に著者として、本書がより多くの日本の読者を獲得し、読んだ人に良かったと思ってもらえることを心より願います。私はこれからも自分自身が満足できる小説を書いていくつもりで、将来日本の読者とまたお会いすることをとても楽しみにしています。この春節、年の改まるときにあたり、世界が平和であること、中国と日本が永遠に友情を結んでいくことを謹んでお祈りいたします。

二〇二四年二月九日

解説　鄭執——東北の大地に愛された若き創作者

作家、鄭執《ジョン・ジー》（てい・しつ、Zheng Zhi）は一九八七年に中国東北部の中核都市瀋陽《しんよう》に生まれた。瀋陽市は遼寧《りょうねい》省の省都で、東北地方の最大規模の都市。かつて清朝の副都とされ、満洲国のころは奉天《ほうてん》市と呼ばれた。清の時代を中心とした遺跡が多い観光都市でもある。現在三十七歳の鄭は「東北文芸復興の三傑（鄭執、双雪濤、班宇）」「東北４Ｆ（鄭執、双雪濤、班宇、賈行家。Ｆは「復興」の意）」と称され、めざましい活躍をしている。中国では近年、遼寧省、吉林《きつりん》省、黒竜江《こくりゅうこう》省などいわゆる東北三省の創作者たちが、小説はもとより、舞台芸術、音楽など文芸の様々な領域でエネルギッシュな成果を挙げ、「東北文芸復興」と呼ばれているが、鄭執はその代表的な一人ということになる。急成長の彼は自作が映画化やテレビドラマ化されていることもあって知名度は高い。

鄭執が二〇〇六年、十九歳で発表したデビュー作『浮遊（原題「浮」）』（未邦訳）は、辛口の文芸評論家白燁《はく・よう》が中国文学革命の先駆者である黄遵憲《こう・じゅんけん》の「心をそのまま叙述する」という言葉まで引用して激賞したことで広く注目された。作品は「八〇後《バーリンホウ》」と呼ばれる一九八〇年代以降に生まれた鄭執らの世代、その浮《うわ》ついて苛立《いらだ》ちに満ちた若者四人の生き方を生々しく描いており、インターネット上に公開されると、またたくまに三二〇万ヒットという驚異的な数字を叩き出してたいへんな評判となった。

その十数年後に開催された「匿名作家計画」というユニークなコンペティションで、本書所収「ハリネズミ（原題「仙症」）」が最高の評価を獲得したことにより、鄭執の名前は文学界で不動の地位を獲得した。この「匿名作家計画」はいくつかの文学雑誌や文学のネットサイトなどが連合して実施したもので、「公平で徹底した匿名性」を重んじた文学賞であり、応募資格は無制限だがすべて厳しく名前を封印されたうえで、格非《かくひ》ら著名な作家が選考にあたり、その審査の模様が生中継の形で中国全土に放映された。このあたかも無差別級格闘技のような文学コンペティションで、鄭執が第一位に選ばれたということは、その文学的素養と作品の質の高さが内外に証明されたと言っていい。鄭執はこれまでに長編を三作、中短編を約二十作上梓《じょうし》し、そのうち四作品が映像化されており、現在ネット上にはフリーで鑑賞できる作品もある。

本書『ハリネズミ・モンテカルロ食人記・森の中の林』は、タイトルそのまま、鄭執原作の小説集『仙症』から、表題作の「ハリネズミ」と「モンテカルロ食人記（原題「蒙地卡罗食人記」）」、「森の中の林（原題「森中有林」）」の三作を訳出した日本初の作品集である。以下、掲載の三作品について見てみよう。

*

冒頭の「ハリネズミ」は、鄭執の名前を一流の作家の地位に押し上げた記念すべき作品である。語り手となる主人公はフランスで中国系フランス人女性と結婚した青年で、中国のことを知らない新妻に少年時代のエピソードを語る形でストーリーが始まる。ハリネズミを食べることがキーワードとなる中国東北の宗教的色彩に染まった不可思議な世界、そこに展開したミステリアスで幻想的な体験談は、簡潔で諧謔《かいぎゃく》味のある語り口調によって故郷の人々の姿を生き生きと再現し、今は新妻と幸せを摑みつつあるこの青年が、自身の抱えてきた運命から脱出し、故郷への回帰を果たすまでの半生の物語となっている。

　中国では「狐黄は山海関《さんかいかん》を越えず［狐やイタチなどの仙人は万里の長城の東端、華北と東北の境界を越えない］」と言われる。「東北のシャーマニズムは山海関を超えて内陸の仏教の地には入ってこられない」という意味だ。東北に根付いた「迷信」は強固な民衆的基礎を持っており、現代でもなおシャーマニズムを重んじる風習は人々の生活に濃厚な影響を与えている。「ハリネズミ」のエキセントリックな登場人物である王戦団《ワン・ジャントゥアン》は主人公の伯父で、土着の信仰の対象だった「狐（キツネ）黄（イタチ）白（ハリネズミ）柳（ヘビ）灰（ネズミ）」の五大仙人のうち「白三爺（ハリネズミ）」を食べてしまったために、一生うだつが上がらなかったとされている。しかし淡々と語られる王戦団の生涯は、当時の中国の同世代の人々にとって、誰にでも起こりうる不運の一例だった。苦しみに満ちた日々と希望の見えない将来、躓《つまず》きばかりの不安定な人の世はいったい何によってもたらされるのか。作者は本作においてその答えをあっさりとハリネズミ仙人の祟《たた》りとして提示するのだが、この因果関係の虚妄は、善悪を超越した世界の非人間的なシステムの暗示に繋がっているように思う。そして重要なのは、本作に込められた、かくも不合理な世界に生きる我々人間が決して無力ではない、という強い意志の主張だ。人は自身の運命の前になす術《すべ》がないように見えるが、障壁を乗り越えて這い上がっていかねばならない。そうすれば王戦団が叫ぶように、きっと「てっぺんに」立つことができる、その可能性は誰も否定できないのだ。鄭執文学の底流を成すテーマはあくまでも人の力に対する信頼なのだろう。

人の世の不合理として一括りにされてしまう悲運は、さまざまな姿で立ち現れてくる。鄭執はその一つ一つを、つまり彼の周囲に起こった、あるいは起こりえた不幸な生活の姿を、詳細に再現していった。周囲から「精神病患者」とカテゴライズされた王戦団を振り返ってみれば、そもそもの始まりは文化大革命のときに所属していた軍隊での集団生活についていけない彼のような人間にたまたま起こった出来事だった。集団から少しずれた個性は、簡単に疎外されて「批判」の対象になってしまう。社会は常に犠牲を求めているのだ。この負の構造は王戦団の特殊性を超えて中国社会の普遍的傾向に繋がるだけでなく、日本の「いじめ」を生み出す仕組みにも見えてくる。やがて睡眠薬漬けにされて家からも離れ、病院での死を迎える王戦団、鄭執はその闇のような孤独と底深い諦念をひたすら書き綴る。一方、常識人として彼を取り巻く大人たちについては、てんてこ舞いの姿を独特の諧謔と風刺の効いた叙述で描いていく。読み進むうちに、常識とは知性を眠らせることではないかという思いに誰もが囚われていく。知性はむしろ不幸な「精神病患者」王戦団にこそ備わっているのではないか、と。本作の面白さは、さらにこの先にある。最後の場面になって、王戦団と主人公の少年時代の触れ合いが、実は自身の吃音との苦闘の日々の出来事だったことが回想され、決定的なシーンにおいて王戦団の果たした役割が印象的に描かれるのだ。悲痛な宿命の連鎖は断ち切られ、王戦団の知性の輝きは主人公の少年に伝わっていく。こうした輻輳《ふくそう》する二層構造こそ本作を際立たせるもので、鄭執の優れた構成力はここに明確に示されていると言えよう。

本作の面白さについてもう一点見逃せないことがある。王戦団と少年を取り巻く周囲の人々は、先ほど述べたように諧謔と風刺の筆致で描かれてはいるが、鄭執は決して突き放したり軽蔑の眼差しを向けたりしているわけではない。たとえば巫女の見立てによって王戦団に取り憑いているとされた娘の死霊についても、その一族の恨みは、もともと文化大革命の厳しい知識人抑圧で父母を失ったことに起因しており、そのような悲惨な運命は、中国の民衆の記憶に深く刻まれているものだ。鄭執は淡々と筆を進めるが、そこには故郷の人々の暮らしと感情に寄り添う誠実な姿勢があり、温かい共感の流れが感じられる。それは東北の大地への抜きがたい愛着と言ってよく、「東北文芸復興の三傑」と呼ばれる所以《ゆえん》であろう。

なお本作「ハリネズミ」は同名のタイトル『刺猬《ツーウェイ》』として映画化されており、二〇二四年夏に公開された。監督顧長衛《グー・チャンウェイ》、主演の王戦団役に名優葛優《ゴー・ヨウ》、その甥の若者に売れっ子の歌手でもある王俊凱《ワン・ジュンカイ》という豪華な顔ぶれの本作は、鄭執本人が脚本を担当。公開に先んじて二〇二四年六月、上海国際映画祭コンペティション部門に出品され、最優秀脚本賞を受賞した（日本での公開は未定）。

＊

鄭執は物語の語り手として卓越した力を持っている。「モンテカルロ食人記」はその一例で、「ハリネズミ」とはまた異なる風格の作品である。読者の目を惹くのは、まずその奇妙なタイトルだろう。実在するヨーロッパ地中海の都市とはまったく関係がない。

本作はその都市名を勝手に使った瀋陽の洋食レストランで、ある大雪の早朝から昼下がりに発生した奇怪な事件を、コメディータッチでミステリアスに描く短編である。主人公は超《チャオ》という名の受験浪人の若者で、肝心の相手が来なくて実行できなかった情けない駆け落ちの顛末がテンポよく語られていく。彼は駆け落ちの相手、年上のしたたかな娘の到着をこのレストランでひたすら待つのだが、時間は容赦なく過ぎていき、焦慮ばかりが募っていく。そこに胡散臭い企みを抱えた叔父が現れ、超の注文した料理を横取りしながら彼に説教を垂れ、彼の家族の悪口を並べ立てる。超の苛立ちは激しくなり、ついに限界を越えようとしたとき、その肉体は恐るべき変容を遂げていくのだ。中島敦の『山月記』を思わせる人間の変貌が描かれるが、この非合理な変貌を突き動かしていく力は、社会から見放されていく若者の無念の思い、さらに、父とのすれ違いを何度も経験し、遅い反抗期を迎えながら、話したくても話せなかったやるせなさ、こういった負の精神性が蓄積されたエネルギーなのかもしれない。突き詰めれば、この奇怪な変異は純粋な親子の情愛を求める素朴な魂の姿とも思えてくる。変異を遂げなければ実現できない情念、そしてもしかしたら、主人公の超より早く雪の街に出ていってしまった父親もまた、奇怪な姿になってしまっているのかもしれない。本作にはそんな不思議な余韻が漂う。

この父親については、かつて偵察兵としてジャングルの戦闘で見事な戦果を挙げたというエピソードがある。二〇〇〇年代初頭に受験生である主人公の父親が従軍していたとすれば、その戦争は抗日戦争や国共内戦などではない。文化大革命の直後、一九七九年に中国がベトナムに侵攻した中越戦争を作家はさりげなく書き込んでいるのだ。現代にまっすぐ繋がる残虐な戦闘の記憶。明示はされないものの、行間から父親が社会に適応できなかった理由も読み取られよう。このような社会的感覚も、彼の作品の大きな魅力となっている。

*

「森の中の林」は、鄭執にとって三作目となる長篇小説である。作家自身の半生を色濃く投影した本作は、新中国建国後すぐに生まれた祖父・廉加海《リエン・ジャーハイ》の世代、文革後に少年時代を迎えた父・呂新開《リュイ・シンカイ》の世代、そして二十一世紀に青春時代に入った息子・呂曠《リュイ・クアン》の世代と、三世代にわたる家族の人生を語る、大河小説の構えを持つ力作である。本作は五つの章からなっており、一章「コウライウグイス」は呂新開の語り、二章「森林」は呂曠の語り、三章「春の夢」は廉加海の語り、四章「娘」は植樹されたハコヤナギの木の語り、五章「瀋陽」は再び呂曠の語り、というように物語の視点が語り手によって変化し、それに伴い、時間軸も屈折して展開する。しかし物語空間の中心に位置するのは、東北の大都市、瀋陽だ。大興安嶺から日本までエピソードは広がるものの、作品世界の意識は瀋陽に固く結ばれている。

「森の中の林」の主旋律となるテーマは愛である。そこに最愛の人の事故死をめぐる複雑な謎が駆動力となって物語を展開させる。一章でその不思議な出会いと愛の深まりが描かれる呂新開と目の見えない娘・廉婕《リエン・ジエ》。二章で起こる廉婕の事故死という悲劇は、三章でミステリアスな急展開を見せ、四章では若木の語りによって次第に解像度を深めていく。しかし、失踪事件もしくは殺人事件の真犯人の姿はいくつかの可能性を示唆しながらも伏せられたままで遂に明らかにされない。事件の真相をめぐり、読者が想像する「真実」は、どれもが自己犠牲を前提とした愛の結末となっているはずだ。こういった不可知性の暗示もまた本作の優れた達成だ。

本作は「目」がキーワードとなっていることにも注目したい。廉加海による不思議な「目の数」の計算が、ハコヤナギの幾つもの「目」と、孫である呂曠の煌《きら》めく「目」で結ばれ、やがてこのファミリーの希望が見えてくる。

本作のエピローグとして、五章ではインターネット配信で成功した青年・呂曠の日本への旅をエピソード的に描写し、物語は一気に現代社会の若者の次元へと変容する。日本に留学中の元同級生の女友だちと各地をまわった呂曠は、瀋陽への帰国の空港で思わぬトラブルに巻き込まれ、日本と中国を結んでビジネスで成功している中国人青年に助けられる。二人は意気投合し、機内でも一緒の席をとる。読者にはこの青年こそ廉加海が一時とはいえ恋心を抱いたあの王秀《ワン・シュウ》義《イ》の息子だとわかるのだが、作中の二人はそれぞれの出自の縁《えにし》をわかっていない。やがて飛行機は瀋陽上空に差し掛かり、機内から故郷の大地を見下ろす二人の目に、廉加海の植林の地がくっきりと浮かびあがり、東北の大地に深く繋がる印象的なエンディングを迎える。

　東北の大地とそこに生きる人々への愛着を淡々とテンポよく語る本作は、逆風の中でも揺るぎなく育まれていく三世代二家族の夫婦愛、親子愛を描き上げている。時間と空間の輻輳する視座とミステリアスな謎解きの構造を備え、本作は若き作家鄭執の力量を示す傑作となった。この作品も映画化が始まっていて、鄭執自らが監督を務めている。多彩な彼の活躍ぶりに敬服するばかりである。

*

　この作品集に描かれた東北瀋陽の世界は、実際に鄭執の身近にあった。彼の父親は彼が子どものころ、国営の蓄電器工場営業課の副課長だったが、東北一帯の工業低迷時期に工場を辞めて自営の道を求め、食堂経営で一家の暮らしを支えてきた。中国ではこの時期、このような国営から民間への転職、「下海《シアーハイ》」と呼ばれる社会現象が広まっていた。成功する人もいたが没落してしまう人も多かった。彼の父親も大規模な商業化の波に飲み込まれ、苦心惨憺して築いた全財産をまたたくまに巻き上げられていったという。またたとえば「森の中の林」に登場する「貧乏人の楽園」も実話であり、そこは東北でいちばん安い居酒屋で、人生に敗れた人々の最後の避難場所だった。アルコール依存症になって死んでしまう者もいれば、再起して遠方に行く者もいたという。こうした実体験のイメージが彼の創作に深い影響を与えた。彼は瀋陽に生きる底辺の人々の悲しみを受け止めてきたのである。

素質から言うと、鄭執は文科系の科目、特に「語文」(日本でいう国語)で抜群の成績を収め、文章力が並外れていると教師にも認められていたらしい。しかし理科系科目は本人曰く学年の底辺をさまようほど不得手だそうで、国の統一大学受験で第一志望の大学の合格点に達しなかった。高校のころ彼は強いプレッシャーに追い詰められ、数カ月一言も口をきかず、心配した母親が精神科の医師のもとに連れて行ったりしたこともあったという。これはまさに「ハリネズミ」の主人公のキャラクターに強く反映している。孤独に走る性向は文学の世界に彼を誘うものでもあったのだろう。文章が得意だと言っても、それがどんな将来に繋がるのかは、彼自身、まったく見えていなかった。転機はこの受験失敗の後に訪れる。当時、香港のいくつかの大学が、遼寧省で自主応募の学生募集をしており、英語のみで行われる面接試験が課せられ、英語の成績が入試の半分を占めていた。文系科目の語文と英語の成績が良かった鄭執は高校の教師に勧められて応募し、一発で合格したのだ。鄭執は失意の落第生から、当地のメディアがこぞって報道する個性を伸ばす教育の成功例に持ち上げられた。彼が学ぶことになったのは香港浸会《バプティスト》大学だった。彼は映像やメディア論のコースを選び、香港での生活をスタートする。しかしこの香港での学生生活の間に、実家の食堂は倒産し、父親が病気で亡くなるという悲運も経験している。

冒頭に述べたように、鄭執の初めての長編小説『浮遊』は十九歳のときの作品だ。大学受験前の一カ月、彼はもはや受験勉強を諦めてしまい、どうせだめだと捨て鉢になっていたのだが、心の底から湧き起こる表現の欲求に突き動かされ、藁半紙に思いのままに書きなぐっていった。それらは強いて言えば、親友たちのために書いたものだったという。高校の同窓生たちは卒業すればバラバラになるはずで、北京、香港に行く者や、シンガポールやアメリカに行く者もいた。鄭執はそういう友人たちに読んでもらえるようにとインターネット上に作品をアップロードしたのだった。

香港バプティスト大学で、彼は実習としてテレビ局での仕事に就き、この期間に本格的な創作を目指す決意を固めていった。紆余曲折はあったが、その後台湾に渡り、戯曲の勉強を深めてシナリオライター、作家としての基盤を固めていく。やがて映画制作やシナリオ作品で稼げるようになった鄭執は北京に戻り、全力で創作に取り組み、多彩な活躍で注目を集めるようになる。

創作に熱中する日々を経て、鄭執は二〇一七年に第二の長編作品『まる呑み（原題「生吞」）』（未邦訳）を発表した。この作品はやはり瀋陽の若者たちがテーマで、年月を経て繰り返された奇怪な殺人事件をめぐってミステリアスな物語が展開するのだが、若者たちの鬱屈した思いや大都市瀋陽の風俗が生き生きと描かれ、ミステリー小説としても高い達成度を示していた。この作品も好評を博し、ドラマ「胆小鬼《ダンシャオグイ》」と改編されてオンラインで配信されている。インターネット上には「これはまるで東野圭吾の『白夜行』の中国版だ」という評価まであって驚かされる。鄭執はまさに、疾走する創作者と言えよう。

＊

原作の作品集『仙症』は六篇の小説からなっており、邦訳の本作『ハリネズミ・モンテカルロ食人記・森の中の林』掲載の三作品のほかに「他心通」「凱旋門」「霹靂《へきれき》」という短篇作品が収録されている。最後に簡単に紹介しておこう。

「他心通」、これはもともと仏教用語であらゆる人の苦悩の心を読み取ることを指す。作品は「他」「心」「通」の三つの章からなり、黄疸《おうだん》の末期症状を呈する父と無力な息子の切ない話が奇妙な密教的集落の儀式を巡って展開する。すべてを振り切ってバイクで爆走する息子のラストシーンは印象的だ。

「凱旋門」は、母親のもとでパラサイト生活をしている若い男の話。彼はインチキな旅行案内を書いて細々と稼いでいるが、亡父の思い出と母親の嘆き、結婚話の相手とのやり取りなどが彼を追い詰め、閉鎖的な性とボディービルへの傾倒がラストの爆発的な破壊へと繋がっていく。

「霹靂」は、北京の良い環境への引っ越しを果たしたはずの男の話。男は売れないシナリオライターで妻に寄生するように暮らしている。霹靂とはその妻の飼っていた白猫の名前で、この猫はなんでも見通すような目をしていた。やがて猫が失踪、妻も出ていき、部屋に得体の知れない悪臭が漂い出す。妄想と現実が錯綜するストーリーの果てに、真実の愛の姿が立ち上がっていく。

いずれも親子や男女の愛情をベースに、マジカルと言っていいほど劇的な作品である。

＊

鄭執は原作の「後記」で「ちっぽけでいわれなく流されるままの一生において、神はいつも臨在するわけではないから、僕は執筆によってその不在を補填する。……僕は書かなければならない、書き続ける以外に、救済の道などあり得ない」と言い切っている。これは文学の力を深く信じ、常に挑戦を続ける若い創作者の誇り高い宣言である。

著者
鄭執 Zheng Zhi／ジョン・ジー／てい・しつ

１９８７年、中国・瀋陽生まれ。作家、脚本家、映画監督。

香港バプティスト大学で映像・メディア論を学び、卒業後、台湾で脚本を学ぶ。北京在住。

２００９年、19歳でインターネット上に発表した自伝的小説「浮遊（浮）」がセンセーションを巻き起こし、以降、多くの小説を発表。

「ハリネズミ（仙症）」で２０１８年「匿名作家計画」最優秀賞受賞。

そのほかの代表作に、「まる呑み（生吞）」、「君だけが気がかり（我只在乎你）」など。

原作の映画『刺猬《ツーウェイ》（ハリネズミ）』（監督・顧長衛《グー・チャンウェイ》）では脚本も担当。

２０２４年、同作品で第26回上海国際映画祭最優秀脚本賞を受賞。

訳者
関根謙 せきね・けん

１９５１年、福島県生まれ。慶應義塾大学名誉教授。専門は中国現代文学。

慶應大学文学部長をへて、現在、季刊文芸誌『三田文學』編集長。

主な著書に「近代中国　その表象と現実」（平凡社）、

『抵抗の文学　国民革命軍将校阿壠の文学と生涯』（慶應義塾大学出版会）など。

主な翻訳書に『私のこの生涯　老舎中短編小説集』（老舎／平凡社）（共訳）、

『桃花源の幻』（格非／アストラハウス）、『南京　抵抗と尊厳』（阿壠／五月書房新社）など多数。

ハリネズミ・モンテクルロ食《しょく》人《じん》記《き》・森《もり》の中《なか》の林《はやし》

2024年10月5日　第一刷　発行

著者　鄭《ジョン》執《ジー》
訳者　関《せき》根《ね》謙《けん》
発行者　林 雪梅
発行所　株式会社アストラハウス
〒107-0061 東京都港区北青山三-六-七
青山パラシオタワー11階
電話 03-5464-8738
印刷　株式会社光邦
DTP　トム・プライズ
編集　和田千春

 ISBN978-4-908184-52-9 C0097

アストラハウスの中国文学シリーズ

『活きる』『血を売る男』
『兄弟』に連なる、幻の長篇第一作

雨に呼ぶ声

余華　飯塚容＝訳

身の置きどころを失った少年、奇妙な幻想、理由なき罪悪感……。
狂乱に満ちた心理を描く秀作

世界を騒然とさせた、悲劇と喜劇の全一巻

兄弟

余華　泉京鹿＝訳

血の繋がらないふたりの兄弟が文化大革命と開放経済の時代を駆け抜ける。
愛おしく猥雑な極上の物語

極寒の新疆ウイグル自治区から届いた、
極上の紀行エッセイ

冬《ふゆ》牧《まき》場《ば》

カザフ族遊牧民と旅をして

李娟

河崎みゆき＝訳

アルタイで遊牧生活を送るカザフ族の家族と共に暮らした、
厳しくもユーモアあふれる三カ月の旅

江南の地を舞台に
主人公の数奇な運命を描く、群像劇の傑作

桃花源の幻

格非

関根謙＝訳

ユートピアを求め、少女が辿る波乱の生涯。
ため息のように美しい珠玉の長編

名もなき人々は百年の歴史を映し、中国社会の大きな変化を物語る

山《シェン》の村の話

十五人の職人と百年の物語

申 賦漁　水野衛子＝訳

時代に翻弄されながらしたたかに生きる。
個性豊かな十五人の波乱万丈の物語

迷宮のようなプロットと東洋の美学が織りなす、至高の作品集

夜の潜水艦

陳 春成　大久保洋子＝訳

世界の片隅で、豊穣な空想世界にひっそりと引きこもる。
注目の著者による八つの短編

「ミス上海の死」を描いた傑作長編　茅盾文学賞受賞作品

長恨歌

王 安憶　飯塚 容＝訳

恋多き主人公の青春から死までの四十年。
その人生を通して、上海という街の繁栄と虚栄を描く